COLLECTION FOLIO

Roger Vrigny

Le bonhomme d'Ampère

Gallimard

Roger Vrigny, né à Paris, est producteur d'émissions littéraires à la radio depuis 1960 et notamment de « Lettres ouvertes » à France Culture. Il a publié neuf romans, des pages de journal : *Pourquoi cette joie ?* et un récit autobiographique *Sentiments distingués*. Il a reçu le prix Femina en 1963 pour *La nuit de Mougins* (Folio, n° 558). Il est membre du jury du prix Renaudot.

Roger Vrigny a reçu le Grand Prix de littérature de l'Académie française pour l'ensemble de son œuvre en 1989.

L'esprit de l'homme est capable de tout, parce que tout y est contenu, tout le passé comme tout l'avenir.

JOSEPH CONRAD
Au cœur des ténèbres

La nuit au « Tivoli-jardim »

(1)

Le voyageur déclare s'appeler Allaines. C'est le nom qu'il inscrit sur la fiche de l'hôtel, suivi du prénom Hubert..., pardon, Marc — la force de l'habitude, une histoire de pseudonyme, trop longue à expliquer —, la date de naissance maintenant : le huit, quatre, vingt-deux, à Périgueux en Dordogne. La nationalité : française *of course.* Et puis quoi encore ? Le numéro du passeport ? Désolé. Il ne le connaît pas par cœur, il faut qu'il le retrouve. Où est-il, son passeport (diplomatique comme il se doit) ? Il fouille dans ses poches. Rien. Son attaché-case peut-être ? Qu'en a-t-il fait de son attaché-case ? Il l'a posé ici à l'instant. Inutile de chercher, le garçon l'a emporté avec la valise. Tant pis. On complétera la fiche plus tard. Ce soir on ne va pas l'ennuyer avec ces formalités. Trop aimable. Après tout, il n'est pas le premier venu. Pour quelle raison mettrait-on en doute son identité ? Est-ce qu'on s'imagine qu'un fonctionnaire international, expert au F.M.I., n'offre pas par lui-même les garanties d'un personnage authentique ? Hier à Dakar, aujourd'hui à Lisbonne, dans une semaine à New Delhi ou à Mexico, il passe son existence entre deux avions et deux hémisphères, pour distribuer la bonne parole (et accessoirement les picaillons). Le monde entier l'attend comme le Messie. La preuve, son courrier est déjà là, rangé à son intention dans le casier numéroté.

— Pour le senhor Allaines, dit le réceptionniste (il prononce *Alleñès*) en tendant un paquet d'enveloppes au voyageur, l'appartement *dusentos e vinte e quatro.* Une minute, senhor concierge, le temps de jeter un coup d'œil, au cas où... Il décachette. Un carton de l'ambassadeur de France qui salue son arrivée — bien le bonjour, Son Excellence —, un autre du conseiller culturel qui l'invite à prendre un verre chez lui (compte là-dessus !), un message laissé par le Cabinet du Premier ministre — il est pressé, le cher homme —, l'audience avec M. Soarès est fixée à demain onze heures (pourquoi pas ?), un mot du consul britannique. De quoi se mêle-t-il, celui-là ? La manie de fourrer leur nez partout, ces Anglais, comme au temps de leur splendeur. Mais les lampions sont éteints, *old boy*, le Portugal n'est plus la chasse gardée de Sa Gracieuse Majesté. Pas vrai, jeunes gens ? Vous n'avez pas fait la révolution pour cirer les bottines d'Elisabeth. Ah non, erreur sur la personne ! Il ne s'agit pas du consul mais d'un vague secrétaire, un certain Patrick Hamilton qui vous a bien connu, *dear Marc*, à l'époque déjà lointaine où vous étiez en poste à Londres : « *I shall be glad to see you again...* » Tu parles ! Et moi donc ! Evitons les raseurs, les fantômes du passé surtout. Pas question de *revoir* mister Hamilton ni même de l'entendre au téléphone, car il va chercher à me joindre, cet imbécile. Lui ou un autre du reste, la consigne est formelle pour la nuit. *Do not disturb !* Il veut être tranquille. Le silence, la paix. Il a besoin de se recueillir. Un bon bain pour commencer, ensuite qu'on lui monte un souper froid dans sa chambre, une aile de poulet, une salade, une bouteille de *vinho verde.*

Le voyageur s'écarte du comptoir de la réception (il y reviendra tout à l'heure pour renouveler ses instructions et s'assurer qu'elles ont été comprises), il avance de quelques pas jusqu'aux marches qui conduisent au grand salon. Il contemple le spectacle avec un visible plaisir, peut-être celui des retrouvailles. On sent qu'il apprécie ce décor vieillot, peint dans les tons rose et or, éclairé par des appliques en fer forgé, des lampes à abat-jour de taffetas, posées sur des guéridons, parmi les poufs, les fauteuils, les canapés recouverts d'un velours qu'on devine un peu râpé. A droite, on aperçoit les frondaisons d'un jardin à travers les vitres. Deux ou trois lanternes découpent dans la nuit un carré d'herbes, un groupe d'arbustes, une allée de graviers. Dieu merci, les changements de régime ne troublent pas le confort des touristes. En face, le mur du salon est orné de fresques séparées par des colonnes peintes en trompe l'œil. Les panneaux représentent des scènes champêtres dans le style de Maurice Denis. Un paysage vaporeux où évoluent des silhouettes de femmes en tunique blanche ou verte, des enfants nus couronnés de fleurs. Figures de rêve immobilisées dans le temps comme le sont les clients de l'hôtel qu'on voit disséminés par deux ou trois, discutant, lisant un journal, tandis que les serveurs en uniforme — vestes rouges et pantalons noirs — circulent entre les meubles, les bras chargés d'un plateau. L'ensemble respire un air d'autrefois. On pense à une réclame pour célébrer un palace des années trente. L'époque précisément où le pays, lui aussi, s'est figé dans ses souvenirs.

Le plaisir que savoure le nouveau venu est d'ordre plus intime. Il a l'impression que le monde s'ouvre devant lui. Il s'y déplace dans un bruit de soie. Dès qu'il paraît, les têtes s'inclinent, les silhouettes s'écartent, la voie est libre. A sa descente d'avion, par exemple, un chauffeur l'attendait tenant une pancarte : « Senhor Allaines », qui saisit sa valise, lui fraye le chemin jusqu'à la limousine noire dont le pare-brise porte une cocarde. Il n'y a plus qu'à regarder défiler le paysage, les fesses calées sur les coussins de la banquette arrière. Est-ce ce bien-être qu'on appelle le *pouvoir*? Un sentiment d'ivresse (une manière de se dédoubler) qui vient du fait que la considération s'adresse à votre fonction et non à votre personne. La personne est libre de penser ce qu'elle veut, tout en jouissant des avantages de sa fonction.

S'il n'a pas rempli les formalités d'usage, qu'on le comprenne bien (il est revenu vers les employés de la réception), c'est qu'en France, l'habitude en est perdue depuis longtemps. Ici on sort à peine de la dictature, il ne l'oublie pas. A son dernier passage à Lisbonne, sous le règne du défunt Docteur, il se souvient qu'il avait été en butte à toutes sortes de tracasseries. La police, l'inspection des bagages, le contrôle des devises. Pourquoi pas celui des mœurs ? Ne riez pas, jeunes gens, du temps de Salazar, ce n'est pas si loin, les curés faisaient la loi. Pas question d'embrasser une fille dans la rue ou à la terrasse d'un café. *Vero !* Un garde civil vous dressait procès-verbal : *Por obscenidade, senhor. Vinte escudos.* C'était l'ordre moral, comme on dit chez nous, les culs trempaient dans l'eau bénite ! Pardonnez l'expression, elle est du cru — comment traduire ça ? —, une façon de parler un peu spéciale. Du folklore, quoi ! Peu importe. Le principal, c'est qu'aujourd'hui le peuple ait retrouvé la liberté. Toute la ville danse, il l'a bien vu en venant de l'aéroport, on dirait des gosses en vacances. Ils rient, ils chantent, ils font l'amour. Ce n'est pas lui qui s'en plaindrait. Les grincheux vous diront que les rues sont pleines de papiers gras, que les trains n'arrivent plus à l'heure, que le coût de la vie a augmenté. Et après ? La démocratie ne s'apprend pas en un jour. C'est une école de responsabilité, de civisme, de discipline librement consentie. Tout le contraire d'un régime paternaliste qui maintient les hommes dans un état d'enfance : sois sage et tais-toi, travaille et tais-toi, mange ta soupe et tais-toi. Et si tu ne fermes pas ta gueule, on te mettra au coin, dans un cabinet noir, au pain sec et à l'eau, avec les bandits et les communistes qui font pleurer la Sainte Vierge et l'Enfant Jésus. Il exagère ? A peine. D'ailleurs il ne juge pas. De quel droit ? Ce n'est pas son rôle. La discrétion, la réserve sont les deux maîtres mots de la coopération entre les peuples. Un ami ne s'immisce pas dans les querelles de famille. Il prête la main, il n'achète pas les cœurs. (Belle formule !)

Voilà. Il n'avait rien d'autre à ajouter. Seulement ceci : qu'on le laisse tranquille pour la nuit. Un fonctionnaire international a besoin de repos.

Le garçon d'étage se tient devant la porte de l'appartement *dusentos e vinte e quatro*. Il a déjà tiré les rideaux, allumé les lampes, rangé l'attaché-case sur le bureau, la valise dans l'antichambre. Maintenant il montre au voyageur comment fonctionnent la radio et la télévision. Le réfrigérateur est dissimulé derrière une boiserie. On y trouve des échantillons de whisky et de cognac, des jus de fruit, une bouteille d'eau minérale. Dans le fond de la pièce, à droite du lit, c'est la salle de bains, toute blanche avec ses appareils 1900, une baignoire en émail qui repose sur quatre pieds fourchus, les robinets de cuivre *frio*, *quente*, les serviettes-éponges empilées sur l'étagère. Une autre porte : le *retrete*... C'est fini. La visite est terminée. Le garçon a l'air content de lui, fier de l'hôtel comme s'il en était le propriétaire. Il n'attend plus que son pourboire. Il est jeune, déluré, le corps bien pris dans un gilet rayé, un pantalon étroit, avec quelque chose dans le sourire et le regard qui témoigne de son expérience. Un homme seul, on ne sait jamais. Le client cherche de la monnaie. Il n'a pas d'escudos. « *Dollar, please, senhor?* » Il n'a pas de dollars non plus. Tant pis, un billet de vingt francs fera l'affaire. « *Multo gratos* » et la main qui s'attarde une seconde de trop. Ce n'est pas mon genre, petit. On verra plus tard. Pour l'instant le voyageur ne souhaite pas de compagnie. Il a trop d'idées en tête, qu'il s'agit de mettre en ordre. Depuis son arrivée, il n'a pas quitté son imperméable. Il le jette sur une chaise. Il marche de long en large dans la pièce, s'arrête devant les gravures accrochées aux murs. Elles représentent des vues de Lisbonne, le château São Jorge, la place du Commerce, les rives du Tage. Il reconnaît la tour de Belém sur son rocher. Est-ce de là que s'est embarqué Christophe Colomb? Ou Vasco de Gama? Il ne sait plus. Et lui, dans quoi s'est-il embarqué?

Il revient vers le bureau où Ganymède a posé l'attaché-case. Il l'ouvre. Beaucoup de papiers, des fiches, des graphiques et, au milieu, le passeport diplomatique. La photo d'identité représente un homme encore jeune — malgré la cinquantaine —, les yeux noirs, le nez droit, un peu court, dont les narines dilatées donnent au visage un air coléreux. Le front est dégarni, avec quelques mèches de cheveux ramenées sur le crâne. Jadis ils étaient bouclés et bien fournis. A part ce détail — et les rides, bien sûr —, Allaines n'a pas changé. Il est aisé de retrouver la figure de l'adolescent qu'il était sous le masque de l'homme mûr. L'expression est la même, celle d'un caractère sûr de lui. La certitude n'était peut-être pas dans ses pensées mais dans ses moyens. Sûr d'être le meilleur. En classe, après une composition ou un examen, il disait à ses copains : « J'ai réussi tous les problèmes. C'était facile. Et vous ? »

Le voyageur referme le passeport, il s'assoit au bord du lit, plonge la tête dans ses mains, comme s'il avait à faire face soudain à un flot de souvenirs. Un moment de faiblesse auquel il ne faut pas se laisser aller. Mais sans doute la pression est-elle trop forte, l'invasion trop subite pour qu'il puisse y résister. Peut-être provoquent-elles en lui la question de savoir ce qu'il est, cet homme que nous ne connaissons pas ? Non pas ce qu'il représente, mais de quoi il est fait. La somme des petits riens, fixés dans la mémoire comme des traces d'humidité sur les murs d'une vieille maison. Ou la partie invisible, silencieuse, que chacun cache au-dedans de soi, qui apparaît quand on a tout ôté, les vêtements, la peau, le langage.

D'où cette phrase qu'il prononce quelques instants plus tard dans la salle de bains, une fois déshabillé, devant la glace qui lui renvoie l'image d'un corps blême sous la lumière électrique, avec la tache grisonnante des poils sur la poitrine, les plis autour des mamelons, de chaque côté du nombril, les bourrelets de graisse à la taille et le sexe qui pend, si triste, cette phrase qu'il adresse à son double d'un ton narquois : « Salut, Marc Allaines » en détaillant sans complaisance la silhouette informe, pareille à une enveloppe usée, distendue. Une façon de parler ambiguë, qui peut vouloir dire qu'on s'accepte ou qu'on se quitte. A moins qu'il ne s'agisse d'une plaisanterie (incompréhensible pour tout autre que le sujet) et que ce salut ne désigne une personne différente de celle qui est reflétée par le miroir. Autrement dit : « Salut, Marc Allaines », c'est comme s'il se demandait : « Qui es-tu, Marc Allaines ? » ou encore : « Est-ce bien toi, Marc Allaines ? » « D'où viens-tu, Marc Allaines ? » Cette fois, nous sommes dans la métaphysique. Ou dans la comédie.

Après le bain et la douche froide, il passe un peignoir, enfile les babouches qu'il a trouvées dans la valise, ensuite il se prépare un whisky, s'installe à son bureau, les dossiers étalés devant lui, qu'il se met à examiner soigneusement. Quoi de plus naturel pour un homme qui doit rencontrer un Premier ministre, le lendemain matin, et négocier avec lui les conditions d'un emprunt ? A la lecture des chiffres, pas besoin d'être grand clerc pour se rendre compte que la situation du pays n'est pas brillante. Plutôt dans la dèche, le Portugal. La production diminue, les importations augmentent, les prix galopent et l'escudo n'est plus que l'ombre de lui-même. Encore n'est-on pas sûr des renseignements fournis qu'il faudra interpréter (par prudence) dans un sens défavorable. Tel est le principe du prêteur qui consiste à présenter son obligé sous son jour le plus désavantageux. Moi, j'ai du bon argent, dit le banquier, et toi, qu'est-ce que tu m'offres en échange ? La peau ! Au sens propre, car c'est la seule garantie qui reste, la peau des hommes, la vraie, celle qui endure, qui transpire, inusable, corvéable à merci. Vous vous serrerez la ceinture, mes agneaux, vous en avez l'habitude. Une livre de viande fraîche à tailler dans la chair du peuple, à la place du fric qui a disparu. Tant pis pour vous, il ne fallait pas le laisser filer. « Bon voyage ! » ils criaient, tous ces naïfs, « bon voyage et ne revenez plus ! » (tu parles !) en accompagnant à l'aéroport les seigneurs et maîtres des latifundia, les poches bourrées d'or et de devises. Au lieu de rigoler et de cueillir des fleurs pour les soldats, vous auriez dû vous dire qu'une révolution, ça se paye. Avec quoi ? Du sang.

On frappe. Ça doit être le repas qui arrive, précédant la mine réjouie du garçon d'étage. Non, changement de personnel, une vieille servante en robe noire et tablier blanc. Elle dit « Boa noite » d'une voix paisible qui ramène tout de suite le calme dans les pensées. Elle pose le plateau sur un guéridon, au milieu de la pièce, s'assure que rien ne manque, le pain, le vin, les assiettes, les couverts. Tout est en ordre, le senhor pourra se restaurer comme il le désire. Quand on travaille, il faut manger. Elle s'appelle Lucia « pour vous servir ».

— Bonsoir, Lucie.

Elle a un visage placide, les joues pleines, un peu tombantes, le teint couperosé des paysannes, quelques mèches grises qui s'échappent de son chignon. Dans ses gestes, sa silhouette, il y a le résumé d'une vie. On y lit comme dans un livre, le récit des heures qui se suivent, du matin au soir, le ménage, la lessive, toujours quelque chose à ranger, à nettoyer. Les clients qui sonnent, les escaliers à monter, à redescendre, on se sent les jambes lourdes, des douleurs dans le dos, quand on se baisse, ou le soir, au moment de se coucher. Et le lendemain, c'est pareil. Un jour, on pourra se reposer, il faudra mourir, c'est la loi. Le repos, la peine, comme il y a le soleil et la pluie. Un temps pour chacun, l'éternité pour tous.

Est-ce que le senhor est satisfait ? Il a l'air d'attendre... Non, Lucie, le voyageur n'a besoin de rien, il n'attend personne. Il vous regarde en pensant à ces paysannes qu'il a vues autrefois à Coimbra, sur les petites places étagées à différentes hauteurs, entre les ruelles qui escaladent la colline. Des rampes pavées de cailloux ronds sur lesquels on glisse, en grimpant jusqu'au sommet où se trouve l'université. A l'ombre des arbres, les femmes ont installé leur éventaire, des paniers remplis de pastèques, de melons, d'oranges. Elles portent des robes multicolores, un foulard noué autour de la tête et par-dessus un chapeau de paille noire. Elles jacassent comme des corneilles, on entend un pépiement de voix et de rires dans les jeux de lumière que le soleil fait à travers les feuillages. Ce bruit de volière l'avait réconforté, il s'en souvient, parce qu'il était seul à ce moment-là, rejeté, loin de tout, et que sa vie n'avait plus de direction. L'image lui était restée des paysannes de Coimbra, sans qu'il puisse s'expliquer clairement ce qu'elles représentaient à ses yeux. La simplicité peut-être, l'idée d'une vie qui ne ressentait pas le besoin de s'interroger, qui ne cherchait pas d'excuses ni de raisons. Plus tard, le même jour, il avait eu une surprise en continuant son ascension. Une jeune femme descendait à sa rencontre, brune de cheveux, la peau blanche et dont la démarche, la façon de se tenir très droite, un peu guindée, ressemblaient à s'y méprendre à celles de... Il dit à voix basse : « *Lucie* », répète *Lucie, Lucie,* comme s'il éprouvait sur ses lèvres la douceur de ces deux syllabes.

Il lève la tête et s'aperçoit que la servante a quitté la pièce.

L'homme a débarrassé le bureau, remis les dossiers dans l'attaché-case. A la place, il dispose les feuilles de papier à lettres qu'il a trouvées dans le sous-main. Elles portent l'en-tête de l'hôtel *Tivoli-jardim,* agrémenté on se demande pourquoi d'une couronne.

Il se met à écrire :

« Nous appartenons à une époque qui a connu le mal absolu. Nous sommes nés dans un siècle où s'est accompli le mal absolu. Nous avons grandi, joué, aimé, nous nous sommes instruits, nous avons découvert la vie, les hommes, nous avons exercé notre esprit, nous avons développé notre corps, élevé notre âme, nous avons prié Dieu dans un monde qui a perpétré le mal absolu.

« Ces années maudites, nous les avons vécues dans l'innocence, ignorant qu'un soleil noir éclairait nos actes, nos pensées. Comme les victimes d'Hiroshima, échappées provisoirement à la mort, voyaient la mort continuer son œuvre en rongeant leur peau et leurs entrailles, nous aussi, nous avons vu la vie peu à peu se déformer à l'intérieur de nos cellules. Nous avons perdu nos idées, nos croyances, notre cœur s'est desséché, nos désirs se sont éteints. Sans le savoir, nous avions subi une brûlure dont les traces ne s'effacent pas. »

Il s'arrête quelques instants, rêve, le stylo en l'air, puis il ajoute :

« Ou peut-être nous n'avons rien vu, rien senti. Cela s'est fait en dehors de nous. »

Il se lève, va vers la fenêtre dont il tire les rideaux, ouvre les deux battants. Sur le balcon où le vent apporte une odeur d'herbes et de feuillage, on a l'impression d'entendre le brouhaha d'une salle de théâtre avant le spectacle. La rumeur vient d'une avenue qu'on aperçoit à cinquante mètres, au bout d'une petite rue en pente. C'est la principale artère de la ville, baptisée avenue de la Liberté depuis la chute de la monarchie. Des groupes de jeunes gens vont et viennent sous les arbres du terre-plein. Quand un camion passe, chargé de soldats, la foule pousse des cris, agite les bras. On ne sait pas si elle manifeste sa joie ou sa colère.

Revenu dans la chambre, l'homme reprend sa place devant le bureau. Il écrit ces quelques mots entre parenthèses :

(Ce soir, à l'hôtel, la servante s'appelle Lucie.)

C'est ainsi qu'il les a vus, ce jour-là. Deux silhouettes devant le comptoir de la brasserie *L'Univers.* Elle, assise de profil sur un tabouret, et lui, debout un peu à l'écart, dansant d'un pied sur l'autre, tournant la tête, le regard jamais tranquille qui parcourt la salle, revient se poser sur sa compagne puis repart à nouveau. Elle, en revanche, elle ne bouge pas ou presque, enveloppée dans son manteau de loutre ou de ragondin, comme c'est la mode à l'époque, dont elle a ramené les deux pans sur ses jambes croisées, le col ouvert dégageant les épaules et le haut du buste, la tête coiffée d'une toque de fourrure qui laisse échapper des mèches blondes frisottées sur les oreilles, autour d'un front bombé. Le visage aux joues pleines, une carnation brillante lui donnent l'air d'une poupée en porcelaine. Le garçon qui l'observe trouve qu'il y a quelque chose d'attendrissant dans la disposition symétrique de ces cheveux bouclés qui s'agitent à chaque mouvement comme des ressorts. Il se rappelle avoir remarqué ce genre de coiffure sur une réclame du journal *L'Illustration* auquel son père est abonné, un dessin qui représentait Arlequin et Colombine dégustant un verre d'apéritif, assis côte à côte devant un guéridon, en face d'un Pierrot pleurnichard. Ce qu'il expliquera plus tard à ses camarades venus le rejoindre, le surnom de Colombine qu'il a donné à la jeune femme, dans le secret de son cœur, et pourquoi — avant de leur raconter la scène étonnante dont il a été le témoin — il avait éprouvé ce sentiment de curiosité à l'égard du couple inconnu. Car on peut se demander ce qu'ils font là, tous les deux, dans ce grand café à l'angle du cours Montaigne et de la place de l'Hôtel-de-Ville, à ce moment de la journée où les gens comme il faut — et à plus forte raison une dame en manteau de fourrure — ne fréquentent pas un lieu public de cette sorte. A cinq heures de l'après-midi, les bourgeoises lèchent les vitrines des antiquaires ou des magasins de mode, dégustent les cannelets et les puits d'amour de chez Magnard, le confiseur *number one* près de la cathédrale Saint-Front. Aucune ne se risquerait à commander un Martini-gin au bar de *L'Univers*. Quant aux fonctionnaires de la préfecture, ils n'ont pas encore quitté leurs bureaux et leurs manches de lustrine pour aller siroter le pastis quotidien en compagnie du docteur Sergot, de Me Denizet le notaire de la rue des Jacobins, de Jules Gouffier le correspondant de *La Petite Gironde*. En dehors des deux clients près du comptoir et du collégien qui les regarde, il n'y a quasiment personne dans la salle où les serveurs en tablier blanc s'occupent comme ils peuvent, jettent de la sciure sous les tables, balancent quelques coups de torchon sur les banquettes en moleskine, se chauffent les fesses autour d'un brasero installé dans la partie vitrée de la terrasse. Oui, que font-ils là, tous les deux, et comment les identifier? Cravaté, le col blanc, dans son costume trois pièces, une gabardine jetée sur les épaules, le jeune homme malgré sa nervosité se comporte avec l'assurance d'un fils de famille. Il suffit de le voir porter le verre à ses lèvres, allumer une cigarette, souffler la fumée par les narines, glisser le briquet d'argent dans la poche de son gilet, tous ces gestes le classent dans une catégorie supérieure de la société. On rêve d'y accéder un jour, d'avoir combien ? — cinq ou dix ans de plus ? — la bague au doigt et devant soi un corps, un visage. Ce visage justement, encadré par les boucles blondes qu'on aimerait toucher de la main, enrouler autour de ses doigts. Une personne vivante à qui on s'adresse en disant : *Ma femme*, et aux autres : *Je vous présente ma femme. Elle s'appelle Colombine.* Pourquoi pas ? Ce qu'ils sont en réalité, ces deux jeunes gens, le garçon s'en fiche. Il ne leur porte aucun intérêt. A son âge, on ne connaît de la vie que les désirs, les images. Lui les recherche, les collectionne dans sa mémoire. Certaines y restent enfouies plus longtemps. Ainsi se souvient-il d'un film qu'il a vu avec ses parents, dont il n'a retenu qu'une scène où un homme et une femme en habits de fête — c'était le jour de leur mariage sans doute — joignaient leurs mains au-dessus d'un ruisseau. L'histoire se passait dans un pays lointain, en Orient peut-être, le garçon ne saurait pas la raconter. Seule pour lui, la scène s'est détachée de l'écran, à cause de cette eau qui coulait sans bruit au pied du couple installé de part et d'autre du courant, et dont on devinait qu'elle contenait tous leurs jours à venir. Il en avait senti la fraîcheur sur sa peau, l'impression d'un vertige, ou d'un frisson, comme chaque fois qu'il pensait à sa vie plus tard.

Ce sont de jeunes mariés en voyage de noces. Voilà ce qu'il a compris soudain et qui explique tout. Pour un motif quelconque — leur voiture est tombée en panne ou bien ils attendent la correspondance de Paris — ils ont une heure à perdre dans ce trou de province, ils errent d'une rue à l'autre, dans le froid, malheureux de ne plus être seuls, occupés de leur unique amour. « Colombine » vient de prononcer une phrase entre deux tintements de verres. On n'en a pas saisi le sens, à part le mot « bêtise » et le prénom « Jean-Marie ». La phrase est partie telle une flèche au-dessus du comptoir. Le jeune homme a fermé les yeux comme s'il l'avait reçue en plein cœur, puis il les a rouverts. Il n'a pas bien entendu. Il lui demande de répéter. Elle répète, un ton plus haut :

— Tu dis des bêtises, Jean-Marie, et tu le sais bien.

Non, il ne le sait pas. Il dit ce qu'il pense. Il n'a pas l'habitude de mentir...

Elle hausse les épaules :

— Tu ne fais que ça, mon pauvre ami. Tu mens comme tu respires.

Un menteur, lui ? C'est bien la première fois qu'on le traite de menteur. Et pourquoi mentirait-il ?

— Parce que tu as peur.

Ça, c'est nouveau, par exemple ! Il a peur maintenant ! Et de qui, de quoi ?

— De tout. De moi, des autres. Au fond, tu es un lâche.

— Et toi, tu es une garce !

Elle rit :

— C'est aujourd'hui que tu t'en aperçois ?

Ils parlent sur le ton de la conversation. Ils ont l'air de jouer. Des copains qui discutent ou des enfants dans un jardin, qui s'envoient des poignées de sable à la tête. Mais personne ne voit qu'ils ont le visage en sang. Sauf le garçon fasciné par ce combat singulier qui se déroule au milieu du bruit et des allées et venues de la salle, dont les protagonistes ne semblent pas se soucier — pas plus qu'ils ne prennent garde à cette présence muette et innocente à quelques mètres d'eux —, tout appliqués qu'ils sont à ferrailler l'un contre l'autre, ajustant leurs répliques comme des coups de sabre, peu à peu défigurés par la violence de leurs propos — les joues écarlates, les yeux brillants —, pareils à des bêtes furieuses. Le garçon voudrait se boucher les oreilles, leur crier qu'ils s'arrêtent ou qu'ils disparaissent. Ils détruisent quelque chose, il ignore quoi, une idée qu'il avait eue, quand il s'était mis dans la peau de ce Jean-Marie inconnu. Il portait le même costume, fumait ses cigarettes, prenait dans ses bras une femme blonde et frisée. C'est beau, l'amour, pensait-il. Ce qu'on dit n'est pas ce qu'on voit et ce qu'on voit est un rêve. Il a rêvé ce couple, cette rencontre. L'homme claque des doigts pour appeler le serveur. Il jette un billet sur le comptoir, enfile les manches de sa gabardine, tandis que la femme descend du tabouret, boutonne son manteau. Elle se dirige vers la sortie, l'homme sur ses talons, tous les deux s'engagent dans le tambour vitré, dont les panneaux tournent plusieurs fois après leur passage. Dehors ils restent immobiles sur le trottoir. Est-ce que la dispute va reprendre ? On en sent comme des éclats dans l'air froid de la rue. Le garçon continue de les observer derrière la vitre. Ils traversent la chaussée, atteignent l'esplanade plantée d'arbres, où les réverbères de place en place dessinent des ronds jaunes sur le sol. De loin leurs silhouettes ressemblent à des mannequins, elles s'écartent, se rapprochent, s'arrêtent. L'homme fait un mouvement vers sa compagne, elle le repousse, il lève le bras. Sûrement ils vont se battre mais on les perd de vue à cause du va-et-vient des piétons le long de la terrasse. L'heure s'avance, la foule augmente et bientôt les camarades du lycée rejoindront celui qui les attend. En jetant un dernier coup d'œil, il aura le temps d'apercevoir le manteau de fourrure qui court entre les arbres. L'homme a disparu.

Ils se retrouvent ici tous les jours, ou presque. Ça dépend des horaires de classes qui ne sont pas les mêmes au lycée Bertrand-de-Borne et au collège Saint-Joseph. Le vendredi par exemple (c'est aujourd'hui), Allaines a un cours de grec jusqu'à cinq heures, les deux Girard qu'on appelle les jumeaux et Sergot qui ne fait pas partie du groupe (mais qui le voudrait bien) ont un cours d'espagnol. Execourt, lui, dans sa boîte à curés — comme dit Allaines —, il est libre l'après-midi à quatre heures et quart, sauf le mercredi où il se tape l'instruction religieuse, suivie une fois par mois — le premier mercredi — par le salut du saint-sacrement, sans compter les « extras » du calendrier, la période du carême, le mois de Marie, la retraite de fin d'année. Bref, c'est compliqué. Du reste tout est compliqué dans la vie d'un adolescent. Il n'y a pas que l'école et les parents. Il y a l'humeur qui change sans raison, influe sur le physique, le physique sur le moral. Il y a les jours où « le ciel bas et lourd pèse comme un couvercle ». On se lève du mauvais pied, on a un bouton sur le nez, un épi dans les cheveux. Impossible de les faire tenir. On a beau les brosser, les mouiller, ils se redressent comme un jet d'eau au sommet du crâne. On a l'air d'un clown ou, pis, d'un gamin. Dans la rue, les gens sont laids, on ne rencontre personne d'intéressant, pas une silhouette, pas un visage sur lesquels on puisse se reposer, exciter son imagination. On sent son âme couler à pic au fond du gouffre de l'ennui, avec l'impression d'étouffer dans un monde trop petit pour soi. C'est le *spleen* que Baudelaire a su si bien exprimer dans son œuvre. Ou la mélancolie telle que Dürer l'a représentée, cette grosse femme aux yeux vides, avec des ailes dans le dos, assise, la tête appuyée sur sa main.

Hier soir, Execourt n'a pas vu la « fille au chien ». D'habitude elle se promène en compagnie d'un berger allemand sur les quais de l'Isle, aux environs de sept heures. Quel que soit le temps, elle a la tête et les jambes nues, l'allure d'une sauvageonne, à cause de son teint hâlé, d'une chevelure noire coupée à la diable, de ses yeux un peu bridés. Le chien gambade autour d'elle, il saute, il part, il revient. Elle lui parle d'une voix rauque, il répond par des jappements plaintifs. On dirait qu'ils forment un couple, tous les deux. Dès que le garçon les aperçoit, il éprouve une sensation bizarre, comme si son corps devenait subitement froid à l'intérieur. La glace creuse un trou du gosier jusqu'au ventre. Phénomène physique dont il a appris la cause dans son livre de sciences nat. Sous le coup d'une émotion — une forte émotion, précise le manuel, — nos glandes sécrètent une substance, l'adrénaline, qui paralyse l'organisme. Dans son lit, avant de s'endormir, Execourt invente les différents épisodes d'une rencontre avec la « fille au chien ». Pour finir, il l'entraîne dans sa chambre, dégrafe sa robe, fait jaillir les « deux globes laiteux » de ses seins. Il recommence plusieurs fois l'opération, ajoute un détail, une précision, tandis que sa main glissée dans l'entrejambe accélère ses transports amoureux. La semaine suivante, il ira à confesse : « J'ai eu de mauvaises pensées. J'ai commis un acte impur. — Seul ou avec d'autres? demande le prêtre. — Seul, mon Père, tout seul... » Hélas.

Un jour, il faudra bien que ça change. Il a préparé le texte du pacte qu'Allaines et les jumeaux doivent signer avec lui. Si Sergot est là, il voudra signer aussi. A moins qu'il ne s'en moque. Il a peut-être sauté le pas, lui. D'abord il est plus vieux, il s'habille comme un homme, il porte un complet gris, des chemises amidonnées, pique une aiguille à perle fine dans sa cravate. Le dimanche, quand il met son feutre noir — un chapeau Eden bordé d'un galon de soie —, de loin on le prendrait pour un notaire ou un médecin. Plus tard il sera médecin, du reste, comme son père. Il a déjà passé les épreuves de secouriste à la Croix-Rouge. Il sait faire les pansements, fabriquer des attelles. Pour un oui ou un non, il propose ses services. A la baignade par exemple, il vous demande : « Tu veux que je te montre la respiration artificielle ? » Ou bien il vous prend le poignet, sort la montre de la poche de son gilet : « Tu as un peu de fièvre. Quatre-vingts pulsations à la minute. » Sergot sera un bon médecin. Il inspire confiance, ce qui ne veut pas dire qu'il ait perdu son pucelage.

Execourt relit les premières lignes du pacte :

« *Millesimo nongentesimo tricesimo octavo anno post Christum natum, Eduardo Daladiero consule, nos, Marcus (Allaines), Albertus (Execourt), ambo Girardus, gemelli cognomine, statuimus ut primus nostrum qui copulaverit cum aliqua muliere, aut puella, aut matrona, aut...* »

Comment dit-on « putain » en latin ? Il n'avait pas trouvé le mot dans son dictionnaire. Il était délicat de le demander au Père Puget, le prof de lettres. Encore des mauvaises pensées. Pourquoi pensait-il mal ? Où est-il, le mal ? Le mal, c'est de ne pas être libre. De sentir quelqu'un en vous, qui parle et agit à votre place. Comme ces jeunes gens, tout à l'heure, Jean-Marie et Colombine, si respectables en apparence, qui s'envoyaient des vannes en public. C'était plus fort qu'eux. Ils étaient habités par le mal. Un démon qui les déchirait.

— Pas du tout, dit Allaines. Quand on s'aime, on se dispute, c'est normal. Ma sœur, chaque fois qu'elle est coiffée d'un type, elle n'est pas à prendre avec des pincettes. L'amour est une maladie.

— C'est plutôt le contraire, dit Sergot. L'amour est un phénomène organique. Le résultat d'une excitation glandulaire.

Il s'est débarrassé de son manteau qu'il a étendu sur le dossier de la banquette, il a ôté ses gants, tiré sur ses manchettes avant de s'asseoir, les mains croisées sous son menton. Il ressemble à son père dont il doit copier les attitudes. Il tourne la tête vers le garçon :

— Pour moi, ce sera une fine à l'eau.

— Deux chocolats, dit l'un des jumeaux.

— Avec des brioches, dit l'autre.

Allaines commande un Viandox.

— Si tu savais avec quoi c'est fabriqué, dit Sergot.

— Je m'en fous, ça me réchauffera.

— Les hommes écrivent des romances sur l'amour, ils font de la poésie mais, pour moi, l'amour, c'est de la mécanique.

Execourt ricane. Il connaît le couplet, cette prétention de la science de tout ramener à des explications matérielles. L'homme n'est pas constitué uniquement de matière. Il a une âme.

— Je ne l'ai jamais vue, dit Sergot.

— Ma pensée non plus, tu ne la vois pas, dit Allaines. Et pourtant, elle existe.

— Tu crois ?

— La barbe ! dit l'un des jumeaux. Je ne comprends pas la phrase.

Il ânonne : « *Statuimus ut primus nostrum...* »

Execourt regarde Allaines à ce moment-là, dont le profil se reflète dans la glace, au-dessus de la banquette. Il a l'impression de le voir pour la première fois, comme si ce visage appartenait à quelqu'un d'autre. Il détaille la ligne du front sur lequel retombe une mèche bouclée — Allaines la repousse avec la main ou bien il souffle dessus, en avançant la lèvre inférieure —, le nez un peu court aux narines dilatées — c'est ça qui lui donne un air volontaire — comme son menton pointu, ses yeux de chat, deux pastilles foncées où brillent des grains de feu. Allaines a une peau fine, égale, jamais altérée par des boutons d'acné ou des points noirs. On se demande comment il fait. Execourt admire la force de son ami. Il ne s'est jamais posé la question de savoir s'il était beau. Les personnes qu'on rencontre tous les jours, on ne les voit pas. Elles s'agitent, elles parlent. On ne retient d'elles qu'un brouillon. Brusquement le brouillon se dissipe, une image apparaît, fragile, pleine de grâce, qui est celle d'un inconnu. On a envie de la protéger.

— Comment tu traduis *statuimus* ? demande l'un des jumeaux.

— *Nous décidons que le premier d'entre nous qui aura copulé avec une femme...*

— *Copulé*, dit l'autre jumeau, ça existe, ce mot-là ?

— Il faut mettre *jurer*, pas *décider*, dit Allaines. La suite, ça ne va pas. *Debeat narrare*, c'est du latin de cuisine.

— Tu n'as qu'à le faire, dit Execourt, puisque tu es si malin.

— Moi, j'aurais employé la tournure passive.

— L'amour, ce n'est pas passif, dit Sergot.

Il voyait bien qu'on le tenait en dehors du coup :

— Qu'est-ce que c'est, votre truc ?

— Un pacte, dit l'un des jumeaux. Celui qui aura été avec une femme, il devra raconter comment ça s'est passé. Tu le sais, toi, comment ça se passe ?

— Moins fort, dit Sergot. Voilà mon père.

Il vide son verre en vitesse et cherche de quoi payer.

Allaines s'est levé, il fait le tour de la table pour rendre le texte à Execourt :

— Il y a des choses bien. *Daladiero consule*, c'est amusant.

Execourt s'en fiche de ses compliments. Cette histoire de pacte ne l'intéresse plus. Ça n'a pas de sens, quand on y réfléchit. S'il lui arrivait de faire l'amour avec la « fille au chien », il garderait le souvenir pour lui, il n'aurait pas envie de l'étaler au grand jour. S'il allait avec n'importe qui, une bonniche ou une pute (comme dans les nouvelles de Maupassant)... Est-ce qu'il oserait d'abord ? Est-ce qu'il n'éprouverait pas de la honte, du dégoût devant cette chair vénale, étendue sur le lit, les seins, le ventre, entre les cuisses cette touffe de poils, comme une bête velue. Toujours les mauvaises pensées. Et lui qui se déshabille dans son coin, la chemise, le caleçon, les chaussettes, sa petite machine à l'air, dont il ne sait pas quoi faire.

— Tu le sais, toi, Sergot. Tu n'as pas besoin de signer.

L'autre joue les Fantômas :

— Je file. A demain.

— Tu nous raconteras ?

Ils reviennent ensemble. La librairie des parents Execourt est à deux pas, de l'autre côté du boulevard. Une boutique peinte en vert sombre, à l'enseigne du *Lys rouge* « livres anciens et modernes ». C'est le grand-père, dreyfusard et bouffeur de curés, qui l'a baptisée ainsi. Parti de rien, le jeune Ernest, un grouillot de quinze ans, qui faisait les paquets et les livraisons. Il apprend le métier, séduit le père et épouse sa fille. Maintenant il trône au-dessus de la caisse, dans un cadre noir à filets d'or, vêtu d'une redingote et d'un gilet brodé, avec une calotte sur la tête comme Sainte-Beuve. Les joues pleines, la bouche gourmande, les favoris en éventail, il a l'air doué d'une nature heureuse qu'il n'a pas su transmettre à son fils. Le fils, Maurice, on l'aperçoit au fond du magasin, qui discute avec un client. Il tient un ouvrage sur lequel il frappe du plat de la main comme le prêtre, à la chapelle, avec son claquoir. Il y a quelque chose de sacerdotal, du reste, dans sa silhouette, le ton de sa voix, sa démarche quand il évolue le long des rayonnages, s'arrête, ajuste ses lunettes, pointe un doigt sur le dos d'une reliure. Il manie les livres comme les objets du culte.

— Il est marrant, ton père, dit Allaines.
— Tu trouves ?
Execourt ne voit rien de drôle dans ce petit bonhomme chauve, à barbiche poivre et sel, toujours habillé de la même façon, veston noir, pantalon rayé, col et manchettes en celluloïd, aussi raide dans son maintien que dans son discours. A force de lire des livres il parle comme eux, avec des phrases toutes faites, jamais un mot plus haut que l'autre.
— Je veux dire qu'il est spécial, dans son genre.
Execourt n'aime pas ce genre-là. Il préfère celui de M. Allaines qui porte des costumes de tweed, des chemises de couleur. Le dimanche, il passe un pullover à col roulé, il enfourche sa bécane et il emmène son fils en balade à travers la campagne.
— Mon père, il n'est pas commode, dit Allaines.
Et après ? C'est vivant, un père qui gueule. Une bonne colère, ça vaut mieux qu'un sermon. Le libraire ne se fâche jamais, lui. Il s'efface. Comment l'atteindre ? Quand Execourt essaye d'exprimer ce qu'il est, ce qu'il pense, il ne touche rien. Il marche dans un désert, et plus il avance, plus son père s'éloigne.
— Tu me pousses ? demande Allaines.
— Cinq minutes.
Avant de partir, il regarde le magasin qu'il trouve poétique, surtout le soir, quand on le voit du dehors, baignant dans l'éclairage un peu glauque des lampes à abat-jour d'opaline verte. Il a conservé l'aspect d'un salon de lecture, avec deux longues tables recouvertes de drap, où sont disposés les revues, quelques périodiques bien-pensants, les dernières nouveautés. Les gens s'assoient, discutent, ils feuillettent un journal ou bien ils appellent Edmond le commis, qui grimpe à l'échelle pour choisir l'ouvrage demandé.
Les deux amis remontent la rue en direction de la cathédrale. Allaines habite dans un des hôtels particuliers qui bordent les allées Tourny. Un quartier chic

où ne demeurent que des gens distingués. A droite de la grille d'entrée, sur le pilastre, il y a une plaque en cuivre avec l'inscription : *Maître Joseph Allaines, avocat à la Cour.* Personne ne peut prévoir que ce même nom sera gravé, quelques années plus tard, sur la stèle de marbre dressée à l'intérieur de la mairie, suivi de la mention : *mort en déportation.* (« Préviens Marc ! » criera Me Allaines à Execourt qu'il apercevra sur le trottoir, juste au moment où deux feldgendarmes le feront monter à coups de crosse dans un fourgon.)

Tout en marchant, Execourt regarde les maisons, les boutiques. Il s'imagine plus vieux, déambulant de la même manière en compagnie d'Allaines. Le décor n'aura pas changé. Chacun parlera de sa vie. Il ne sait pas avec précision de quoi l'une et l'autre seront faites mais peu importe, le principal c'est d'être ensemble, d'échanger des idées, de se comprendre à demi-mot. Ils sentiront en eux — comme il le sent, ce soir — une force qui les soulève au-dessus des hommes, les projette dans un avenir inconnu où ils accompliront leurs destinées. Il n'y a pas de vie s'il ne se passe pas de grandes choses. Voilà ce qu'il pense.

Arrivé devant chez lui, Allaines s'arrête.

— Tu me pousses ?

— Il est tard. Mon père doit être rentré.

C'est toujours pareil. Allaines veut bien qu'on l'accompagne — une grâce qu'il vous fait — mais pour le retour, il vous laisse tomber.

— Je ne t'ai pas obligé à venir.

Il a raison. On ne réclame rien dans l'amitié. Comme dans l'amour.

— Tu as de ses nouvelles ? demande Execourt.

— De qui ? Lucie ? Elle est à Paris.

— Elle t'a écrit ?

— Elle n'écrit jamais.

— Tu crois qu'elle viendra à Noël ?

— Peut-être.

Ça, c'est le mystère. Le mystère de la famille Rosenbaum. (Plus tard on dira : « Si vous aviez connu cette époque, dans les années vingt ou trente ! La splendeur des Rosenbaum, les réceptions qu'ils donnaient dans leur domaine de Chantenac ! » La vieille Marie, la mère d'Edmond, qu'on appelle Mina, avait servi chez eux autrefois. Une vraie fée Carabosse, avec un nez crochu, des poils sur le menton. Après la guerre, Mina viendra faire la lessive chez les Execourt. Le premier samedi du mois, elle repasse les draps, ravaude le linge et, pendant que les fers chauffent dans la buanderie sur le fourneau à charbon de bois, elle raconte des histoires : « Il y avait des chanteuses en robe d'argent, mon petit Albert, des valets de pied avec des perruques, des lumières dans les arbres... Et puis un jour, tu le sais, tout est parti en fumée. Et quelle fumée !... »)

Execourt retourne à la maison. C'est presque l'heure de la « fille au chien » sur les quais de l'Isle, mais il n'a pas l'esprit à ça pour le moment. D'abord il fait froid, sur le pont où il se tient d'habitude pour la guetter, il y aura un vent humide qui rendra sa situation inconfortable, pour ne pas dire insolite. Et puis le libraire risque de lui demander des comptes sur son emploi du temps : « A quelle heure êtes-vous sorti du collège aujourd'hui ? » Il ne désignera pas son fils nommément mais la classe de première A dans son ensemble, sous-entendant par là que les autres élèves ont eu le loisir de rentrer chez eux pour préparer leurs leçons et leurs devoirs, alors que lui, Albert, a traîné dans les rues jusqu'au dîner.

« Est-ce la meilleure manière de s'assurer le succès au baccalauréat ? » En principe non mais, cette fois, le libraire tombe mal parce que demain il n'y a pas de cours, le prof est malade. Juste une étude et une heure de gym avec « Potiron », un ancien adjudant de la Coloniale, bas sur pattes et bedonnant, qui répète après chaque mouvement : « *C'est propre, c'est net, c'est correct.* »

Execourt redescendra par les vieux quartiers de la ville, la place du Marché-au-Bois, toujours encombrée de charrettes et de voitures à cheval d'où l'on décharge des caisses de marchandises, des tonneaux de bière ou des sacs de charbon. Les charbonniers portent des espèces de cagoules en toile de jute pour protéger leurs têtes de la poussière. Ça ne les empêche pas d'être tout noirs. De loin, on dirait des moines. Dans les rues étroites, à peine éclairées par la devanture des boutiques, quelques becs de gaz, il faut prendre garde où on met les pieds, à cause des eaux sales qui sortent des maisons, coulent entre les pavés. On respire un air nauséabond où les odeurs d'égout se mêlent à celles des légumes et des épices. Parfois s'ouvre un trou noir dans la façade d'une maison, un couloir humide au bout duquel on aperçoit la tache grise d'une cour avec un puits au milieu, des formes sculptées, peut-être des statues. Un monde ancien qui se cache dans la pénombre. Execourt aime bien se promener au milieu des gens qui vont et viennent. Il les regarde à peine, se laisse aller à ses rêveries. Est-ce que les autres rêvent comme lui ? A quoi pensent-ils ? A leur femme, leur métier ? Peut-être à rien. Comment peuvent-ils vivre alors ? Lui, il n'est jamais exactement là où il est. Il est ici et autre part, dans le moment présent et dans l'avenir, ou dans le passé. Il lui arrive même d'être tellement absorbé, quand il marche, dans ses pensées et ses souvenirs, qu'il ne sait plus ce qu'il fait, comme le jour — Allaines était avec lui — où il a heurté un réverbère sur le trottoir et lui a dit : « Pardon, monsieur. »

La première fois qu'il a vraiment connu Lucie, c'était pendant les vacances de Pâques, il y a cinq ou six ans. Il l'avait rencontrée auparavant chez les Allaines, dans des goûters où il était invité avec sa mère et c'était un supplice parce qu'il fallait *s'habiller*, mettre le costume Eton de sa première communion, rester assis sur sa chaise, les pieds ballants, en faisant attention de ne pas renverser sa tasse de chocolat ou de laisser tomber des miettes de brioche sur le tapis, jusqu'au moment où la maîtresse de maison disait : « Je crois que les enfants peuvent aller jouer dehors. — Mais ne vous salissez pas ! » ajoutait Mme Execourt qui s'empressait de vérifier la tenue de son fils, époussetant sa veste, remontant son pantalon, lissant ses cheveux, exactement comme s'il s'agissait d'un meuble à astiquer. C'était un meuble en effet, ou presque, aux yeux de sa mère pour qui les personnes et les objets étaient réduits à la même condition. Rien ne devait bouger. Haïssant le mouvement qui déplace les lignes — comme dit le poète —, elle régnait sur un monde clos et immobile où n'entraient pas les courants d'air ni les sentiments incongrus. Dans la lutte qu'elle menait contre le désordre et la saleté, toujours armée d'une brosse, d'un chiffon ou d'une paille de fer, dépistant la moindre trace de poussière sur une commode, l'ombre d'une tache dans les veines du parquet, rectifiant la position d'un vase ou d'un tableau, elle manifestait une passion qui s'apparentait à une sorte d'exigence métaphysique. Peut-être était-ce le Temps en définitive que Mme Execourt prétendait arrêter ? Le Temps qui dérange, abîme, déforme tout ce qu'il touche et fait de nous des êtres passagers. Peut-être rêvait-elle de le fixer dans un décor immuable qui lui renverrait sans cesse la même image ? Ainsi d'Albert, son fils unique, qu'elle continuait de voir et de traiter comme un enfant, malgré les années, pareil au bébé nu, allongé sur le ventre, les pieds en l'air, avec son duvet blond et ses yeux de porcelaine, tel que le représentait la photo accrochée au-dessus de la cheminée du salon, et qu'elle avait dû concevoir, une nuit d'orage, crispée comme la Justice dans le lit conjugal, tenant à deux mains ses frisettes sur les oreilles, pendant que le libraire fourgonnait dans son bas-ventre.

A l'âge d'Execourt, on répugne à imaginer comment nos parents faisaient l'amour, dans quelles circonstances ils nous ont donné naissance. On aimerait que ce soit par l'opération du Saint-Esprit.

Mme Allaines était une petite femme, pas plus haute que ses deux filles Isabelle et Noémie qui avaient douze et quatorze ans à l'époque, et son mari disait : « J'ai toujours peur de la perdre. » Elle portait des cheveux courts, taillés à la garçonne, des lunettes d'écaille qui lui mangeaient la moitié de la figure et lui donnaient l'air d'une institutrice. Elle n'était pas sévère pourtant. A la belle saison, quand le jour se prolongeait, elle organisait des parties de cache-cache avant le dîner, dans son jardin des allées Tourny. Celui ou celle qui cherchait devait crier : « Vu ! » dès qu'il croyait reconnaître une forme accroupie derrière un fourré, un arbre ou dissimulée dans un recoin de la serre. Un lieu étrange où l'on pénétrait avec appréhension, respirant un air moite, une odeur de terreau. On s'imaginait entendre des craquements, voir des ombres remuer sous les étagères. On criait : « Vu ! » en se sauvant et rien ne bougeait, parce que c'était une caisse ou un tonneau qu'on avait pris pour une personne.

Au fond du jardin, il y avait une citerne dont la

surface était recouverte de lentilles d'eau — on aurait dit des confettis — qu'on écartait avec le doigt ou avec une branche pour regarder les têtards à l'intérieur, tenter de les saisir dans une épuisette. « C'est dégoûtant ! » disait Lucie quand Marc lui mettait sous le nez les petites bêtes frétillantes : « Tu veux en manger, princesse ? » Elle détournait la tête, les lèvres pincées. Execourt l'avait trouvée un peu pimbêche.

Ils avaient passé la semaine de Pâques à Chantenac, dans le manoir des Rosenbaum. Toujours la petite bande, Marc, Albert et les deux Girard, dont les pères respectifs travaillaient plus ou moins pour le compte du châtelain. Me Allaines lui servait d'avocat-conseil dans ses affaires, le père des jumeaux, qui dirigeait une entreprise de maçonnerie, assurait l'entretien des bâtiments. Quant au libraire, il était le pourvoyeur en livres rares de la bibliothèque. C'était la « clientèle » du patricien, disait Execourt qui avait découvert le mot (et la chose) dans son *Histoire romaine.* M. Rosenbaum en possédait le physique et la majesté, avec son crâne poli, son profil de médaille, une façon de marcher souveraine, le ventre en avant, sur lequel brillait une chaîne de montre en or. L'été, il portait un costume de flanelle blanche, un chapeau de paille à larges bords et quand on le voyait se promener dans son parc, une canne à la main, sa silhouette faisait penser aux figurines collées sur les boîtes en fer de cacao *Aux planteurs de Caïffa*. Toutes les fois qu'il rencontrait les garçons — ça pouvait être le matin ou le soir, à la maison ou dans les allées du jardin — il posait la même question : « Alors, on s'amuse, les enfants ? » (il prononçait « onfonts »). Ils répondaient en chœur : « Oui, monsieur Rosenbaum ! — C'est bien, c'est bien », et chacun repartait de son côté.

L'expédition avait commencé au début de l'après-midi. Ils avaient quitté le manoir, suivi un sentier au milieu des bois. Les jumeaux s'arrêtaient au pied des arbres pour chercher des champignons. « Ce n'est pas la saison », disait Lucie. Elle portait les provisions du goûter, du pain, des pommes auxquelles la cuisinière avait ajouté des gâteaux de sa confection qu'on appelle des « merveilles » — d'autres disent aussi des « oreillettes » —, une pâte croustillante, parfumée à la fleur d'oranger, le tout dans un panier qu'elle tenait sous le bras. C'était lourd pour une fille de huit ans. « Tu le prends, Albert ? » Mais Albert considérait que les hommes ne devaient pas porter de panier. « Tu parles d'un homme ! » Marc marchait en tête parce qu'il était le chef. Il fallut franchir une rivière, la Gambionne, qui mesurait bien deux mètres de large. On pouvait emprunter le pont un peu plus haut, sur la route, mais ce n'était pas drôle. Le chef réfléchit. Il choisit un endroit où il y avait des pierres qui dépassaient et une grosse branche en travers du courant, qui avait dû être abattue par la tempête. Il s'avança le premier, en équilibre sur la branche qui oscillait sous son poids, il manqua glisser et sauta juste à temps sur la berge. Lucie lui lança le panier. « A toi, maintenant », mais elle n'arrivait pas à se décider. Elle se penchait au-dessus de l'eau, sans lâcher la main d'Albert. « Alors, tu y vas ? — C'est trop risqué. » Albert lui donna une secousse avec le bras pour la pousser en avant, elle cria : « Non, non, j'ai peur ! » et sans même chercher à se rattraper, elle tomba au milieu des pierres. « Elle est morte », pensa Albert. Il croyait voir du sang sur la robe de Lucie et sur ses cheveux noirs qui ondulaient dans la rivière. « C'est moi qui l'ai tuée. » Mais déjà Marc était entré dans l'eau, il en avait jusqu'aux genoux, il tirait la fille qui s'était relevée et pataugeait en pleurant. Quand elle grimpa sur la rive, le tissu mouillé dessinait son corps comme s'il était nu.

Après la traversée de la rivière — que les jumeaux effectuèrent prudemment par le pont —, l'expédition escalada la pente d'une colline pleine de ronces et d'ajoncs qui déchiraient les jambes. Au sommet on trouvait un bâtiment en ruine envahi par les herbes, des plantes grimpantes et même des arbres dont les branches avaient défoncé la toiture. C'était peut-être une ancienne chapelle, parce qu'il y avait une table en pierre à l'intérieur, qui ressemblait à un autel et, dans un des murs encore debout, une ouverture en forme d'ogive.

Albert portait le panier à provisions. Il se tenait à l'écart, sans un mot. Les autres ramassaient des brindilles pour allumer un feu. Marc avait retiré ses sandales et ses chaussettes. Il dit à Lucie : « Enlève ta robe, on la fera sécher. » Dessous elle portait une combinaison garnie de dentelles. Quand elle se baissait, on voyait la tache blanche de sa culotte. Albert avait envie de pleurer. Devant ses yeux repassait sans cesse l'image de Lucie étendue dans l'eau et, chaque fois, il éprouvait le même choc. Elle était morte. Il avait beau l'entendre parler et rire, il n'y croyait pas. Celle-là était une étrangère dont la présence lui était insupportable. La vraie Lucie, celle qui l'aimait, n'existait plus. Il l'avait tuée. Partagé entre la haine et le désespoir, Albert faisait l'apprentissage de la passion.

Plus tard, tout avait changé. Les vêtements séchaient sur l'autel et eux, ils étaient assis en demicercle devant les flammes, en train de manger les

« merveilles ». Marc chantait : « *J'ai mon cœur à mon aise, quand j'ai ma mie auprès de moi.* » Il tenait Lucie par l'épaule et Albert, de l'autre côté, avait posé son bras sur le sien.

— On est bien, dit Lucie. On vivra longtemps. On ne se quittera jamais.

Ainsi était née leur union. Dans la peur et les larmes. Qu'est-ce qui les unissait ? La force de Marc, la faiblesse d'Albert et, pour les deux, l'amour de Lucie.

Le même jour, après le dîner, ils tinrent une réunion secrète dans le parc. C'était une idée de Marc. Il avait imaginé un cérémonial où les trois amis accompliraient un rite. On ignorait lequel. Pas besoin de se débarrasser des jumeaux, la dernière bouchée avalée, ils montèrent se coucher sans demander leur reste. En principe les « onfonts » avaient la permission de jouer jusqu'à neuf heures, pendant que les grandes personnes dînaient. Ce soir-là, les Rosenbaum recevaient des invités, on pouvait donc supposer que la surveillance se relâcherait. Lucie avait mis une robe blanche à pois bleus avec des volants dans le bas. Elle s'était bien coiffée, la raie sur le côté, une barrette pour retenir sa mèche au-dessus du front. A la voir aussi élégante, avec son air de princesse, comme disait Marc, on n'aurait jamais cru que c'était la même fille qui courait les bois, tombait à l'eau et s'écorchait les jambes dans les ronces. Elle avait un double visage qui plaisait à Albert. Ce qui comptait chez un être, il le découvrirait plus tard, ce n'était pas seulement son aspect physique — la grâce, la beauté — mais sa capacité de faire naître des émotions. La joie ou la tristesse que procurait sa présence.

La façade du manoir donnait sur une terrasse entourée d'une balustrade. On descendait quelques marches pour suivre une allée circulaire qui conduisait à une charmille. Des arceaux recouverts de rosiers, de volubilis formaient un tunnel de verdure. On s'y sentait à l'abri, loin du monde, dans le parfum des fleurs, le bruit léger que faisaient les feuilles au moindre souffle de l'air. Marc avait apporté une bougie qu'il alluma et posa sur le sol, coincée entre deux cailloux. Ensuite il sortit de sa poche une « merveille » qu'il avait gardée de la promenade.

— Qu'est-ce qu'on va faire ? demanda Albert.

Marc leur dit de s'asseoir. Il éleva le gâteau au-dessus de la flamme, dont la pâte translucide dessinait trois pointes semblables aux branches d'une étoile :

— C'est nous, dit-il en désignant la « merveille ». On va la manger. Comme le prêtre, à la messe, mange Dieu qui est dans l'hostie.

Il posa le doigt sur chacune des branches :

— Ça, c'est Lucie. Ça, c'est Albert et ça, c'est moi.

— Tu n'es pas un prêtre, dit Albert. Tu ne peux pas faire de miracle.

— Quand on croit, dit Marc, c'est la même chose.

Et il croqua Lucie d'un coup de dent, passa la « merveille » à Albert qui croqua Marc, la passa à Lucie qui croqua Albert. Ensuite ils partagèrent le restant du gâteau qu'ils mastiquèrent en silence. Dans la pénombre, on entendit quelqu'un s'étrangler. C'était Lucie qui avait avalé de travers. Albert lui donna des petites tapes dans le dos. « On est bêtes », dit-elle. Marc conservait son air sérieux. Il se tenait les bras croisés, les yeux clos, pareil aux communiants, à l'église, lorsqu'ils reviennent de la sainte table. Sans doute voulait-il montrer, par cette attitude, que Lucie était vraiment entrée dans sa chair, comme lui-même était entré dans celle d'Albert :

— Maintenant on ne pourra plus nous séparer, dit-il. Nous sommes un en trois et trois en un.

Les autres répétèrent après lui : « Un en trois et trois en un. »

— C'est comme la Sainte-Trinité, dit Albert.

Lucie pouffa. Marc souffla sur la bougie.

De la prairie, on apercevait les lumières du château qui se découpaient sur le fond noir de la nuit. Les invités des Rosenbaum avaient rejoint le salon, où un domestique devait leur servir le café et les liqueurs. « Une infusion pour moi, Huguette... Une larme de Bénédictine. » On entendait des rires, des exclamations, des bribes de phrases qui composaient une musique de voix, un bourdonnement joyeux. On voyait des messieurs passer derrière les fenêtres, une tasse à la main. Ils s'inclinaient, prenaient un sucre ou un cigare, allaient s'asseoir auprès des dames, devant la cheminée. L'éclat des flammes colorait leurs visages, mettait des lueurs sur le tissu soyeux des robes et parfois, quand les femmes remuaient les mains ou touchaient du doigt leurs colliers de perles, les bijoux jetaient des étincelles.

Pour les trois enfants postés sur la terrasse, la figure collée contre la vitre, c'était le tableau magique de la vie qui se reflétait dans leurs yeux. L'image d'un monde heureux dont ils garderaient le souvenir, sans savoir qu'il était déjà un monde perdu.

Dans la chambre des garçons, il y avait deux lits bateaux, recouverts d'un édredon rouge. Les jumeaux dormaient dans l'un, Marc et Albert dans l'autre. A dix ans, on a son quant-à-soi. On ne tient pas plus à étaler ses sentiments qu'à montrer ses fesses. Du moins c'était l'avis d'Albert dont la pruderie s'accommodait mal de cette intimité. Il attendait que Marc soit couché pour éteindre la lampe et se déshabiller dans le noir. Ensuite il fallait régler le problème de la prière. Chez lui, il la récitait chaque soir, un *Notre Père* et un *Je vous salue, Marie* devant une gravure du Sacré-Cœur accrochée au-dessus de son lit. « Que le Bon Dieu protège Papa, Maman, tous ceux que j'aime. Que l'ange gardien prenne soin de mon âme pendant mon sommeil. » Un signe de croix et on était tranquille pour la nuit.

Marc n'avait pas l'air inquiet, lui. Dès qu'il avait passé son pyjama, il disait : « Salut ! » et se glissait sous les couvertures.

— Tu te couches comme ça ?

— Oui. Pourquoi ?

Albert était troublé dans ses convictions. Par peur du ridicule, il agissait de même, se contentant d'une oraison mentale expédiée sur l'oreiller. Il n'était pas certain que ça compte vraiment.

Lucie avait sa chambre à elle, qui communiquait avec celle des garçons. Elle y rangeait ses jouets, ses meubles de poupée, une table et des chaises en miniature, un service de vaisselle. Sur les murs le papier peint représentait un paysage de campagne. On y voyait un moulin, une rivière, un âne qui transportait des enfants dans un panier. Le même dessin se répétait tout autour de la pièce comme une histoire qui recommencerait sans cesse.

Ce soir-là, Albert dit à Lucie :

— Je vais te lire quelque chose.

— J'ai sommeil, dit Lucie.

— Juste une page...

Il alla chercher un cahier sur lequel était inscrit en lettres capitales : LE CRIME DE LA RUE LIMOGEANNE et, en dessous : *roman, par Albert Execourt.*

— Quand j'aurai fini, je l'enverrai à Paris, aux éditions Le Masque.

Des romans policiers dont il possédait toute la collection, cartonnés jaune avec, au milieu de la couverture, un masque noir traversé d'une plume d'oie.

— On verra ton nom sur un livre ? dit Lucie.

— Peut-être.

— Attends que je sois couchée.

Albert s'installa au pied du lit. Il ne distinguait de Lucie que les cheveux noirs qui dépassaient du drap.

— Tu peux commencer, dit-elle d'une voix étouffée.

Il se mit à lire :

— *C'était par un de ces soirs d'hiver qui rendent Périgueux si triste. Dans une petite rue faiblement éclairée, une ombre avançait sans bruit...*

Au bout d'un moment, Albert interrompit sa lecture. Il leva la tête et s'aperçut que Lucie dormait. Ça lui était égal, au fond, qu'elle ne l'écoute pas. Ce qu'il savourait, c'était simplement le plaisir d'être seul dans le silence, pendant que les autres s'abandonnaient au sommeil. Il avait l'impression de découvrir un secret. Il se dit : « Personne ne m'aime. Personne ne me connaît. »

La nuit au « Tivoli-jardim »

(2)

Qu'est-ce qu'ils fabriquent dehors ? Par moments on entend des acclamations qui éclatent, des bruits de moteurs et de cavalcade. A l'étage en dessous, les clients ont ouvert la fenêtre de leur chambre. Ils discutent sur le balcon. Ce sont des étrangers, Anglais ou Américains. La femme a une voix pointue. Elle veut absolument qu'on lui dise si ce sont des communistes qui manifestent dans la rue. L'homme la rassure. Non, ce sont des soldats. Mais les soldats peuvent être des communistes, dit-elle.

Notre voyageur n'a pas bougé, lui, toujours assis à son bureau, les yeux fixés sur les feuilles de papier à en-tête de l'hôtel, étalées devant lui. Depuis qu'il a écrit le mot *Lucie*, il a gardé la même attitude, sans rien ajouter. Sait-on à quoi on pense, pour quelle raison on se met à rêver ? Maintenant il s'amuse à dessiner un masque noir, traversé par une plume d'oie. La mémoire est faite d'images qui s'éclairent, s'éteignent comme des enseignes lumineuses. A l'arrivée de la servante tout à l'heure, il a revu les ruelles de Coimbra, les paysannes qui jacassaient sous les arbres. Il a retrouvé le sentiment de perdition qu'il éprouvait alors, l'impression d'être en l'air, détaché du courant de la vie, ignorant où il devait aller, dans quel sens. « *L'incertitude de nos voies nous tourmenta toujours.* » Qui a écrit ça ? Gide ? Comme on admire ceux qui marchent droit, qui avancent sans regarder d'un côté ou de l'autre, persuadés d'être sur la bonne route, la seule. « *Ce cavalier français qui partit d'un si bon pas.* » Qui a écrit ça ? Péguy ? De qui parlait-il ? On en a marre de ces phrases qui tournent dans la tête, sans qu'on sache d'où elles sortent, ce qu'elles signifient au juste. Les écrivains sont des menteurs, disait Allaines. On a bien fait d'en fusiller quelques-uns à la Libération. Ça leur apprendra. Il est plus grave de trafiquer avec les mots qu'avec l'ennemi.

— On peut se tromper, disait Execourt.

— On ne se trompe pas sur le sens des mots.

Il y a toujours eu des fripouilles dans les guerres. Quelle importance ? Les putes ont vendu leurs corps, les commerçants leur camelote. L'argent n'a pas d'odeur, l'amour n'a pas de patrie, air connu. Tandis que les autres ont perdu leur âme. Les mots sont sacrés. Ils disent la vérité. Si on écrit *blanc*, c'est blanc, *noir*, c'est noir. Comme le prêtre à l'autel, quand il dit que le vin, c'est le sang, et le pain, le corps du Christ, il y croit. Ou alors c'est un imposteur. Qu'on le brûle !

Comme il se sentait fort et juste, ce jour-là, Allaines, sur la place de Périgueux, en face du *Grand Hôtel du Commerce* d'où sortaient les soldats allemands, le visage terreux, les mains croisées sur la tête, une file de vieux, d'éclopés, de bancals, plantons et scribouillards de la Kommandantur, laissés-pour-compte par la Wehrmacht en déroute. Autour d'eux les vociférations de la foule, les insultes, les gestes de menace — exactement ce qu'on attendrait de mauvais figurants dans un film de circonstance — et soudain une femme qui s'élance, échevelée, qui rompt le barrage des F.F.I. rigolards, frappe un prisonnier avec ses poings, lui crache à la figure. Allaines attrape la femme par le bras, la gifle et personne ne proteste parce qu'il porte un calot galonné, un baudrier sur son blouson de cuir, un pistolet à la ceinture et que, tout le monde le sait, il s'appelle le lieutenant Julien, l'un des libérateurs de la ville. Il a beau avoir une figure d'ange, les joues imberbes, des mèches bouclées sur le front, à vingt-deux ans, c'est déjà un vieux combattant, un chef de corps franc légendaire, dont on cite les tours pendables qu'il a joués aux Allemands. Insaisissable dans son maquis de la Double, une région d'étangs et de forêt, entre Montpon et Ribérac, Julien surgissait là où on ne l'attendait pas, dressait des embuscades, attaquait des convois, faisait sauter des ponts et des dépôts de munitions. A Périgueux, le chef du S.D. avait mis sa tête à prix, offert cent mille francs à qui le dénoncerait ou permettrait de découvrir sa retraite. Après chaque attentat, le Sturmführer Hambrecht (dont on connaissait à peine le visage, une ombre coiffée d'une casquette d'officier au fond de la Citroën noire qui sillonnait les rues, stoppait avec un crissement de pneus devant un immeuble — les portières claquées, le bruit des bottes dans l'escalier, les coups contre les portes, les cris, les hurlements), Hambrecht poussait une belle colère. En représailles, il expédiait ses troupes qui raflaient les hommes au milieu des champs, brûlaient les fermes et, chaque fois, c'étaient les mêmes disputes chez les bourgeois. Voilà le résultat, disaient les uns, quand on est vaincu, on se tient tranquille. C'est la guerre, répondaient les autres, quand l'ennemi occupe le pays, on se bat.

Un jour, dans les dernières semaines avant le débarquement, on aperçoit la silhouette d'un jeune ecclésiastique se profiler sur le cours Montaigne. A la hauteur du *Lys rouge*, le prêtre s'arrête, examine les livres de la devanture avec attention. Après s'être assuré qu'il n'y a personne à l'intérieur du magasin, à l'exception de M. Execourt, assis derrière sa caisse, il entre, referme la porte dont il a soin de bloquer la poignée en retirant la goupille.

— Monsieur l'abbé, interroge le libraire, que puis-je pour vous ?

— Beaucoup de choses, mon fils.

Il est un peu myope, Maurice, il ne reconnaît pas tout de suite le nouveau venu qui s'avance vers lui à contre-jour, soulève son chapeau, éclate de rire et lui demande comment se porte Albert.

— Mon Dieu, mais c'est...

Le lieutenant Julien en chair et en os, ou plutôt Marc Allaines qui passe prendre des nouvelles de ses amis. Il y a près d'un an qu'il les a quittés. Mais par quel miracle est-il arrivé jusqu'ici ? Le plus naturellement du monde, dans un camion de maraîcher qui l'a déposé aux portes de la ville. Grâce à ce déguisement il a franchi sans difficultés le barrage des feldgendarmes, répondant d'un signe de tête aux saluts des militaires. Pour un peu, il les aurait bénis ! Ce qui prouve, ajoute le pseudo-curé, que la religion a encore du bon, de nos jours. Elle en impose. Le prestige de l'uniforme sans doute. Ou mieux la persistance d'un code de savoir-vivre, qu'on observe malgré soi, malgré les rigueurs de la guerre. Le respect de la soutane ou la crainte de Dieu.

Que compte-t-il faire, Marc ? Va-t-il rester ? Bien sûr que non, il n'a pas l'intention de compromettre la famille. Dommage qu'Albert ne soit pas à la maison. Marc avait des choses importantes à lui confier. Quelles choses ? Il se réserve le soin de les dire, le moment voulu, à l'intéressé. D'abord où est-il, Albert ? A Paris ? Depuis quand ? Pourquoi est-il parti ?

On imagine la tête du libraire, pétrifiée comme s'il avait croisé le regard de Méduse, incapable d'esquisser un geste, de tourner une phrase, une formule de politesse. Il s'agissait bien d'être poli ! Qu'on trouve chez lui le lieutenant Julien et c'était le peloton ! Qu'il foute le camp au plus vite, voilà ce qu'il souhaitait, le cher homme. Qu'Allaines disparaisse et que personne ne garde le souvenir de cette visite. Justement on frappe à la porte. Un client et non des moindres, le docteur Sergot, l'un des responsables de la Légion des combattants à Périgueux, qui agite la poignée, colle son nez à la vitre, les mains en visière autour des yeux, pour percer le mystère de cette librairie fermée à onze heures du matin.

(On avait si souvent raconté l'histoire depuis, ajoutant chaque fois un détail propre à exalter la geste du héros, qu'on ne savait plus très bien distinguer la vérité de la légende. Etait-ce exact, cette intrusion dans le magasin, du docteur Sergot, maréchaliste à tous crins, le quiproquo qui s'en était suivi avec le faux prêtre, les explications embarrassées de Maurice ? Ou encore le conseil que lui aurait donné Allaines, de décrocher le portrait de Pétain qui avait remplacé celui du grand-père au-dessus de la caisse ? « *Pour vous éviter des ennuis, monsieur Execourt.* » Ce qui est sûr, c'est que le lieutenant Julien avait gagné l'arrière-boutique, de là était monté au premier étage, dans l'appartement. Il y avait changé de costume à nouveau, troquant la soutane contre le treillis d'Albert, vestige des Chantiers de jeunesse où son ami avait servi deux ans plus tôt. « *Avec un béret d'ancien combattant et mes godillots de curé, j'aurai la touche d'un prolétaire.* » Mme Execourt lui avait trouvé bonne mine, la silhouette un peu forcie. « *C'est la vie au grand air, madame.* »

Le lendemain, on apprend qu'une charge d'explosifs a détruit les bureaux du Sturmführer Hambrecht. Pas de victimes mais tous les dossiers ont brûlé.

Les mots sont sacrés. Ils disent la vérité. Si on écrit *blanc*, c'est blanc, *noir*, c'est noir. A la réflexion, l'idée semble farfelue de comparer la littérature et la religion. Surtout de la part d'un garçon qui apparemment ne s'intéresse ni à l'une ni à l'autre. Allaines considère la littérature comme un passe-temps et traite la religion avec indifférence. Pourquoi prendre soudain les écrivains au sérieux, les vouer au bûcher avec les prêtres imposteurs ? Au fond Allaines est un mystique. Il croit au pouvoir de l'esprit sur la matière. Pour lui, les mots sont sacrés parce qu'ils expriment la réalité d'un monde invisible. Le monde des idées qui ne changent pas. Pures et éternelles comme la divinité.

Sur la place, la femme qu'il vient de gifler le regarde sans comprendre, le visage tuméfié, avec de grosses larmes qui coulent sur ses joues. Entre deux hoquets, elle répète : « Sale boche, sale boche ! » mais c'est au lieutenant Julien qu'elle s'adresse : « Sale type, sale type. » Il lui a gâché son plaisir, il l'a frustrée de sa vengeance. De ses remords plutôt et du moyen de s'en débarrasser. Une façon comme une autre qu'ils ont trouvée, tous, de racheter leur trouille, d'oublier leur lâcheté avec des cris, des coups de poing, des fleurs, des baisers. Allaines avait lu ça dans un livre (ou bien c'est Execourt qui le lui a rappelé) que la joie est l'envers de la peur, une peur imaginaire, dont on n'a plus rien à craindre, dont il ne reste que le tremblement, le cœur qui bat plus vite au souvenir du danger. Pendant quatre ans, ils en avaient tous crevé de ce silence, mais c'est grâce à lui qu'ils avaient vécu, filant doux, le dos rond, bouche cousue, pour passer entre les gouttes, les rafles, les contrôles, le couvre-feu et — pourquoi pas ? — « Vive le Maréchal ! A bas les juifs ! Merci, monsieur Hitler, vous voulez mon fils, mon frère, mon amant, prenez-les, ils sont à vous. »

Devant la préfecture, sur les marches, on a disposé les chaises pour le spectacle. Des fiers-à-bras ont amené les filles, réquisitionné des garçons coiffeurs avec leurs ciseaux et leurs tondeuses. « La boule à zéro, salopes ! » On va rire, se payer du bon temps, venger pour pas cher l'honneur de la patrie. Les vieillards salivent, les gamins s'excitent dans leurs culottes. De loin, les filles ressemblent à des mannequins, assises, les jambes raides, les bras ballants, tandis qu'une main ferme leur tient la tête baissée et que l'autre trace des sillons blêmes dans leurs chevelures. Quand elles se redressent, elles n'ont plus de visage ni de sexe. Ni hommes ni femmes, des billes de clowns, un masque de cire qui bouge entre les épaules, avec des trous pour les yeux et la bouche, les oreilles écartées comme les anses d'une marmite. On siffle, on applaudit et elles qui ne savent pas où aller maintenant, on les pousse, on les tire, elles dégringolent l'escalier, tombent au milieu de la foule, essayent de se frayer un chemin, les mains sur leurs crânes rasés, mais chacun les agrippe par le cou, par la taille : « Tu viens avec moi, chérie ? » « Saleté ! » crient les femmes. On déchire une robe, on arrache un corsage. Est-ce à ce moment qu'Allaines est intervenu ? L'a-t-il fait réellement ou voulu le faire, comme il l'a raconté plus tard à Execourt, confondant peut-être ses souvenirs et son émotion ? Dans sa mémoire s'étaient superposées les images des camps de la mort à celles dérisoires des filles tondues de Périgueux. Un instinct lui souffle que c'est la même chose, que le mal ne se divise pas et que lui, Allaines, il n'a pas parcouru tout ce chemin pour aboutir à cette mascarade. (C'est bien le mot qu'il avait employé, *chemin*, pour désigner cette période de son existence — quelques mois, une année au plus — qu'il avait passée dans le maquis. La vie est un *chemin*, une distance que nous parcourons plus ou moins vite et qui nous modifie. D'autres ne changent pas. Ils restent sur place.)

— J'ai pensé à ma mère, disait Allaines, à Lucie et à ma mère. Toutes les femmes se ressemblent. Elles nous ont portés, bercés, elles nous ont donné leurs ventres, leurs caresses. J'avais envie de les défendre, ces pauvres filles, pas pour elles mais pour moi, pour ceux qui les bafouaient. Je les aurais consolées, j'aurais essuyé leurs larmes. (Voilà son genre : il fusillait les écrivains et protégeait les putes...)

— C'est le règne de la vertu qui commence, disait Execourt.

— On en a tous rêvé de la vertu. La vertu et la justice. Quand j'étais perdu au fond de la Double, avec les garçons de mon groupe, j'avais l'impression d'être seul sur la terre. J'aimais ça. Nous restions une partie de la nuit à veiller. Je regardais le ciel, j'écoutais les bruits de la forêt, mon esprit s'en allait loin dans le temps. J'imaginais ce que serait la vie plus tard, après la guerre. Non pas la mienne mais celle des hommes. Elle se dessinait devant moi, elle était pareille à la vie que nous menions au milieu des bois, sans familles, sans maisons. Je veux dire que pour nous l'ancien monde n'existait plus. A vingt ans, nous étions libres, nous n'avions plus de parents, plus de métier, plus de lois, plus d'habitudes. Il fallait tout inventer. Rien ne s'opposait à nos désirs, sauf la mort. Elle pouvait arriver demain, dans une heure. C'est la mort qui nous donnait ce sentiment de bonheur. Un bonheur sauvage, comme le donne un amour qu'on peut perdre à chaque minute.

Le voyageur de l'appartement deux cent vingt-quatre est en train de se restaurer. Il est assis devant le guéridon où la servante a posé le plateau. Il picore plus qu'il ne mange, se verse des rasades de *vinho verde* entre chaque bouchée. A cette cadence, la bouteille ne lui suffira pas. Comme les gens habitués à vivre seuls, il aime bien s'occuper pendant le repas. Il lit un prospectus de l'hôtel où sont énumérés les différents services mis à la disposition de la clientèle. Il remarque qu'en plus du *bar* et de la *lingerie*, il existe un *salon de coiffure* et même un *institut de beauté*, au cas sans doute où on souhaiterait changer de corps et de visage. Encore une goutte de vin, la dernière, une cigarette pour accompagner la digestion. Notre homme se tient un peu tassé dans son fauteuil, les pommettes rosies, les yeux à demi fermés, comme s'il se laissait aller à la somnolence. Dans cet état, on perd vite le sentiment de la réalité, à cause de la chaleur de l'organisme, qui rend les idées plus colorées, plus douillettes. On aurait tendance à croire que les choses vont s'arranger. Ce n'est qu'une impression — fausse, on le sait — car les choses ne s'arrangent jamais, du moins au sens où on l'entend, c'est-à-dire qu'elles ne disparaissent pas comme par enchantement du jour au lendemain. Mais du fait de ce bien-être qu'on éprouve, on envisage l'avenir d'un point de vue différent. On le replace dans un raisonnement plus général qui ressemble à de la philosophie. Un peu comme le ferait un condamné à mort, par exemple, se consolant de son infortune à la pensée que tous les hommes sont mortels et que tôt ou tard ils subiront le même sort que lui. Il s'en faut que celui dont nous parlons se trouve dans une pareille situation (on l'espère pour lui) mais il a besoin de se consoler, c'est sûr, peut-être même de se justifier. Cette façon d'aller et venir d'une occupation à une autre, de s'abandonner à la rêverie puis de reprendre pied dans le monde réel, tout cela traduit chez lui un malaise, une sorte de vacuité ou d'énervement pour rien. Par moments il a l'air de se demander : « Qu'est-ce que je fais là ? Pourquoi suis-je parti ? » ; à d'autres, il a l'air de le savoir mais de redouter la réponse. Il bâille.

Ah, c'est compliqué de vivre et d'être en paix avec sa conscience !

Allaines s'était choisi le pseudonyme de Julien à cause de Stendhal. De Stendhal et d'Execourt qui lui avait lu, un jour, dans *Le Rouge et le Noir*, la scène où Julien Sorel décide de prendre la main de Mme de Rênal dans la sienne. Un passage qu'ils surent bientôt par cœur et qu'ils se récitaient à chaque rencontre :

« *Au moment précis où dix heures sonneront*, disait Execourt, *j'exécuterai ce que pendant toute la journée je me suis promis de faire ce soir...* »

Et Allaines répondait : « *Ou je monterai chez moi me brûler la cervelle.* »

Quel type, ce Julien Sorel ! Il n'avait pas envie de se tuer, il voulait seulement se prouver qu'il était bon à quelque chose, qu'il n'hésitait pas à mettre sa vie en jeu pour atteindre son but. Voilà ce qui leur plaisait, à nos deux lycéens, cette idée qu'il suffit de se fixer une règle, n'importe laquelle, la plus futile, pour changer son destin.

« *Au moment précis où dix heures sonneront...* » A la brasserie *L'Univers*, Allaines et Execourt se regardent dans les yeux, de chaque côté de la table, pendant que les jumeaux avalent leur chocolat sans rien comprendre. « Qu'est-ce que vous racontez ? A quoi vous jouez ? — *Je monterai chez moi me brûler la cervelle.* »

Pas besoin de vivre sous la Restauration, comme

Julien Sorel, pour savoir qu'on étouffe dans la société des adultes. La province française des années trente, ça valait bien le dix-neuvième siècle. La messe du dimanche au collège Saint-Joseph, la promenade avec les parents sur le cours Montaigne, les coups de chapeau du libraire chaque fois qu'on croise un client, l'odeur de la soupe dans l'escalier, quand on rentre de l'école, le soir, le silence du repas où l'ennui a la couleur du papier à rayures de la salle à manger, de la plante verte dans son cache-pot en cuivre devant la fenêtre, du carillon Westminster dont le balancier accompagne le choc des couverts dans les assiettes.

« *Au moment précis où dix heures sonneront...* » Les heures de la vie sont-elles fixées pour jamais ? Les deux adolescents se regardent dans les yeux. A quel moment vont-ils se décider ? Rien ne bouge dans le monde comme dans les rues de Périgueux. Chacun répète les mêmes gestes et les mêmes paroles. La France compte ses rides, elle se rappelle sa gloire passée. Personne n'attend personne. Le temps est immobile, les murs sont épais, les fenêtres sont closes et il y a toujours l'odeur de la soupe dans l'escalier. A quel moment vont-ils choisir, faire ceci ou cela, prendre un chemin à droite ou à gauche ? Le jour approche où tout volera en éclats dans chaque maison, le toit, les vitres et les idées. Il y aura des courants d'air dans la salle à manger de Mme Execourt, Hitler s'est mis à table sans prévenir.

D'où sort-il, ce vieux capitaine ? On le voit chaque matin se promener sur le boulevard, sa badine à la main et dans l'autre il tient la laisse de son chien, lequel s'arrête pour lever la patte au pied des arbres. Lui, il lève le bras pour répondre aux saluts des jeunes soldats qui le croisent. Un geste qu'il exécute avec grâce, la paume ouverte, l'index un peu détaché des autres doigts, comme le ferait un évêque bénissant ses ouailles. On se demande si ce n'est pas l'unique raison de sa promenade, le plaisir qu'il éprouve à cet échange de politesses. Il a dû aller rechercher son uniforme, conservé dans la naphtaline, cirer ses bottes, recoudre ses décorations, histoire de se mettre à la mode du jour. Ça ne manque pas, les militaires, en ce moment à Périgueux. On n'en a jamais tant vu depuis que l'armistice est signé. Surgis de terre comme les cèpes en automne, après une bonne ondée, ils paradent, défilent, prennent les armes, sonnent le clairon, montent et descendent les couleurs. On peut être tranquille, la France est bien gardée, maintenant qu'elle n'a plus rien à perdre. Reste le vieux capitaine qui déambule sur le terre-plein, la tête penchée, les jambes en arceau, avec ce mouvement mécanique de la main qui se porte au képi. Chaque fois qu'il le rencontre, Execourt ressent une impression désagréable, un malaise, comme s'il voyait un cadavre ou un fantôme. Il ignore pourquoi. Ça fait plusieurs semaines qu'Albert n'arrive plus à s'y reconnaître dans ses idées ou ses sensations, parce qu'il ne peut pas relier l'état où il se trouve avec celui qui l'a précédé. Avant — c'est-à-dire avant l'exode, la débâcle, toutes ces nouvelles incroyables qu'on lit dans les journaux — il était à peu près sûr de la vie qu'il menait. Il se disait : Demain j'ai un cours de philo, je vais chez Marc ou bien c'est Lucie qui passera à la librairie. Le soir, il écoutait à la T.S.F. la lecture des communiqués. C'était toujours la même chose, « des duels d'artillerie dans la Sarre » ou « des activités de patrouilles à la frontière ». Nos généraux se déclaraient satisfaits. Bref, *avant,* Albert vivait dans un monde normal. Il y avait la guerre, une guerre qu'il ne voyait pas mais qui devait exister quelque part, à des centaines de kilomètres de là. Elle durerait longtemps, comme toutes les guerres et sans doute que dans un an ou deux, Marc et lui partiraient au front pour gagner la croix. Plus tard, ils deviendraient des anciens combattants, comme le docteur Sergot qui défile, le 11 Novembre, coiffé d'un béret basque, avec une ribambelle de médailles sur la poitrine.

En attendant, Albert était plutôt content de sa situation. Il pensait qu'il n'avait jamais été aussi heureux que pendant cette période de la guerre où il redoublait son année de philo au lycée, dans la même classe que Marc. Son ami était déjà bachelier, lui, il avait réussi son examen de Math Elem en juin dernier, mais ses parents le trouvaient trop jeune, à dix-sept ans, pour aller préparer Normale Sup ou Polytechnique — Marc n'était pas encore fixé — tout seul à Bordeaux. « On ne va pas séparer les inséparables », disait Me Allaines. Et puis il y avait Lucie, « repliée » à Chantenac avec sa mère, tandis que M. Rosenbaum restait à Paris pour ses affaires. Lucie se fichait pas mal du bac — est-ce qu'une jeune fille de sa condition a besoin de diplômes? —, elle suivait des leçons particulières chez une demoiselle Singlin — qu'on appelait « la cinglée » —, une vieille fille retraitée de l'institution Saint-Joseph, qui lui enseignait la littérature française dans le manuel du chanoine Desgranges. Lucie expliquait les tragédies de Racine, *Les Martyrs* et *Atala*, elle apprenait par cœur les *Méditations* de Lamartine et les poésies de Mme Desbordes Valmore. Quand elle sortait de la rue des Tanneurs où demeurait la « cinglée » dans un logement de deux pièces — « qui sentait la souris » — rempli d'images pieuses et de chapelets, Lucie passait voir Albert au *Lys rouge*. S'il n'était pas rentré, elle bavardait avec Maurice ou montait prendre le thé en compagnie de Mme Execourt. A six heures, Auguste, le jardinier de Chantenac, venait la chercher dans le cabriolet jaune à deux places, tiré par la jument Marguerite. L'hiver, il fallait déplier la capote et s'emmitoufler dans les couvertures. Parfois Auguste apportait une bouillotte qu'on remplissait d'eau chaude, pour mettre sous les pieds de la « petite demoiselle ». Rien n'était plus joli que le visage de Lucie, au moment du départ, quand on l'apercevait dans l'éclairage jaune, un peu vacillant, des deux lanternes à pétrole accrochées sur les montants de la capote. Il se découpait comme la figure d'un tableau ancien, enveloppé dans un châle de laine noire qui ne laissait paraître que les yeux, le nez, à peine les joues rosies par l'air. Une image qui réunissait toutes sortes de sensations autour d'elle : le froid, l'odeur du cheval, le souffle de son haleine quand il renâclait et qu'on voyait sortir de ses naseaux deux nuages de vapeur blanche. Longtemps après que la voiture avait disparu, le visage de Lucie, détaché de son corps, continuait de flotter devant le regard d'Albert. Ce qui le rendait songeur.

Tout cela appartenait à la vie d'*avant*, où les jours se suivaient à égale distance, l'un derrière l'autre, comme ils en ont l'habitude. Autrement dit c'était hier. Mais aujourd'hui, quand Albert y pense, *hier* lui semble aussi éloigné que les années de son enfance. Un paysage d'autrefois. Exactement comme s'il marchait sur une route, traversait un village et qu'en se retournant, il ne reconnaisse plus rien. (La comparaison lui plaît.)

— C'est normal, dit Marc. Notre perception du temps est relative. Elle varie avec nos idées, nos émotions. La défaite a été un choc. Ce qui s'est passé avant nous paraît très loin.

Il a réponse à tout. Le genre matheux qui aime bien démontrer. Pour un oui ou un non, Marc vous sortait une théorie sur le temps, l'espace, la mémoire ou la liberté. Me Allaines le traitait d'ergoteur. « C'est de son âge », disait sa femme, et les deux sœurs reprenaient en chœur : « L'âge ingrat », car, selon elles, les garçons en général et leur frère en particulier étaient voués au ghetto de la puberté jusqu'à vingt ans. Cette manie d'expliquer, chez Marc, est plutôt un trait de son caractère. Il a besoin de comprendre, pour être sûr de lui. Rien ne l'agace davantage que les états d'âme, le trouble, le mystère. Le monde n'est pas mystérieux. Il fonctionne de la même façon que l'intelligence de l'homme. Il suffit de le démonter.

Albert n'est pas convaincu. En général ce qu'il éprouve ne correspond pas aux explications qu'on lui donne. Il y a quelque chose en plus — une sensation, une image — qui échappe au raisonnement. Si on cherche à l'exprimer, cette chose perd de son sens, elle s'évanouit. Comme ces poissons préhistoriques — il l'avait lu dans un numéro de *Science et Vie* — qui vivent au fond de la mer et qui éclatent quand on les ramène à la surface.

— Je ne savais pas que tu avais des poissons dans la tête, dit Marc.

Quel idiot !

Marc collectionne les journaux. Il se propose de faire une étude comparée sur le style des journalistes, selon qu'ils ont écrit avant ou après la défaite. « En apparence, rien n'a changé. Quand tu achètes ton canard, il a le même nom, les mêmes titres, les mêmes articles. Quand tu le lis, tu trouves les mêmes mots : la *France éternelle*, le *courage*, l'*espoir*, le *sacrifice*. La différence, c'est qu'ils ne veulent pas dire la même chose. »

Marc est très excité par sa découverte. Il s'interroge sur la vérité du langage. Est-ce qu'elle varie suivant les circonstances ? Dans ce cas il n'y a pas de vérité. C'est sans doute à ce moment-là que Marc a soupçonné les écrivains d'être des menteurs. Par exemple le *courage* ne consiste plus à se battre mais à se taire — c'était là le *vrai* courage, soulignait l'auteur — dans l'*espoir* non pas de vaincre l'ennemi mais de s'entendre avec lui. Du reste l'ennemi a cessé de l'être, il est devenu le vainqueur. Nous qui sommes les vaincus, nous devons accepter le *sacrifice* de nos fautes. Ainsi la *France éternelle* ne périra pas (ce qui était logique) parce qu'elle aura su reconnaître ses erreurs.

Au *Lys rouge*, le docteur Sergot n'est pas loin d'épouser cette manière de voir. Affligé par les événements — « c'est un bon Français » —, il trouve du réconfort dans leur issue. Comme Gargantua à la naissance de Pantagruel, il est partagé entre le rire et les larmes. Il se demande s'il faut pleurer la mort de la République ou se réjouir de la naissance de l'Etat français. En fait il n'hésite pas — il se réjouit — mais par une sorte de pudeur (ou de prudence) il laisse flotter son opinion dans les eaux de l'incertitude, juste le temps qu'il faut pour que le libraire y jette son hameçon : « Croyez-moi, docteur, ce qui nous arrive était à prévoir » et de rappeler une phrase de Montesquieu sur les pays vaincus par le hasard d'une bataille, dont la défaite était inscrite depuis longtemps dans le déroulement de leur histoire. « Je vous retrouverai la citation exacte. — Je la connais, cette phrase, dit Sergot, je l'ai lue dans une déclaration du général Weygand. Ce matin, Jules Gouffier développe la même idée dans son éditorial de *La Petite Gironde.* »

Le voici justement qui arrive, Jules, en compagnie de Me Denizet. Les « trois Grâces », comme les appelle Marc, ont délaissé *L'Univers*, et le pastis quotidien, parce que c'est un jour *sans*. « La France des bistrots, c'est fini ! » déclare le notaire. L'apparition du fils Execourt dans le magasin déclenche une envolée lyrique de la part du trio :

— Heureusement nous avons notre jeunesse ! C'est sur elle que compte le Maréchal. Une jeunesse ardente, pure, généreuse...

On en contemple le représentant avec respect, comme s'il figurait l'ostensoir de la patrie. Face à ces trois regards qui le soupèsent moralement, Albert sourit d'un air niais.

— Tu devrais te faire couper les cheveux, lui dit le docteur Sergot. En brosse. C'est plus viril.

Les gens ont changé. Il y a les bavards et les autres. Ceux qui expliquent les causes du désastre et ceux qui cherchent à les comprendre. Les uns sont contents d'avoir raison. Ils nagent dans la défaite comme des poissons dans l'eau. Les autres ne sont sûrs de rien. On dirait qu'ils sortent d'un long sommeil ou d'une maladie. Ils posent sur la vie un regard incrédule. Peut-être ressentent-ils le même malaise qu'Albert, incapables comme lui de relier le présent au passé ?

Lucie venait trois fois par semaine à Périgueux pour suivre les leçons de Mlle Singlin. C'est un mercredi que les choses ont commencé, au début mai, quelques jours avant l'offensive des Allemands. Il faisait beau, Albert avait ouvert la fenêtre de sa chambre et le vent soulevait les rideaux. Comment ne se souviendrait-il pas de tous les détails de cette journée ? Le bouquet que Lucie, en arrivant, avait offert à Mme Execourt — des primevères de Chantenac —, dont elle avait ôté quelques brins pour les mettre dans un vase, sur le bureau d'Albert. La jeune fille portait un chemisier à manches courtes, en tissu léger, doux au toucher — du satin peut-être ou de la percale — et une jupe écossaise avec des plis. Elle avait les jambes nues, juste des socquettes blanches aux pieds et ses sandales. Le mercredi, c'était le jour du devoir de français. Elle avait une explication de texte à préparer ou le résumé d'une pièce de théâtre. Il fallait exposer le sujet, analyser les caractères. « Une vraie barbe, Albert. Tu peux m'aider ? » Ils montaient tous les deux dans la chambre dont on laissait la porte ouverte, par souci des convenances.

Ce jour-là, on la referma à cause du courant d'air avec la fenêtre. Lucie avait étalé ses livres et son cahier sur la table et, au lieu de rester debout, comme il faisait d'habitude, et de marcher de long en large dans la pièce, pour chercher ses idées, Albert s'était assis à côté d'elle, la chaise un peu en retrait. De cette façon, il voyait la nuque de la jeune fille, quand elle se tenait penchée. Il eut envie d'y poser la main, de sentir le contact des cheveux et, sous ses doigts, la vertèbre du cou qui pointait, une petite boule de chair, polie comme un caillou. Il ne savait pas pourquoi son désir se fixait là, sur cette portion de peau blanche, à la limite des boucles brunes. Elle donnait de Lucie une image tendre, presque enfantine. S'il osait ce geste, apparemment simple et familier, ce serait pour lui comme s'il prenait possession de son amie. Il toucherait sa vie à cet endroit du corps où elle est la plus vulnérable, offerte aux coups et aux caresses. Au moment où il allait se décider, Lucie releva la tête, se tourna vers lui et — les deux visages se trouvant à la même hauteur — leurs lèvres se frôlèrent. Ils en rirent comme d'une plaisanterie.

— Tu lis d'abord le passage, dit Albert.

— Pourquoi ? Je le connais.

— Il faut toujours lire. On comprend mieux.

C'était le récit des funérailles d'Atala. En face du texte, il y avait la reproduction en noir et blanc du tableau de Girodet. Dans la grotte éclairée par la lune était étendu le corps de la jeune chrétienne dont Chactas, à demi nu, serrait les pieds avec passion. A droite, se dressait la silhouette du Père Aubry, la tête enveloppée dans une capuche. L'amour sacré et l'amour profane se disputaient la dépouille d'Atala, qui reposait chastement, les yeux clos, la gorge voilée. Sa beauté n'était déjà plus de ce monde, mais Chactas s'y accrochait désespérément. Il avait besoin de certitudes, il savait que cette chair qu'il pressait contre lui allait bientôt disparaître. Elle morte, enfouie dans la terre, promise à la pourriture, que lui resterait-il ? Pouvait-on faire confiance à Dieu ?

Albert se sentait inspiré par la prose de Chateaubriand. Il y mêlait le parfum de Lucie, la chaleur de sa joue toute proche de la sienne, le rayon de soleil qui jouait sur la page du livre, avec les mouvements du rideau soulevé par l'air du dehors. Différentes sensations dont il n'avait pas clairement conscience mais qui faisaient naître des frissons dans ses membres, rendaient le texte d'*Atala* aussi brûlant que l'était son cœur et donnaient à la minute présente quelque chose d'unique, d'irremplaçable qu'il associerait toujours dans sa mémoire au plaisir.

— Eh bien, tu t'arrêtes ? dit-il à l'oreille de Lucie.

— Et toi ?

Il la tenait par les épaules et, de son autre main glissée sous la table, il caressait son genou. La main allait et venait sans cesse, d'avant en arrière, descendait le long de la jambe, épousait le galbe du mollet, remontait jusqu'à l'endroit où elle touchait le tissu de la jupe, s'arrêtait là puis reprenait sa progression. Elle semblait indépendante de la volonté et de la personne d'Albert, agissait comme une main étrangère, une petite bête curieuse qui s'aventurait sur la cuisse nue de Lucie, alors que lui, pendant ce temps, il n'avait pas l'air de s'en apercevoir, il continuait de jouer au professeur. Il disait :

— Tu soulignes les mots importants, ensuite tu divises le passage en plusieurs parties.

Il avait seulement la voix un peu altérée, sans doute par la peur ou par le désir dont il éprouvait le picotement sur sa peau, la saveur dans sa bouche, comme si l'émotion le faisait saliver davantage. Lucie appuyait la tête sur son bras. Les yeux fermés, les lèvres entrouvertes, elle respirait plus vite, poussait parfois des soupirs qui ressemblaient à des plaintes. Elle paraissait heureuse pourtant, offerte à la caresse, les jambes étendues qu'elle resserra soudain dans un sursaut, emprisonnant la main du garçon entre ses cuisses. Elle dit : « Non, non, arrête... », elle fit une grimace, secouée par le plaisir comme l'était Albert au même moment, qui se pencha sur elle, baisa ses yeux, son cou, ses épaules, bafouillant des mots sans savoir. Il disait peut-être : « Pardon, je te demande pardon... » ou bien il répétait : « Je t'aime, Lucie. Lucie, mon amour. » Ensuite, ils restèrent l'un contre l'autre, silencieux, sans bouger.

A dix-huit ans, Albert est un jeune homme chaste, à la nature sensuelle. Dans le milieu où il vit — sa famille, le collège Saint-Joseph qu'il a fréquenté jusqu'à l'année dernière —, l'existence lui apparaît comme quelque chose d'abstrait où les mots remplacent la réalité. L'amour par exemple est un mot entouré de considération. On l'écrit souvent avec une majuscule. Il est représenté par un cœur sanglant surmonté d'une croix, tel qu'on peut le voir sur la gravure accrochée au-dessus du lit, dans sa chambre. (Un jour, Albert a voulu s'en débarrasser, parce que tout de même, à son âge, il trouve que ça fait cucu, cette bondieuserie. Un geste qui portait atteinte au décor et à la philosophie personnelle de Mme Execourt. Pas plus que la photo du bébé Albert, suspendue dans le salon, l'image du Sacré-Cœur ne devait subir les injures du Temps. « Pourquoi y toucher ? interroge sa mère. Elle a toujours été là. ») L'amour aussi est toujours là. Il ne bouge pas. C'est un sentiment qui habite les régions élevées de l'individu, son âme ou son esprit. Albert ne se demande pas s'il aime Lucie. Cela va de soi. Elle occupe ses pensées — tel un « cher objet », comme on disait au grand siècle —, elle partage les jours de son existence, sans cesse présente, même quand elle n'est pas avec lui. Il suffit qu'il soit seul ou triste, qu'il écrive ou qu'il rêve, Lucie est à ses côtés. Elle l'écoute, elle répond à ses questions, elle se moque de ses plaintes. N'est-ce pas de l'amour ?

Si elle venait à disparaître — on ne sait pas, une maladie, un accident —, si brusquement il n'entendait plus sa voix, son rire, le bruit de ses pas dans l'escalier, s'il n'apercevait plus sa silhouette au bout de l'allée, à Chantenac, quand il arrive à bécane et qu'elle lui fait des signes avec le bras, est-ce qu'il pourrait continuer de vivre ? N'est-ce pas une preuve d'amour ?

Alors pourquoi y toucher ? dirait Mme Execourt. Que s'était-il passé, ce jour-là ?

Il y a deux ans, en 38, dans la semaine qui a suivi les résultats du premier bac où ils étaient tous reçus — Marc, Albert, les deux Girard —, ils ont participé à une surprise-partie dans la maison des Sergot. « On a le champ libre. Le *father* est à Royan. » C'était la mode, chacun apportait des victuailles, du vin, des gâteaux. On mettait des disques, on dansait. Sergot confectionna des cocktails de son invention : « Un tiers de Martini, un tiers de Curaçao, une goutte de sirop, du lait... » Il fallait le voir, en bras de chemise, dans le grand salon du rez-de-chaussée, dont on avait roulé le tapis, marcher de long en large en se dandinant, agiter le shaker au-dessus de sa tête, comme les barmans des films américains. Une heure après, tout le monde était saoul ou presque. Les filles poussaient des cris, poursuivies par Marc et les jumeaux, elles trébuchaient, tombaient sur un canapé, pêle-mêle avec les garçons qui les chatouillaient, leur faisaient des mamours. On les entendait rire et roucouler jusqu'au moment où l'une d'elles se redressait soudain, le corsage en désordre, se précipitait dans l'escalier à la recherche de la salle de bains. Elles étaient trois, Paulette, Miriam et Danielle. Personne ne savait d'où elles sortaient, sauf Sergot qui les avait amenées, le genre midinette, infirmières ou apprenties, recrutées pour l'occasion, toutes prêtes à calmer la fringale de jeunes bourgeois en goguette.

— Elles sont bath, disait Sergot, l'air connaisseur. De bonnes copines, nature, pas bégueules. Qu'est-ce que tu en penses ?

Albert n'en pensait rien. Il avait le vin triste, l'esprit ailleurs, étranger à ces gesticulations. De voir les autres s'y livrer lui coupait l'appétit. Marc avait posé la tête sur le ventre d'une fille blonde, potelée, qui portait une robe rose avec des volants, un tas de fanfreluches. « On dirait un abat-jour... » Il répétait : « Paulette, tu es ma poulette. Poulette, tu es ma Paulette. » Quel con !

L'un des frères Girard, Michel, exécutait des numéros d'acrobate. L'ivresse lui donnait des ailes. Il grimpa sur le dossier d'un fauteuil où il se tint en équilibre, le buste penché, les bras étendus. « Bravo ! » cria l'assistance. Dans cette posture, il voulut réciter *Les deux pigeons* :

— *Deux pigeons s'aimaient d'amour tendre...*

Il sauta par terre, ôta ses chaussures, sa chemise et se mit à marcher sur les mains :

— *L'un d'eux s'ennuyant au logis...*

— A poil, l'artiste !

Sergot se tourna vers Albert :

— Il est drôlement mignon.

Qu'est-ce qu'il voulait dire ? Il avait l'air tout excité, Sergot, le visage luisant, les yeux à fleur de tête, la bouche ouverte comme une gargouille.

Plus tard, dans la nuit, Albert s'était réveillé étendu sur un lit en compagnie d'une fille, il ignorait laquelle, peut-être Miriam, la plus jeune, qui lui avait posé ses jambes en travers du corps. Il avança la main, toucha un genou, le caressa en remontant peu à peu le long de la cuisse. La fille ne disait rien. Elle devait dormir. On entendait des murmures dans la chambre. Un autre couple se trouvait là, au pied du lit, couché à même le sol. Les voix chuchotaient, entrecoupées de petits rires et de bruits de baisers. Albert s'était redressé, le dos contre l'étagère d'un cosy qui encadrait le divan. Le poids de la fille le gênait mais, au lieu de se dégager, il continuait de la caresser machinalement, faisant aller et venir sa main sous la jupe, au même rythme qu'il sentait monter la jouissance en lui, jusqu'au moment où elle éclata, le courbant en deux, quand il atteignit un linge humide, devina le sexe sous ses doigts. La fille bougea à peine, poussa un soupir comme si elle rêvait à quelque chose d'agréable. Albert retira sa main, se glissa hors du lit en évitant de marcher sur les corps allongés par terre. Quand il ouvrit la porte, la lumière du couloir éclaira un bas de pantalon et une chaussure qui devaient appartenir à Marc.

L'un des inconvénients du plaisir, c'est qu'il laisse des traces. Albert avait besoin de se laver et de remettre un peu d'ordre dans sa tenue. Il trouva Sergot en train de nettoyer la salle de bains :

— Ils ont dégueulé partout, c'est charmant ! Pendant qu'ils cuvent leur vin, moi, je fais la bonne...

Il avait une drôle de voix pointue, qui manquait de naturel, à quatre pattes sous le lavabo, les cheveux dépeignés, la chemise en bannière. Lui d'habitude si digne avec sa coiffure gominée, sa cravate, son gilet, on n'en revenait pas de le voir passer la serpillière sur le carrelage, l'essorer dans un seau.

— Et puis ça pue !

Albert reconnut la tête de Michel appuyée contre le rebord de la baignoire. Il dormait, la bouche ouverte, complètement nu, l'une de ses mains posée pudiquement entre ses cuisses.

— Il était comme ça quand je suis entré, dit Sergot (toujours la voix pointue), il a peut-être voulu prendre un bain...

Albert alla ouvrir la fenêtre. Il sentit l'air de la nuit sur son visage, une odeur d'herbes, de feuilles, qui lui donna envie de pleurer. Un reste d'ivresse sans doute. Ou la fatigue, le dégoût de cette soirée. Il pensa : « L'amour est moche. » Mais il savait bien que ce n'était pas à l'amour qu'il pensait.

Pendant le mois de mai, les rendez-vous avec Lucie s'étaient multipliés. Pour une raison ou une autre — un devoir à finir, un livre oublié — Albert sautait sur sa bécane et se rendait à Chantenac. « Quel garçon dévoué ! » disait Mme Rosenbaum qui lui offrait, selon l'heure, un goûter ou un apéritif. En revanche les parents Execourt estimaient qu'il perdait un temps précieux à pédaler sur les routes. A un mois du bac, Albert courait à un nouvel échec. « Ton ami Marc partage nos craintes », disait le libraire. De quoi se mêlait-il, celui-là ? Serait-il jaloux ?

Albert cultivait l'art de la dissimulation. Il découvrait qu'on pouvait mener de front une double existence. Faire l'étalage de ses vertus et donner libre cours à ses instincts. Il aimait jouer le jeune homme sage, l'ami fidèle, tout en se réservant des rencontres clandestines avec le plaisir. Ce qu'il appelait son côté « docteur Jekyll and mister Hyde », que chacune de ses visites à Chantenac mettait en valeur.

On commençait par les politesses, les nouvelles de Périgueux, la santé de ces dames. A Paris, M. Rosenbaum se déclarait préoccupé par les événements. « Au téléphone, ce matin, Charlie n'était pas optimiste. Il est vrai qu'il voit toujours les choses en noir. Dieu sait ce que l'avenir nous réserve... » Installée sur la terrasse dans un fauteuil de rotin, Huguette lève les yeux de ses travaux d'aiguille, les tourne vers un ciel sans nuages. Dans le silence du jardin, on n'entend que le bourdonnement des insectes, parfois le cri d'un oiseau, plus loin, au bout de l'allée qui entoure la prairie, le bruit sec que font les ciseaux du jardinier en taillant les massifs de buis. Où l'inquiétude pourrait-elle se cacher ? Le monde est si beau !

Au premier étage de la maison, une fenêtre s'est ouverte, celle de la chambre de Lucie :

— Tu montes, Albert ?

— Les filles sont terribles. Elle ne vous laisse même pas cinq minutes pour souffler, mon pauvre enfant. De quoi allez-vous parler aujourd'hui ?

— De Racine, madame.

— Racine, le poète de l'amour...

Les leçons avaient leur rituel qu'ils respectaient par fidélité, en souvenir de celle qui avait provoqué leurs premiers émois. Un phénomène voisin du fétichisme où le plaisir est lié à un objet, à un déguisement. Peut-être nos deux jeunes gens trouvaient-ils un piment supplémentaire dans cette comédie du maître et de l'élève, la mise en scène des cahiers et des livres, les chaises placées côte à côte où chacun se tenait attentif, la tête penchée au-dessus du bureau, pendant que les mains s'occupaient ailleurs.

— Tu lis d'abord le texte à haute voix. C'est la rencontre entre Pyrrhus et Andromaque.

— *Me cherchiez-vous, Madame, un espoir si charmant me serait-il permis ?*

Les doigts d'Albert se posaient avec précaution sur le sein de la jeune fille. Ils le frôlaient, en suivaient le contour à travers l'étoffe puis ils défaisaient un à un les boutons du corsage, s'insinuaient dans l'échancrure.

— *Je passais jusqu'aux lieux où l'on garde mon fils...*

Les doigts atteignaient le soutien-gorge.

— Moi aussi, je cherche le petit Astyanax, murmura Albert. Il est bien protégé.

Ils pouffaient de rire. S'agissait-il d'Albert et de Lucie ou simplement de deux corps anonymes qui s'inventoriaient l'un l'autre, les yeux fermés, guidés par le seul désir, comme s'ils imaginaient à mesure chaque coin de peau exploré et que pour Albert par exemple, ce n'était pas Lucie qui existait mais une odeur, un toucher, la forme d'une épaule, d'un sein ? Elle de son côté ne demeurait pas inactive et, tandis qu'Albert se penchait sur sa poitrine, elle lui caressait le dos, tirait sur la chemise pour la dégager du pantalon, glissait sa main sous la ceinture, une main fraîche, agile qui s'en allait vers les profondeurs et provoquait en lui un tel état d'excitation qu'il basculait de son siège, entraînant Lucie dans sa chute, au milieu d'un fracas de meubles et de cris mal étouffés. Le bruit en parvenait jusqu'aux oreilles de Mme Rosenbaum sur la terrasse, qui s'exclamait de sa voix de contralto :

— Mais que se passe-t-il, là-haut ? Ma parole, ils se battent !

Albert avait beaucoup de considération pour son hôtesse. A cause de sa voix justement dont la sonorité, l'amplitude transformaient chacune de ses phrases en un air de *bel canto*. Tout était imposant dans sa personne, la taille, le poids, le maintien. « Huguette a un port de reine », disait M. Rosenbaum, ce qui convenait à son rôle de châtelaine, sans rien ôter pour autant à sa nature primitive, la gaieté, la gentillesse d'une arpette de dix-huit ans — Mlle Mercadet — engagée jadis dans l'atelier d'une modiste de la rue Royale et qui, un beau jour, à la fin de la Grande Guerre, avait rencontré l'amour et la fortune sur le quai de la gare des Invalides :

— J'allais livrer des chapeaux à Versailles, mon petit Albert, chez une madame de je ne sais quoi, une emmerdeuse de première, soit dit en passant. Nous avions travaillé toute la nuit pour terminer sa commande, deux galurins énormes — vous n'imaginez pas ce que les femmes se mettaient sur la tête, à cette époque —, de vraies pièces montées avec des plumes d'oiseaux, des broches, des fleurs, qu'on disposait avec précaution dans de grands cartons, protégées par du papier de soie. Me voilà donc à huit heures et demie du matin, l'air d'une gourde, encombrée de mes paquets, dans le hall de la gare, à la recherche de mon train, quand je remarque un bel officier qui fait les cent pas. Il me regarde, je baisse les yeux, il me sourit, je lui rends son sourire...

— Comment as-tu vu qu'il te souriait, disait Lucie, puisque tu avais les yeux baissés ?

— On regarde par en dessous, petite sotte, entre les cils, c'est l'enfance de l'art. Ensuite il s'avance vers moi, me salue galamment : « Puis-je vous aider, mademoiselle ? »

— Quel toupet ! Il t'a levée comme une cocotte.

— Ce qu'il était beau, mon petit Albert ! Si vous l'aviez vu sanglé dans son uniforme de la Légion étrangère, grand, mince, avec des yeux perçants, les pommettes un peu hautes, comme les ont les Magyars, et moi, il faut croire que je n'étais pas mal non plus. Bref ç'a été le coup de foudre pour tous les deux ! Nous nous sommes présentés : « Mademoiselle Mercadet. — Lieutenant Karl Rosenbaum. » Et *in petto* je pense : un nom boche, c'est bien ma veine, et un juif par-dessus le marché ! « Où allez-vous ? — Moi de même. » Il veut porter mes paquets. Je refuse. Imagine-t-on un officier avec des cartons à chapeaux ? Et jusqu'à Versailles, le trajet se passe, lui à parler, moi à l'écouter. Je me disais : cet homme-là, je l'écouterais bien ma vie entière !

Parfois Huguette se mettait au piano, dans le salon dont les portes-fenêtres ouvraient sur la terrasse. Elle chantait des mélodies de Duparc ou de Fauré. Il y en avait une qui plaisait particulièrement à Albert : *Le long du quai, les grands vaisseaux / Que la houle incline en silence...* à cause de son caractère nostalgique et du balancement — celui de la houle — que reproduisait la musique. Albert aimait la musique parce qu'elle lui permettait de réfléchir. Il voyait des paysages, imaginait des histoires. Il avait l'impression de mieux comprendre le monde, les sentiments qu'il éprouvait. Plus tard, une fois l'exaltation retombée, il s'apercevait que ses idées n'avaient plus d'aussi belles couleurs. Les pierres précieuses s'étaient changées en cailloux. (Il avait remarqué le même phénomène, quand il écrivait. Le soir, par exemple, dans l'ardeur de l'inspiration, les mots venaient d'eux-mêmes, ils l'entraînaient, faisaient jaillir des images, une réalité brûlante qui s'éteignait, le lendemain matin, au réveil.)

La « mélodie hongroise » de Schubert était l'air de prédilection d'Huguette. Elle avait dû l'apprendre pour rendre hommage à la patrie de M. Rosenbaum. Tandis que ses doigts parcouraient le clavier, elle fermait les yeux, son visage perdait toute expression. Il devenait lisse, absent, comme si Huguette s'était retirée au fond d'elle-même, loin, à travers les années. Peut-être revoyait-elle, en écoutant les notes mille fois répétées, les différentes aventures qui avaient jalonné son existence avec Charlie, depuis leur rencontre à la gare des Invalides ? L'amour reparaissait comme au premier jour, mais avec le temps il avait pris un aspect grave, douloureux, il faisait penser à quelque chose de fatal, une force plus grande que la vie, qui menait les hommes malgré eux. Dans ces moments-là, quand Albert se laissait emporter, lui aussi, par la musique, il avait honte de sa conduite, il détestait Lucie et les petits jeux auxquels il se livrait avec elle.

Pour revenir à Périgueux, situé à une dizaine de kilomètres de Chantenac, il fallait suivre d'abord un chemin d'herbes, bosselé de cailloux, jusqu'à l'entrée du domaine, marquée par des bornes de pierre enchaînées les unes aux autres. Ensuite on prenait à gauche une route départementale, toute blanche, où chaque passage de voiture soulevait un nuage de poussière. La route descendait en pente douce au milieu d'une forêt de châtaigniers dont les branches se rejoignaient au-dessus de la chaussée et formaient un tunnel de feuillage. A cette heure du jour, on baignait dans une lumière orange, une odeur d'humus, et la chaleur qui montait du sol ressemblait à une haleine. Albert lâchait le guidon, roulait les bras étendus, la chemise ouverte pour s'en imprégner. Il riait, chantait l'air des *grands vaisseaux, que la houle incline en silence*, saisi d'une joie panique, un enthousiasme pour la vie et la beauté qui l'entouraient. Il était le seul à comprendre le mystère de la création, la terre, le ciel, les bêtes, les arbres. Il aurait voulu se confondre avec eux, les tenir dans ses mains, jusqu'au moment où il manquait de se casser la figure, quand l'une des roues heurtait un silex ou dérapait sur le gravier.

Albert s'arrêtait toujours au même endroit, un carrefour où la route se divise en deux. A gauche, elle continue de descendre en direction de Périgueux, à droite elle s'enfonce dans les bois après avoir franchi la tranchée d'une ligne de chemin de fer à voie unique. Albert s'accote à la rambarde du pont, il regarde les rails luisants sur le remblai. Dans l'air il croit sentir un vague relent de charbon, comme naguère, qui se mêle à l'odeur des pins plantés de chaque côté du ravin. Il trouve le lieu poétique, chargé de souvenirs. Le train passait deux fois par jour, le matin et le soir. Il desservait les petites gares de la vallée de la Dronne, entre Périgueux et Ribérac. Un convoi de trois ou quatre wagons de marchandises, pas plus, et un de voyageurs, tirés par une loco trapue, de forme presque carrée, avec une cheminée à long col qui lançait par saccades un nuage de fumée noire. Il ne lui manquait qu'une cloche au-dessus du tender pour chasser les vaches et on se serait cru au Far West. C'est ce que pensaient les Indiens, du reste, cachés dans les fougères, en attendant l'heure de l'attaque. Le chef a posé son oreille sur les rails dont il perçoit le frémissement révélateur. « Tenez-vous prêts. Il arrive ! » Chacun préparait son arc et ses flèches. Marc portait une plume de geai dans les cheveux, retenue par un élastique. Il était torse nu, le visage crayonné de traits rouges et verts. De loin, on aurait dit un masque. Il faisait peur. Albert avait toujours peur quand il se battait contre Marc. Ils appartenaient à deux camps opposés, lui à la Police montée, la célèbre cavalerie, qui devait intervenir après l'attaque du convoi. Une fois le train passé — le mécanicien donnait un coup de sifflet et criait : « Salut, les Peaux-Rouges ! » —, Marc et sa tribu disparaissaient dans la nature. Des mouvements agitaient les fourrés, on entendait des bruits de branches cassées, des appels à droite, à gauche, des sortes de hululements. On avait le cœur serré en avançant avec précaution, à la merci d'une embuscade, ce qui ne ratait pas, au moment où Albert s'y attendait le moins, on lui sautait dessus par-derrière, un bras glissé autour du cou, il perdait l'équilibre, roulait par terre, avec l'impression d'un poids énorme sur ses épaules, qui allait l'étouffer. Il criait : « Arrête, arrête ! » mais l'autre ne s'arrêtait pas, on l'entendait souffler, il retournait Albert, le maintenait au sol, pesait de tout son corps sur sa poitrine, son ventre, approchait le masque bariolé de son visage. « Arrête, tu me fais mal. — Ne bouge plus, disait Marc. Tu es mort. »

Albert n'avait pas mal, en réalité, il venait même d'éprouver une sensation délicieuse, quand Marc avait appuyé le genou entre ses jambes. Etait-ce la peur qui l'avait provoquée ou ce contact involontaire, il avait senti son sexe bouger, se durcir, parcouru d'un fourmillement, comme si on le chatouillait — c'était la première fois qu'il constatait ce phénomène —, et puis, tout de suite après, sans qu'il puisse se retenir, il avait pissé dans sa culotte. Du moins le croyait-il, il en était honteux, malgré le plaisir. Plus tard il s'aperçut de son erreur, en essuyant un liquide blanchâtre, un peu poisseux. C'était peut-être une maladie ?

L'amour aussi est une maladie qu'on attrape comme un rhume, à cause d'un courant d'air, un regard, l'envie de toucher un corps, de le caresser. Peut-être suffit-il de prendre un cachet pour s'en guérir ? Ou bien est-ce le besoin d'une présence, de sentir sa vie se mêler à une autre vie, n'en faire qu'une avec elle. On rêve de partager les élans de son cœur, d'échanger de belles pensées. Perdu dans la contemplation de la nature, on marche au milieu des bois en faisant craquer les feuilles mortes sous ses pieds. Chaque fleur, chaque brin d'herbe nous renvoie les paroles de l'être aimé. Dans ce cas, est-il nécessaire qu'il soit là ? On peut imaginer un amour qui existerait tout seul, en dehors de la présence réelle. Il se nourrirait de lui-même, deviendrait le symbole de la perfection. Quelque part dans le monde, une créature idéale attend Albert. Il essaye de se représenter son visage, son allure, à l'arrêt sur sa bicyclette, appuyé contre la rambarde du pont de chemin de fer.

C'est dans cette position qu'un soir du début juin, il a aperçu un cortège de réfugiés, les premiers qu'il voyait. Venant de la route de droite, celle qui s'enfonce dans la forêt, trois autos apparurent à la queue leu leu. Une camionnette Citroën d'un vieux modèle, chargée de malles et de caisses, remorquant une petite Renault reconnaissable à son capot, en forme de nez cassé et, fermant la marche, une traction avant. La caravane avançait au pas, s'arrêta au carrefour. Un homme se pencha à la portière de la camionnette et posa une question qu'Albert ne comprit pas. C'était tellement inattendu, cette rencontre, lui absorbé dans son rêve et ces gens qui arrivaient d'ailleurs. De quel monde ? De la guerre, du malheur ? Ils n'avaient pas l'air malheureux, ahuris plutôt, fatigués. Deux vieux dormaient sur la banquette arrière de la traction. Une jeune femme descendit, un bébé dans les bras. Elle dit : « Je vais le changer. Apporte-moi une couverture, Roger. » Roger était au volant, un garçon de l'âge d'Albert, la mine boudeuse, avec une mèche en travers du front. Le conducteur de la camionnette répéta sa question. Albert s'approcha. Où voulait-il aller ? L'homme n'en savait rien, il tournait en rond depuis une heure à la recherche d'un endroit — une ferme, une grange, n'importe quoi — où coucher toute sa smala.

— Vous êtes d'ici ? dit-il à Albert. C'est un beau pays.

Eux, ils venaient de loin, de Corbie, une petite ville à côté d'Amiens. Ils étaient partis depuis quinze jours, en passant par Paris « pour prendre la fille, le gosse et les beaux-parents ».

— Et puis j'ai hérité d'un fou.

— Un fou ?

L'homme cligna de l'œil en désignant la voiture derrière lui :

— Dans la Renault, à côté de ma femme. C'est son frère. A l'asile, les infirmiers nous ont dit : Emmenez-le, parce que nous, on s'en va. Qu'est-ce qu'on pouvait faire ? On l'a emmené. Je crois qu'il n'est pas dangereux. De temps en temps, il pousse des cris. Ma femme lui donne des cachets pour qu'il dorme.

Il ajouta :

— Je m'appelle Sorel.

Il avait une bonne tête, les joues pleines, les yeux bleus, rieurs :

— Pipo, tais-toi !

Pipo, c'était le chien, un fox noir et blanc, attaché sur le plateau de la camionnette, au milieu des malles.

— Tout le monde fout le camp, dit Sorel. Ici, vous êtes tranquilles. (Il prononçait « tranquiyes » en mouillant les *l*.) C'est un beau pays.

Albert sourit pour s'excuser. Il ne savait pas comment se tenir, dansait d'un pied sur l'autre. Il regardait la jeune femme agenouillée dans l'herbe. On l'entendait parler au bébé, elle prenait une petite voix, se penchait pour l'embrasser, l'élevait dans ses bras et, quand elle se redressait, on voyait ses seins pointer sous le corsage. Elle n'était pas belle mais Albert lui trouvait un genre, quelque chose d'étrange, à cause de sa chevelure presque rousse dont une grande mèche lui barrait le visage. Il imaginait déjà toute une histoire avec elle.

— Au début, quand on est parti, on a cru qu'on reviendrait, comme en 14. Maintenant c'est fini.

— Qu'est-ce qui est fini ? demanda Albert.

— J'ai tout laissé à Corbie. La maison, l'atelier, les machines, le bois, tout. Cinquante ans de vie, quarante ans de travail. Pour rien.

— Qu'est-ce qui est fini ?

— Tout. La guerre, le pays, nous. La France est fichue.

C'était Sorel, le fou. Comment la France pouvait-elle être fichue ? Elle avait toujours gagné. Au commencement on recule mais après, on reprend le dessus. Les journaux le disaient, du reste. Nos troupes résistent sur la Somme.

— Depuis longtemps je me méfiais avec leur « drôle de guerre ». Les troufions qui jouaient au foot, les généraux qui se décoraient, le théâtre aux armées, Mistinguett, Maurice Chevalier, ça me paraissait bizarre. Vous savez ce qu'il disait, Clemenceau ? Vous ne pouvez pas le savoir, vous êtes trop jeune. Vous avez quel âge ? Dix-sept, dix-huit, comme mon fils. Il devait passer le bac à Amiens. Total, il le passe sur les routes. Qui est-ce qui s'en soucie, du bac, maintenant ? Vous savez ce qu'il disait, Clemenceau ? Il disait : *Je fais la guerre.* Nous, on fait semblant.

Pour finir, sur les conseils d'Albert, la smala était partie en direction de Chantenac. Pendant qu'il indiquait le chemin à Sorel, la jeune femme était revenue vers eux, son enfant sur les bras. Albert avait gardé sa chemise ouverte, ce qui (pensait-il) mettait en valeur son torse bronzé. Il se lança dans une description détaillée du château et de ses dépendances, la ferme où habitait le jardinier Auguste :

— Vous y serez bien. Je les connais.

Ça lui donnait de l'importance. Pendant qu'il parlait, il souriait de temps en temps au bébé, regardait la mère comme s'il voulait lui dire : c'est pour vous que je le fais.

— Vous demanderez Mme Rosenbaum. Ce sont des amis.

— Des juifs ? avait dit Sorel.

Albert se hâta de rentrer chez lui. Il était tard, il avait beaucoup de choses à raconter, et puis la phrase du bonhomme le tourmentait : *La France est fichue.* Il éprouvait le besoin de se rassurer, d'écouter les nouvelles, de lire les journaux. Il faudrait qu'il en parle à Marc. Comment les événements pouvaient-ils changer comme ça, du jour au lendemain ? Pourquoi ?

Albert était jeune, il vivait dans un beau pays, tranquille, il allait passer son examen, il préparait son avenir. Si les Allemands arrivaient, sa vie serait terminée, ils l'emmèneraient en esclavage. Peut-être que Sorel était un type de la cinquième colonne, un ennemi camouflé en père de famille, qui répandait des bobards à l'arrière pour démoraliser le pays ? C'était leur truc aux nazis, ils se déguisaient en Polonais, en Belges, en Français — pourquoi pas en réfugiés ? —, on les parachutait derrière le front, ils donnaient des ordres, ils paralysaient les routes, ils fichaient la pagaille partout. Des salauds. Albert en avait envoyé à Chantenac, c'était le comble ! Tous des Allemands, Sorel, la fille rousse, Roger, le prétendu fou... Ils allaient s'installer au château, envoyer des signaux, la nuit. En arrivant, Albert irait chez les parents de Marc pour téléphoner à Lucie, la mettre en garde. Un Français ne pouvait pas dire : « La France est fichue. » La France était la plus forte, la fille aînée de l'Eglise. Dieu ne permettrait pas qu'elle soit battue, que les Allemands occupent le pays, qu'ils envoient Albert en esclavage. Pourquoi pas ? Tout était compté là-haut, le bien, le mal, les bonnes pensées, les mauvaises actions. Dieu mesurait les mérites de chacun et ceux d'Albert ne pesaient pas lourd. Autant dire rien. Depuis plusieurs semaines, il avait laissé tomber Saint-Joseph où l'attendait le Père Puget, son directeur de conscience. Albert n'allait pas lui raconter ses ébats avec Lucie ! Plus de confesse, plus de communion, à peine la messe du dimanche avec les parents, par routine ou par obligation. Etait-ce suffisant au regard de Dieu qui sonde les reins et les cœurs ? Dieu savait par le menu ce qui se passait à Chantenac, pendant les leçons particulières. Inutile de lui faire un dessin. Alors que nos soldats se battaient, que les familles fuyaient sur les routes, Albert se roulait dans la luxure, goûtait des plaisirs coupables avec une jeune fille qu'il aurait dû respecter. Il bafouait l'hospitalité de Mme Rosenbaum, il trahissait l'amitié de Marc. Ne pouvait-on supposer que le comportement d'Albert — comme autant d'ondes maléfiques répandues par le péché — le rendait (à la mesure de ses moyens) responsable des malheurs de la France ?

A cinq minutes de la librairie, il ralentit l'allure, boutonna sa chemise, la rentra dans le pantalon. Une fois arrivé devant *Le Lys rouge*, il resta quelques instants immobile, plongé dans ses pensées.

Des réfugiés, il en venait de partout maintenant, de Belgique, d'Alsace, de Paris. La gare était trop petite pour les accueillir. Les trains s'arrêtaient avant les quais, ou bien on les aiguillait sur des voies de garage. Certains repartaient sans avertir, les gens ne savaient pas où ils allaient, où ils étaient. Ils demandaient : « C'est Bordeaux ici ? » Ou Limoges, Toulouse. Ils avaient perdu le nord, ils ne reconnaissaient plus le jour de la nuit, et quelle heure il est, où sont passés mes enfants, mes valises, mon argent ? On aurait dit des étrangers, ils portaient des costumes bizarres, des vestes en velours, de grands chapeaux. Les femmes, des robes noires ; les vieilles, des fichus ou des coiffes de dentelles. Quand ils parlaient, ils avaient un drôle d'accent, on les comprenait à peine — à cause de leur patois ou de la fatigue —, il fallait s'exprimer par gestes, répéter plusieurs fois la même chose. Des garçons et des filles en uniforme — jupes bleues, culottes courtes et foulards autour du cou — allaient et venaient le long des convois. Ils poussaient des chariots, trimbalaient des brancards. On les sentait pleins d'ardeur, ils avaient les yeux brillants, l'air excités, toujours prêts à courir d'un bout à l'autre de la gare. Ils disaient : « Attention, le chef nous parle ! »

Une voix dans les haut-parleurs donnait des consignes à la patrouille des *Ecureuils* ou à celle des *Hirondelles* : il fallait transporter des malades, au quai n° 2, préparer des repas, installer des lits de camp dans la salle d'attente. Les *Hirondelles* s'envolaient pendant que les *Ecureuils* distribuaient des sandwiches et des canettes de bière. On avait soif, le visage couvert de suie et de poussière, on respirait une odeur de crasse, de sueur, de fumée, après avoir roulé des heures dans des wagons surchauffés, avec des arrêts en rase campagne, des transbordements, quand la ligne était coupée, le pont détruit. Les voyageurs se pressaient autour des fontaines. « Ne buvez pas ! L'eau n'est pas potable. » Ils tombaient la veste, la chemise. Les femmes ôtaient leurs souliers, leurs bas, retroussaient leurs robes. Tout le monde s'aspergeait.

Le chef avait établi son quartier général dans un bureau, en compagnie des dames de la Croix-Rouge — le gratin de Périgueux, Mme Sergot, Mme Allaines et d'autres — qui avaient pris le ton de circonstance, la mine fraîche et poudrée sous le voile : « Allongez-vous, mon brave on va s'occuper de vous. » Le chef s'appelait Lambertie, prof de maths à Saint-Joseph, surnommé « la mère Titine » par ses élèves (à cause de l'assonance, sans doute), un type moustachu, en uniforme, lui aussi, avec des insignes, des rubans sur les épaules. Il portait une culotte courte qui découvrait ses genoux poilus.

— Vous voulez bien me remplacer ? dit-il à Albert. Je vais dormir une heure.

Albert s'asseyait derrière la table. Il organisait le travail, les tours de service, il donnait des ordres. Ça lui plaisait. Quand un convoi était annoncé, le chef de gare venait le trouver : « Monsieur Execourt, j'ai besoin de vos garçons. »

Marc et Sergot se fichaient de lui. Ils se mettaient au garde-à-vous, le saluaient militairement : « Toujours prêts, chef ! » Marc estimait que tout ça, c'étaient des mômeries bonnes pour les filles. Le gouvernement aurait dû mobiliser les hommes valides, décréter la patrie en danger, la levée en masse, comme les soldats de l'an II :

— Moi, j'ai envie de me battre, au lieu de faire chauffer des biberons.

Sergot jouait au médecin comme d'habitude. Il distribuait de l'aspirine, soignait les bobos : « Pas beaucoup de jeunesses là-dedans... », mais il reluquait les scouts autour de lui :

— Il y en a deux ou trois qui sont gironds. Je suis sûr que la « mère Titine » doit les peloter dans les coins.

Parfois Albert avait des absences, sur le matin, quand le trafic se calmait. Il se demandait où il était, ce qu'il faisait là, l'esprit vide, la bouche pâteuse, parce qu'il avait trop fumé, trop bu de café. L'impression que son corps fonctionnait sans lui. Il se levait, avançait, parlait, comme s'il voyait un autre bouger, parler à sa place, sauf qu'il sentait une ankylose dans ses membres, des douleurs aux articulations.

Dans les toilettes, des gens dormaient sur des paillasses, au milieu des flaques d'eau, des odeurs d'urine. On les enjambait pour aller pisser ou se laver les mains. Au-dessus du lavabo, la glace était fêlée, couverte de chiures de mouches. En face d'Albert, un jeune homme le fixait des yeux, éclairé par une ampoule qui rendait son teint blafard. Albert approchait son visage, il détaillait le front bombé, les mèches de cheveux châtains de chaque côté, les taches de son autour du nez, le nez charnu, un peu long. Les yeux étaient d'une couleur indécise, marron ou gris selon la lumière. Cela tenait aussi à leur expression, plutôt vague, hésitante. La myopie leur donnait cet air rêveur qui plaît aux filles... Il tâtait ses joues rêches, son menton où une ombre de barbe commençait à se dessiner.

Albert ne mettait aucune complaisance dans cet examen. Il ne cherchait pas à savoir s'il était beau, séduisant. Il paraissait perplexe, comme s'il s'interrogeait sur ce jeune homme qui lui faisait face de l'autre côté du miroir, dont il n'arriverait jamais à saisir qu'une image, un reflet. Il essayait de se le représenter en dehors de lui, par exemple, de dos, en train de marcher. Il ne se demandait pas : *Qui suis-je ?*, mais : *Qui est-il ?* Une question idiote en apparence mais qui l'amusait. C'est-à-dire qu'il voulait se voir comme un étranger, une personne différente de lui, qui n'aurait pas les mêmes pensées, la même façon d'agir. Au fond, qu'est-ce qui l'empêchait d'être libre, de devenir cet *autre* ?

— Tu es là ? dit Marc.

Albert vit la silhouette de son ami dans la glace. Marc s'approcha de lui, posa le menton sur son épaule. Côte à côte, les deux visages se regardaient.

MARC : Tu trouves qu'on se ressemble ?

ALBERT : Pas beaucoup.

MARC : Il y a des gens qui le disent. Parce qu'ils nous voient souvent l'un avec l'autre.

Un temps.

MARC : A quoi tu penses ?

Albert fait une grimace sans répondre.

MARC : Moi, je pense à tout ce qui arrive.

ALBERT : Moi aussi.

MARC : Au fond, c'est peut-être mieux.

ALBERT : Pourquoi ?

MARC : Avant, on ne savait rien. On nous racontait des bobards. Maintenant on sait ce qui se passe.

ALBERT : Tu crois qu'on est fichus ?

Au tour de Marc de faire la grimace mais tout de suite après il sourit :

MARC : Nous, on ne sera jamais fichus, hein, Albert ? Parce qu'on s'aime, on restera ensemble.

ALBERT : Et on vivra longtemps.

MARC : C'est Lucie qui disait ça, tu te rappelles ?

(Il fallait qu'ils se sentent bien tristes, nos deux jeunes gens, bien démunis pour se livrer à de pareils aveux.)

MARC : Tu l'as vue ?

ALBERT : Lucie ? Pas depuis huit jours.

MARC : Je le sais, elle me l'a dit.

ALBERT : Qu'est-ce qu'elle t'a dit ?

MARC : Rien de spécial.

ALBERT : Elle t'a demandé pourquoi je n'allais plus à Chantenac ?

MARC : Elle pense que tu travailles.

La vie allait-elle continuer comme avant ? Les classes, les examens ? Les rendez-vous avec Lucie ? Le bac, qui s'en souciait maintenant ?

(Néanmoins ils le passeraient tous les deux, quelques semaines plus tard, une session spéciale, un peu bâclée, dans les locaux du lycée Bertrand-de-Borne, avec un sujet de circonstance, à traiter, « la morale du citoyen » ou un truc de ce genre, et, un jour de juillet, le 11 exactement, dans *La France de Bordeaux et du Sud-Ouest*, qui annonçait en première page « les pleins pouvoirs votés au maréchal Pétain pour établir la nouvelle Constitution de l'Etat français », Albert et Marc liraient leurs noms à quelques lignes de distance, sur la liste des candidats reçus.)

Ils ont choisi ce village parce qu'il est loin, abandonné au milieu des bois et des étangs, dans cette région de la Double où on ne peut accéder qu'à pied par des petites routes ou des chemins de terre. Le car de Périgueux assure le service jusqu'à Saint-André. De là il y a cinq kilomètres pour aller à La Jemaye. On les franchira sac au dos, en tirant des charrettes où sont empilés le matériel, le ravitaillement, sans oublier les jouets, les friandises qu'on distribuera aux enfants à l'issue de la veillée. Ça sera viril, dirait le docteur Sergot.

Au dernier moment ils ont failli renoncer à cause du temps. La neige qui était tombée huit jours avant Noël avait formé des congères, paraît-il. Le car, une ferraille brinquebalante fonctionnant au gazogène, n'atteindrait peut-être pas le terme de son itinéraire. A l'idée de se retrouver en rade, avec leurs bardas, dans une campagne toute blanche, les garçons de Saint-Joseph sentaient fondre leur dévouement plus vite que ne baissait la température. Même l'aumônier, le Père Henriet, un jeune pourtant casse-cou de nature, prêchait la prudence. Pourquoi, en désespoir de cause, ne pas se replier à Chantenac ? On réunirait les paysans d'alentour chez le fermier Auguste, on dirait la messe de minuit dans la chapelle du château. « Et après, demande Albert, on gueuletonnerait avec les Rosenbaum et chacun dormirait dans un lit ? » Pas question. Il est intraitable, Albert, il refuse la bouffe, le confort, il ne veut pas d'accommodement avec le Ciel (ou la terre), il abomine l'idée de passer la nuit à Chantenac, ce qui réveillerait ses souvenirs luxurieux. Réveiller n'est pas le mot du reste, car il n'a jamais réussi à les endormir, encore moins à les oublier. A peine sont-ils assoupis dans un coin de sa mémoire, tapis comme une bête venimeuse, un serpent lové sous les feuilles. Il suffit d'un rien, un faux pas, une rêverie, la bête se dresse, elle vous pique, le poison circule dans les veines, il enflamme l'imagination (façon de parler). Bref c'est l'enfer. Pour y échapper, Albert est prêt à tout. A partir au hasard, à coucher sur la dure, à manger des herbes sauvages, des racines ou des châtaignes. Il boira l'eau des sources qui coule sous la neige, entre les pierres. Il sera seul, perdu dans un paysage noir et blanc, avec le ciel au-dessus de sa tête, brillant comme une vitre. Son corps deviendra idéal, quelque chose de transparent, une pensée ou une souffrance, qui l'accompagnera dans sa marche, au même rythme que ses pas. Peu à peu il n'éprouvera plus rien, même pas la fatigue qui alourdit ses jambes. Il apercevra une lumière dans la nuit. C'est une maison de paysans. Il frappe, on lui ouvre. Dans l'encadrement de la porte, il apparaît comme un fantôme. Il regarde la famille attablée, le père, la mère, les enfants. On l'invite à venir s'asseoir près du feu. Il sent la chaleur des flammes sur son visage. On lui donne une assiette de soupe, un morceau de pain. Il ne parle pas. Il rêve. Il est très loin comme s'il était arrivé au bout de ses désirs.

La première fois qu'il a rencontré le Père Henriet, à Saint-Joseph, Albert l'a trouvé agaçant. A cause de ses gestes, de son rire de chèvre. Il ne tenait pas en place, triturait un cache-nez de laine noire qu'il étirait de chaque côté de ses épaules ou qu'il enroulait autour du cou. Pas moyen de le saisir au repos. Il faut qu'il se lève, qu'il arpente la pièce pendant qu'il discute. Ou bien il s'arrête, se penche en regardant la pointe de ses chaussures, repart en sens inverse. Une fébrilité plus qu'un trop-plein de vie, car il est d'aspect malingre, la poitrine étroite, le dos un peu voûté. A vingt-six ans, il a l'air d'un gosse qui a mal grandi, avec un visage chiffonné, le teint pâle, les yeux d'un bleu presque noir, garnis de longs cils comme une femme, une mèche de cheveux qui retombe sur le front en accroche-cœur. Il est le seul du collège à appartenir à un ordre religieux, Albert ne sait pas au juste lequel. Après sa démobilisation en septembre, ses supérieurs l'auraient envoyé à Périgueux pour raisons de santé. Du moins c'est ce qu'on raconte, qui ajoute du mystère au personnage, une auréole romantique, à la manière de ces poètes victimes de leurs poumons.

Le Père Henriet ne ressemble pas à un prêtre, selon l'idée commune. A Saint-Joseph ses confrères ont la mine fraîche, les joues couperosées, généralement une calvitie précoce, avec des cheveux folâtres qu'ils rabattent de la main sur un crâne aussi brillant que les boucles de leurs souliers. Quand ils circulent dans les rues de Périgueux, vêtus de leurs douillettes, coiffés du chapeau rond, on comprend tout de suite qu'on a affaire à des hommes d'importance. Ils dégagent autour d'eux une odeur de sacristie, à laquelle s'ajoutent parfois (discrètement) un parfum d'eau de toilette, quelques relents de tabac. Ils parlent doucement, écoutent en penchant la tête, un vague sourire aux lèvres. Avec eux on se sent tranquille, ils sont dans le secret de Dieu. Le Père Henriet est inquiétant, lui. Il a l'air pressé, comme s'il avait trop de choses dans sa tête, des projets, des idées, ou simplement un besoin d'agir dont il ne sait pas comment se débarrasser.

Albert tient un carnet dans lequel il écrit des réflexions intimes. Quelquefois des phrases ou des pensées qu'il a relevées au cours de ses lectures. Il relate aussi des événements de sa vie. Par exemple le départ de Marc pour Bordeaux, au début octobre. Un départ qui ressemblait à un exil à cause de la ligne de démarcation. Bordeaux se trouvait en zone occupée où il était plus facile d'entrer que de ressortir. Pendant des mois on ne pourrait pas se voir ni même correspondre librement. *L'absence est le plus grand des maux*, elle révèle ce qui nous manque (et qui nous faisait vivre). Marc devait loger chez le frère de Mme Allaines, qui est médecin. Il s'inscrirait au lycée, en classe de Math Sup pour préparer le concours de l'X ou de Centrale. Et Albert là-dedans, qu'est-ce qu'il devient ?

Il reste en carafe, à la librairie. Pourquoi n'a-t-il pas accompagné son ami ? Le docteur Jousseaume était prêt à l'héberger.

Albert note dans le carnet :

« *Les événements se précipitent. Dans une semaine peut-être je serai sur le point de prendre la décision irrévocable : partir. Ce mot, je l'écris sans y croire, au fond. Je n'ai pas le courage de me représenter ce qu'il signifie. Partir, cela veut dire quitter mes parents, mes amis, ma ville natale, tout ce qui a fait mon existence jusqu'à présent. Pour Marc, le passé ne compte pas. Il ne pense qu'à demain, à l'aventure. Moi, je ne vis que dans les souvenirs. C'est presque maladif. Je ne peux pas m'empêcher de tourner la tête en arrière, quand je marche. J'ai besoin d'un grand courage (ou plutôt d'un grand oubli) pour agir. Savoir oublier, l'unique raison de toute paix. Un jour pourtant, il faudra choisir. J'attends.* »

Albert n'attendit pas longtemps. Mme Execourt choisit pour lui. Parmi toutes les objections qu'elle souleva à son départ, la principale (qu'elle n'avoua pas) était qu'elle refusait d'être séparée de son fils. Cela ne souffrait pas de réplique. Il y avait déjà assez de bouleversements dans le pays. Inutile d'en rajouter au sein de la famille. Personne ne lui arracherait le bébé Albert qu'elle continuerait (jusqu'à la mort) de serrer symboliquement sur son cœur.

Dans les jours qui suivirent l'exil de Marc à Bordeaux, Albert erra comme une âme en peine dans les rues de Périgueux, aussi bien qu'à l'intérieur de lui-même. Partout il revoyait le visage de son ami, il sentait sa présence. *Un seul être vous manque*... Il connaissait le refrain mais c'était la première fois qu'il le chantait vraiment. Avec des larmes dans la voix.

Il découvrit que les choses n'existent pas toutes seules, en soi. Pour vivre, elles ont besoin d'une lumière, du regard de l'autre posé sur elles. Albert se promenait dans un monde éteint. Il s'asseyait à la terrasse de *L'Univers*, les yeux perdus sur la foule qui s'écoulait devant lui. Il entendait la voix de Marc, il lui répondait. Que faisait-il, Marc, en ce moment ? Il devait se balader dans le quartier de l'Université, près de la Grosse Cloche, au milieu des étudiants qui fument la pipe, coiffés de la faluche.

— C'est quoi, une faluche ? demande Michel. (Avant on disait « les jumeaux ». Jamais l'un sans l'autre. Maintenant chacun des deux Girard va de son côté.)

Michel est venu s'installer à la table d'Albert en compagnie de Sergot. Ils sont amusants à observer, ces deux-là. L'aîné toujours aux petits soins, couvant sa conquête : « Tu es bien ? Qu'est-ce que tu bois ? », et l'autre, un peu garce, qui joue les difficiles.

— La faluche, dit Sergot d'un air docte, c'est un béret que portent les étudiants. Selon la couleur des rubans, on voit à quelle faculté ils appartiennent. Jaune pour les Lettres, rouge pour le Droit...

— Quels rubans ? demande Michel.

On s'en fout. Où est-il, Marc ? J'espère qu'il se tient à carreau avec les Allemands. Il a dû avoir un choc, la première fois qu'il les a vus. Des vrais soldats, en chair et en os, qui défilent au pas de l'oie, le bras tendu : « Heil Hitler ! » S'il rigole, je le connais, on lui tire dessus, on jette son corps dans un trou, personne pour prévenir sa famille. On tremble à l'idée de toutes les menaces qui pèsent sur un être aimé, quand il est au loin.

Sergot a posé la main sur la nuque de Michel :

— Tu sais ce qu'il veut faire plus tard ?

— Pas plus tard. Tout de suite !

— Monsieur veut devenir comédien. Tu te rends compte ?

— Il n'y a pas de sot métier, dit Albert.

Michel proteste :

— Ce n'est pas un métier. C'est une vocation.

Ricanement de Sergot. Il craint sans doute que le théâtre ne lui enlève son chéri.

— Vocation de clown, oui !

Michel est furieux. Il repousse Sergot qui perd l'équilibre sur sa chaise, se rattrape au guéridon et flanque les verres par terre. Eclat de rire général provoquant l'intervention d'un client de la terrasse. Un homme d'âge, tiré à quatre épingles, moustaches blanches, rosette à la boutonnière. Il exprime son indignation devant le manque de tenue de la jeunesse actuelle qui semble oublier les malheurs de la France. La jeunesse baisse la tête et ramasse les débris de la vaisselle sous la table.

— De quoi il se mêle, ce vieux schnock ? dit Michel.

Quand Albert rendait visite à la famille Allaines, c'était pour parler de Marc. Des Rosenbaum aussi. On s'inquiétait du sort de Charlie qui avait voulu remonter à Paris, en même temps que les réfugiés regagnaient la capitale. Autant dire qu'il s'était fourré dans la gueule du loup. Maintenant les Allemands recensaient les juifs en zone occupée et les empêchaient de franchir la ligne. Sujet de discussion entre Me Allaines et sa femme.

— Je l'avais prévenu. Il n'avait qu'à laisser tomber ses affaires et à se tenir tranquille à Chantenac.

— Il faut bien vivre, disait Mme Allaines.

— A condition de rester en vie.

— Qu'est-ce que tu racontes, Joseph ? Charlie n'a rien à craindre. Il a fait la guerre de 14, il est même décoré. Le Maréchal a dit qu'on ne toucherait pas aux juifs anciens combattants.

— Tu rêves, ma pauvre fille.

Peut-être que nous rêvons tous en ce moment, se

disait Albert. La vie continue comme autrefois. Quelle différence ? Maurice ouvre le magasin. Mme Execourt va au marché : « J'ai eu un kilo de pommes de terre aujourd'hui. » Chacun parle de ses projets, de ses amours. On dit : plus tard, mon fils fera ceci ou cela, comme s'il y avait un « plus tard », comme si l'avenir existait vraiment. Il s'agissait d'une illusion. L'avenir n'appartenait à personne. Il se décidait dans un autre monde.

Le plus dur, pour Albert, c'était de retrouver Lucie chez les parents de Marc. Elle arrivait à l'improviste, souvent en compagnie d'Isabelle, la fille cadette. On entendait leurs rires de loin, le bruit des vélos sur le gravier. Impossible de fuir, et puis pourquoi ?

— Tiens, tu es là, Albert ?

On s'embrasse sur les joues, du bout des lèvres, comme frère et sœur, juste le temps de sentir le grain de la peau, son odeur, et vite on se mettait à parler. Les filles avaient toujours quelque chose à raconter, une balade, une rencontre. Elles s'étaient promenées dans les bois, près de Chancelade, elles avaient découvert « un chemin adorable », cueilli des fleurs, mangé des mûres et au retour, voilà un type qui les suit, une grande asperge, avec une casquette, des pattes de lapin. Il sifflote sur sa bécane, les dépasse, s'arrête et, cinq minutes après, le manège recommence.

— J'avais peur qu'il nous saute dessus, disait Isabelle. Il avait une tête de satyre.

Ce n'était pas l'avis de Lucie qui lui trouvait l'air viril, dans le genre Gary Cooper :

— Et toi, Albert, qu'est-ce que tu deviens ?

Pas grand-chose. Il travaille à la librairie.

— Les bouquins, ça te connaît. Tu écris toujours ?

Il essaye.

— Qu'est-ce que c'est ? Un roman policier ?

Non. Il y a longtemps qu'il a laissé tomber.

— J'ai appris que tu t'occupais des scouts à Saint-Joseph.

Oui. C'est le Père Henriet, le nouvel aumônier, qui le lui a demandé. Lambertie s'était engagé comme cadre dans les Chantiers de jeunesse.

— Te voilà retourné avec tes soutanes...

Elles rient toutes les deux, les filles, pas méchamment mais d'une façon, comment dire, un peu railleuse, supérieure, comme s'il était redevenu un petit garçon à leurs yeux. Quelqu'un d'inoffensif.

— Je ne pouvais pas refuser. Ils n'avaient personne.

Pourquoi se défend-il, Albert ? Il n'a pas de comptes à rendre, après tout. Est-ce qu'on se doute de ce qu'il cache, de ce qu'il endure depuis des semaines ? S'il avait l'occasion, un jour, de s'expliquer, il le ferait sans témoins, seul en face de Lucie. Il imaginait la scène (émouvante) où il lui donnerait rendez-vous, non pas à Chantenac ni au *Lys rouge* (infestés de trop de souvenirs) mais — pourquoi pas ? — devant une église, sur le parvis de la cathédrale, par exemple. Le silence des pierres accompagnerait leur entretien. C'est Albert qui parle le premier. Il ignore ce qu'il dira mais il se voit marchant de long en large, la tête baissée, en compagnie de Lucie qui l'écoute. Il livre ses pensées les plus secrètes, il ouvre son cœur, se débarrasse de tout ce qui l'encombre, la peur, le mensonge, les désirs, autant de peaux mortes qui tombent à ses pieds. Il dépouille le vieil homme, un nouvel Albert apparaît, tranchant comme une lame, pur comme une flamme. Il saisit les mains de Lucie, les presse contre ses lèvres — c'est le seul geste, la seule privauté qu'il se permettra —, il murmure : « Je t'aime toujours, Lucie. Mes sentiments n'ont pas changé pour toi. » Elle demande : « Qu'est-ce qui a changé, alors ? » Il répond : « Je ne sais pas. Moi peut-être. Je ne suis plus le même. J'ai besoin d'autre chose... » Elle le regarde, les yeux brillants, les larmes déjà prêtes à couler. Il les essuie en passant le doigt sur ses joues, de chaque côté du nez. Il prononce cette phrase incompréhensible : « Si je veux t'aimer, il faut que je te quitte. »

L'ennemi, c'est le corps. Quand on est seul avec lui, il prend toute la place. On a beau s'occuper ailleurs, lire, écrire, chercher à l'oublier, il s'interpose entre soi et les choses. Il suffit de se regarder dans la glace, de faire un geste, d'avoir une attitude — par exemple, de se caresser la joue machinalement ou d'ouvrir sa chemise parce qu'on a chaud —, tout de suite, le corps est là avec ses nerfs, ses humeurs, des frissons qui courent sur la peau. Parfois on dirait qu'il parle, non pas avec des mots mais avec des images. Il invente des scènes, il se souvient. Parfois il installe le silence autour de lui — comme avant un orage — au fond duquel on entend des mouvements confus, le sang qui circule, le cœur qui bat, des frémissements à l'intérieur des organes. La bouche devient sèche. C'est le corps qui a soif. Tout lui est bon pour apaiser sa fringale. Il attend son heure. Le soir, quand Albert se jette à plat ventre sur son lit, le visage dans l'oreiller, mordant la toile, il sent une main qui monte le long de ses jambes, elle atteint la taille, déboutonne le pyjama. Il gémit, tente de se défendre, non, non... A qui s'adresse-t-il ? A Lucie, surgie là comme par miracle, elle s'est glissée sous la couverture, elle rit de sa surprise. Chut, pas de bruit, les parents dorment dans la pièce à côté. Comment est-elle entrée, Lucie ? Peu importe, elle est là, contre son corps, offerte à ses baisers. C'est un scénario comme un autre, inventé pour la circonstance. Grâce à lui, Albert devient l'objet d'une métamorphose. Son corps se réduit à un sexe, un sexe énorme, où se réfugie tout son être, entraîné par cette force qui le tire hors de lui-même. Il s'agrippe pour y résister mais, en même temps, il s'y abandonne. Tant pis, le sort en est jeté, la force le transperce, c'est une déchirure, une source de délices qui le laisse blessé, expirant. Quand il se redresse sur son lit, quelques instants plus tard, Albert ne pense à rien, il agit comme un automate, remet de l'ordre dans sa tenue, essuie le drap avec son mouchoir. On dirait un assassin qui efface les traces de son crime. Après la tornade, c'est la bonace, le paysage reprend son aspect normal, un calme, une sérénité qui ressemble au désespoir. Une fois délivré, le corps n'a plus de sens. Mister Hyde a vaincu et la belle âme du docteur Jekyll revient dans un intérieur dévasté. A quoi bon continuer de vivre ? A qui se confier, comment exprimer ce qu'on ne comprend pas soi-même ? Albert imagine qu'il se promène dans un lieu désert, une grève le long de la mer. Il s'étend sur le sable, écoute le bruit des vagues. Il se souvient des paroles d'une vieille chanson : *Mon cœur est plein d'amour, ma bouche est pleine de terre.* Voilà ce qu'il est devenu. Un mort qui ne peut plus rien dire.

Albert s'était fixé un emploi du temps. Lever à sept heures. Quelques mouvements de gymnastique devant la fenêtre ouverte. Ensuite toilette à l'eau froide. L'hiver, on avait droit à une bouilloire qu'on allait remplir au bain-marie de la cuisinière. Il n'y avait pas de salle de bains chez les Execourt, seulement un cabinet situé au fond du couloir, éclairé par un vasistas, avec un lavabo, un bidet, une armoire où on rangeait l'eau de Cologne, les compresses et la teinture d'iode. Quand on voulait se laver entièrement

— chacun son jour de la semaine —, on disait qu'on prenait un *tub*, dans une grande bassine en tôle, avec un broc pour se rincer. Une fois habillé, Albert retapait son lit, descendait au rez-de-chaussée où il préparait le petit déjeuner. L'arrière-boutique se composait de la cuisine, dallée de grandes pierres plates qui avaient pris une couleur bise, à force d'être frottées, comme celle des vieilles maisons de Périgueux. Elle ouvrait sur une cour par une double porte vitrée. A travers les carreaux on apercevait l'arbre de Judée, planté par le grand-père Ernest. La pièce sentait une odeur de lessive et d'épices à laquelle se mêlait, selon la saison, le parfum des fruits rangés sur l'étagère. Tout y brillait sous la main de Mme Execourt, les casseroles, la pierre d'évier, la fonte et les ornements de cuivre de la cuisinière à charbon, dont elle avait réglé le tirage, la veille au soir, afin de conserver la chaleur du foyer jusqu'au matin.

Albert goûtait un plaisir particulier à rester immobile, regardant un à un les objets autour de lui. Ils semblaient sortir du sommeil, retrouver une vie nouvelle. S'il était patient, suffisamment attentif, peut-être arriverait-il à saisir de lui la même image ?

Pendant que le café passait goutte à goutte (la mixture plutôt, quelques grains mélangés avec de l'orge et de la chicorée), Albert mettait ses notes à jour. Il recopiait une citation :

Que sens-tu ? Quel mal te consume ?
La clairvoyance, car je sais que je suis infâme.
(*Oreste* d'Euripide, vers 395-396.)

Comme tous les jeunes gens, il éprouvait une certaine délectation à s'analyser. Il avait besoin de se sentir obscur, compliqué. Il écrivait : *Je voudrais me comprendre* pour mieux se convaincre qu'il était une énigme à lui-même. *Avoir un cœur simple, doux, humble... mais mon cœur, je le connais, il est tortueux comme un labyrinthe, fermé comme une prison.* Ce qui fait que, loin d'y voir clair (comme Oreste), Albert s'enfonçait avec délice dans ses contradictions. La plus flagrante, bien sûr, c'était la *pureté*. Comment rester *pur*, quand on se refuse à coucher avec une fille dont on a envie ? Comment concilier ce « sacrifice » avec les exigences de la nature ?

Ce que j'éprouve pour Lucie, est-ce de l'amour ? Amour de la peau, amour de l'âme ? Foutaises ! Cf. Pascal. On n'aime personne, seulement des qualités.

Le cas de Marc est plus mystérieux encore, sa présence plus obsédante depuis qu'il est au loin. *Son visage toujours devant mes yeux, comme un reproche ou un remords. Il rit, il est en colère, ou bien il se repose, les yeux fermés. Je lui crie : Reviens, reviens. Je ne peux plus vivre.*

Il n'ajoute pas *sans toi*, mais l'idée est sous-entendue.

Un jour, je me rappelle, en classe de philo, nous étions à la même table, l'un à côté de l'autre...

Le lecteur du carnet ne saura pas ce qui s'est passé entre eux, ce jour-là. Albert a barré trois lignes. En dessous : *Ce que je voudrais : être lui, sans cesser d'être moi.*

A huit heures, on entendait le parquet craquer à l'étage au-dessus. C'était réglé comme du papier à musique, de même que le grincement des marches de l'escalier, quelques minutes après, à peine frôlées par les pas précautionneux de Maurice. Albert n'avait plus qu'à ranger son carnet, disposer les bols et les couverts sur la toile cirée. Pour lui, la journée était finie, ou presque.

Le jeudi, il se levait une demi-heure plus tôt. C'était le jour de la messe à Saint-Joseph, dite par le Père Henriet. Le chef se devait d'y assister. Ce qui lui posait souvent un cas de conscience. A cause des « mauvaises pensées » ou des « actes impurs ». Albert était-il en état de grâce ? Avait-il le droit de communier ? Autrefois il n'aurait pas hésité à se faire blanchir par son confesseur : « Bénissez-moi, mon Père, parce que j'ai péché. » Le vieux Puget avait l'habitude. Un *Pater*, trois *Ave* et hop, on ressortait de chez lui aussi propre qu'un sou tout neuf ! Avec ce jeune prêtre, un peu bizarre, à peine son aîné, Albert se trouvait en porte à faux. Comment lui parler ? Et s'il ne lui parlait pas, fallait-il sacrifier son salut au qu'en-dira-t-on ? Car un chef qui ne communie pas, c'est suspect. Tout le monde a les yeux fixés sur lui, à commencer par les garçons dont il a la charge. S'il reste debout à son banc, pendant que les « chers petits » vont s'agenouiller deux par deux devant l'autel, de quoi aura-t-il l'air ? D'un mécréant. Le scandale ou la damnation, tel était le dilemme. Pour y échapper, il n'y avait qu'une issue.

Quand Albert arrivait au collège, il rangeait sa bécane sous le préau, traversait la cour, grimpait l'escalier en vitesse jusqu'à la chapelle. Il avait cinq minutes devant lui, le temps que les enfants de chœur allument les cierges, remplissent les burettes. Il entrait dans la sacristie où l'aumônier étalait les ornements sur la commode. Chacun avait un sens, une histoire, que le prêtre se récitait en les revêtant un par un, selon un ordre précis.

— *Placez, Seigneur, sur ma tête, le casque du salut afin que je puisse repousser les assauts du démon.*

En fait le casque s'appelait l'amict et ressemblait à un grand mouchoir qu'on s'attachait sur les épaules. Après, c'était l'aube, une tunique blanche, image de la pureté, de même que le cordon, serré à la taille, jouait le rôle d'une ceinture de chasteté.

— *Eteignez dans mes reins, Seigneur, l'ardeur du désir.*

(Voilà ce qui me manque, pensait Albert.)

— Ça va ? demandait le Père Henriet. Il faut que je vous voie après la messe, pour préparer la veillée de Noël.

Il se tourne vers l'un des acolytes :

— C'est le propre de saint Albert le Grand aujourd'hui. Tiens, Albert, votre patron. Evêque, confesseur et docteur. Une tête pensante. Vous avez prévu un cantique pendant la communion ?

Comment lui parler ? Toujours cette manie de sauter d'une idée à une autre. Il est trop loin et trop près. Trop près d'Albert, trop loin avec Dieu. Il a passé l'étole, la chasuble, il saisit le calice d'une main :

— Vous vouliez me dire quelque chose ?

— Non.

(Il trouvera une autre occasion, la dernière. Trois ans plus tard, quand le temps presse pour Henriet, sans qu'il le sache. Ils se promènent tous les deux sous les arbres. Est-ce dans un bois ou à Périgueux, le long des allées Tourny ? Albert se souviendra seulement des ombrages, du soleil à travers les branches où les feuilles sont à peine dépliées, de son cœur serré par l'angoisse dans cette lumière de printemps. Autour de lui, c'est la mort ou la menace. Le père de Marc arrêté, son ami au loin, le drame des Rosenbaum, à Chantenac, et l'abbé maintenant que ses jambes ne portent plus, qui se traîne, cherche un banc, un endroit pour s'étendre : « Je ne sais pas ce que j'ai... » Pour la première fois, Albert le regarde comme un homme ordinaire, détaché de sa fonction de prêtre. Peut-être parce qu'il souffre, on peut l'approcher. Il s'assoit par terre, appuyé contre le tronc d'un arbre, la tête levée, il a gardé son béret enfoncé jusqu'aux oreilles. Il ferme les yeux. Lui qui a toujours l'air d'être de nulle part, toujours de passage — dans sa chambre, au collège, c'est la pagaille avec des papiers en tas sur le bureau, des paquets de copies à corriger, des journaux, des piles de livres, du linge sur le lit, un sac à dos, des godasses, ou quand il mange, debout, avalant n'importe quoi, comme si ça n'avait pas d'importance de manger, de dormir, d'avoir un chez-soi, une maison, une famille — lui toujours en train de courir (après qui ? après quoi ?), on dirait qu'il est arrivé maintenant. Il a rejoint ses frères d'ici-bas, il a retrouvé sa forme humaine. Au repos, ses traits se recomposent. On se sent attendri devant ce visage d'adolescent aux joues creuses, qui s'offre au soleil, à la chaleur, comme pour dire : prenez-moi, je suis fatigué, je renonce.

— Je n'arrive pas à me décider dans la vie, dit Albert. J'ai peur de ce qu'on va penser de moi. Ce qui est bien ou mal...

C'est à propos de son projet de voyage à Paris qu'il se livre à cet examen de conscience. Il avance un peu au hasard, en espérant que son compagnon va l'aider, lui poser des questions.

Il se met à parler de Lucie. Il dit qu'il a aimé une personne autrefois. Il précise que c'est une jeune fille. Il l'aime peut-être encore, il n'en sait rien.

— A l'époque, c'était une passion physique mais je ne voulais pas... (il n'ose pas dire « coucher avec », il cherche une expression moins crue) faire certaines choses avec elle. Vous me comprenez ?

— Pourquoi ? demande Henriet.

Albert n'avait pas prévu cette question-là et les réponses qui lui viennent à l'esprit lui semblent ridicules. Par esprit de sacrifice ? Pour mettre son amour à l'épreuve ? Il se souvient d'une comédie de Corneille — c'est peut-être *La Place Royale* ? — où il y a un personnage qui agit de la même façon. Il refuse l'amour de sa maîtresse parce qu'il veut être libre. Il pense que c'est plus beau de refuser le bonheur que de s'y soumettre. Mais Albert n'a rien d'un héros cornélien. Alors, pour rester pur ? Malheureusement il en était incapable :

— On peut lutter contre ses désirs. On ne peut pas lutter contre une partie de soi, ce qu'on éprouve dans son cœur, dans son corps et qui est vrai.

Finalement ces choses-là qu'on ne veut pas faire avec quelqu'un, Albert les avait faites tout seul. Ce n'était pas mieux.

Il a le feu aux joues soudain, comme s'il s'était mis tout nu en public. Il voudrait se sauver, ne plus jamais revoir le Père Henriet ni personne. En même temps il est soulagé. Il a l'impression d'avoir parlé, pour la première fois de sa vie. Il a dit ce qu'il ne savait pas de lui — qu'il serait capable de le dire — et du coup, cela lui paraît dérisoire, un peu bête.

Il change de sujet :

— Est-ce que c'est un péché de vouloir être un autre ? Non pas de l'imiter, de faire comme lui mais de se mettre dans sa peau, d'avoir ses idées, sa façon d'être, de parler, d'agir. J'ai un ami que j'admire parce qu'il sait toujours où il va. Il ne se demande pas si c'est bien ou mal. Il se pose peut-être la question mais il trouve la réponse aussitôt et, chaque fois, c'est la bonne. Moi, je le regarde et je ne comprends pas comment il fait. Je voudrais connaître son secret. Sinon je deviendrai un raté.

— Un raté ? demande le Père Henriet. Qu'est-ce que vous entendez par là, Albert ?

Nous sommes tous des ratés, aux yeux de Dieu.

Au début décembre, Lucie a reçu une longue lettre de Marc, postée à Langon par un passeur de la ligne. Elle en a parlé à tout le monde autour d'elle, même à Albert, un peu vexé que son ami ne lui ait pas donné personnellement de ses nouvelles. Marc raconte sa vie à Bordeaux, les cours, les profs, les étudiants.

— Et les étudiantes ? demande Albert.

Lucie hausse les épaules. Il y a des passages de la lettre qu'elle saute ou bien elle les montre à Isabelle qui fait des mines, pousse des oh !, des ah ! Il s'en fiche de leurs cachotteries. Est-ce que Marc compte venir à Périgueux ? Oui, il espère obtenir un *ausweis* pour les vacances de Noël mais c'est compliqué, il faut un tas de certificats. S'il ne l'obtient pas, il viendra quand même, en fraude. Il suffit de connaître quelqu'un à la frontière. On lui a déjà donné plusieurs adresses. « Et s'il était pris par une patrouille ? » dit Albert. Pas de danger, Marc est plus malin que les Allemands. Il les appelle les *vert-de-gris* ou les « doubles vaches » à cause des lettres W H inscrites sur leurs voitures. Il est indigné par l'état d'esprit de ses camarades de classe. Des pisse-froid, des profiteurs ou des défaitistes. Ils ne pensent qu'à leurs études ou à la bouffe. Pour eux, la guerre est finie, les Allemands sont vainqueurs, autant s'arranger avec Hitler.

— Si Marc arrive, dit Lucie, on fêtera tous Noël à la maison.

Malheureusement Albert ne sera pas des leurs.

— Pourquoi ?

Il organise une veillée dans un village de la Double.

— Tu nous barbes avec tes soutanes. Pour une fois qu'on peut être ensemble.

— Vous n'avez qu'à venir à La Jemaye, dit Albert.

Tout en parlant il regrettait déjà son invitation. Une

faiblesse qui lui avait échappé. L'idée de voir Lucie et Marc pendant la messe de minuit...

— Tu penses comme on ira se geler dans ton trou perdu.

Le nom le faisait rêver. Il avait trouvé La Jemaye dans un roman d'Eugène Le Roy, *L'Ennemi de la mort*, qui racontait l'histoire d'un médecin persécuté par les nobles et les paysans. Pour lutter contre les fièvres, le docteur Charbonnière prétendait assécher les étangs de la Double. Il se heurtait à l'intérêt des propriétaires, à l'ignorance et à la superstition du peuple. Il lui arrivait beaucoup de malheurs. En feuilletant l'exemplaire, Albert avait remarqué la dédicace adressée *à monsieur Ernest Execourt, bon serviteur des Lettres et de la libre pensée. Eugène Le Roy*. Les deux mécréants avaient dû se rencontrer à l'époque où Le Roy gagnait sa vie comme percepteur à Tocane, un village proche de Périgueux. Le jeune Maurice d'alors ne se souvenait pas de ses visites. Du reste le libraire n'éprouvait que de la répugnance à l'égard des opinions de l'écrivain. Il ne conservait ses ouvrages (relégués sur le dernier rayonnage du magasin) que pour les besoins du commerce.

Albert s'était dit qu'en cinquante ans, le décor de la Double n'aurait pas tellement changé. La mentalité des habitants non plus. En outre, il y avait un scout du collège — il s'appelait Malescot — qui connaissait de la famille par là, un cousin agriculteur de son état, toujours le bienvenu dans ces temps de disette.

— Vous verrez, il nous donnera du confit, de la graisse d'oie et même du pain, il le fabrique dans son four. On va se régaler.

Si on passait la nuit de Noël dans ce village, c'était d'abord pour apporter la bonne parole.

— Ça n'empêche pas de manger, dit Malescot.

Il marchait sur la route, emmitouflé dans sa cape, les jambes bleuies par l'air glacé, le chapeau rabattu. On ne lui voyait que deux mèches noires qui pendaient de chaque côté du visage.

— J'ai froid, chef. Je ne peux pas m'empêcher de trembler.

— Remue-toi. Cours.

— J'ai encore plus froid.

Malgré la neige et les congères, le car les avait déposés sans encombres à Saint-André. Au bout d'un ou deux kilomètres, le chemin s'enfonçait dans les bois. Il était creusé d'ornières, avec des trous d'eau gelée sur lesquels on patinait, les roues des charrettes se mettaient à déraper, les gosses poussaient des cris : attention, ça va verser! On rattrapait le chargement de justesse et on repartait. C'était l'aventure.

L'abbé fermait la marche. Une silhouette noire, un peu cahotante, courbée sous le sac, la soutane retroussée au-dessus des galoches, avec le béret qu'il s'obstine à enfoncer jusqu'aux oreilles. Ça lui donne l'air d'un idiot de village. A la remarque d'Execourt, il répondait par son rire de chèvre : « Heureux les pauvres en esprit, a dit le Seigneur. »

Albert se sentait plein d'allégresse. Rien ne pouvait l'atteindre, le froid ni la fatigue. Il éprouvait une sorte d'exaltation qui le grandissait à ses yeux. Tandis que les autres se calfeutraient dans leurs maisons, comme des petits-bourgeois, lui, il s'avançait tel un conquérant au milieu d'un pays désert. Plus il allait, plus il avait l'impression de quitter son existence de tous les jours. Il la voyait se rapetisser, devenir quelque chose d'insignifiant. A quoi rimaient ces gestes, ces habitudes, les allées et venues des gens, de leur lit à leur boutique, leurs parlotes, leurs disputes? Un destin de fourmis qui tournent en rond, grattent la terre. La vie qu'on mène n'est pas celle qui coule dans le sang, fait palpiter le cœur et l'imagination. L'homme est fait pour courir le monde, il lit son chemin dans les étoiles, il couche n'importe où, sur le sol, autour d'un feu. Il écoute le cri des bêtes dans la nuit.

Lucie paraissait lointaine, elle aussi, avec son projet de réveillon à Chantenac. Elle devait préparer la table, mettre des fleurs, décorer le sapin de Noël, pendant que Mme Rosenbaum ouvrait les terrines de foie gras. Depuis sa lettre, Marc n'avait pas donné de ses nouvelles. Est-ce qu'il viendrait ? La situation s'était compliquée à cause du renvoi de Laval par Pétain. Les Allemands étaient furieux. Ils avaient fermé la ligne de démarcation dans les deux sens. Impossible d'entrer ou de sortir. Ça ne changeait pas grand-chose pour Marc, s'il avait décidé de passer en fraude, sauf que la surveillance était renforcée. Pourvu qu'il ne soit pas pris ! On disait que les patrouilles tiraient à vue, sans sommations. Albert s'adressait à Dieu, il lui promettait toutes sortes de sacrifices en échange de la vie de son ami. S'il meurt, je crois que je mourrai aussi.

La Jemaye n'avait pas de curé depuis deux ans mais il existait un maire — le cousin de Malescot, ça tombait bien — qui prêta l'école pour y organiser la veillée. On repoussa les tables contre le mur, on disposa les bancs en demi-cercle et, une fois débarrassée de la chaire magistrale, l'estrade servirait de scène pour jouer la comédie. L'église sentait le moisi, une odeur de salpêtre et de poussière que le Père Henriet chassa à coups de balai, en ouvrant le portail à deux battants. « On va cailler pendant la messe », disaient les gosses. Non, car il y avait un poêle à bois, au milieu du chœur, avec un tuyau rouillé qui s'élevait en zigzaguant jusqu'au toit. Quand on l'alluma, il lâcha de la fumée comme une vieille locomotive. Les balayeurs battirent en retraite en suffoquant. « Ça s'arrangera », dit Albert.

Il fallait penser à tout, décharger le matériel, prévoir le repas, le cantonnement pour la nuit. Sous le préau de l'école, l'équipe de Malescot avait déjà tendu une toile pour se protéger du vent, accroché des lampes-tempête à chaque poteau, construit deux foyers avec des briques, des morceaux de tôle.

— On se débrouille, chef. Vous en faites pas.

A cause de l'accent, il avait toujours l'air de chanter. Albert lui sourit, posa la main sur son cou, en se demandant s'il n'allait pas s'amouracher de Malescot. Il se souvenait d'un jour où il avait dû le réprimander pour une bêtise. Pendant l'algarade, il s'était passé un phénomène curieux. Il avait éprouvé soudain un désir pour le garçon. Plus il le sermonnait, plus il avait envie de le consoler, de le prendre dans ses bras. L'autre tenait les yeux baissés, avec ses deux longues mèches pendantes de chaque côté des joues, sa bouche tremblait comme s'il était sur le point de pleurer. « Et moi, je bande, se disait Albert. C'est du sadisme! Est-ce qu'il s'en rend compte? » Voilà les inconvénients de la chasteté.

Le spectacle commença à dix heures. Albert avait composé une Nativité, en s'inspirant d'un texte du Moyen Age. Les scouts drapés dans des couvertures déclamaient leurs rôles d'une voix fluette ou caverneuse. Ils levaient et abaissaient les bras après chaque phrase, pour se donner une contenance. Dans la pénombre, on distinguait les visages des paysans. Des vieux et des vieilles dont les faces tannées, creusées de rides, ressemblaient à des statues de bois. Certains avaient ôté leurs bérets, ce qui leur faisait une auréole blanchâtre au-dessus du front. Les enfants se traînaient par terre comme des chiots. Ils riaient, se tiraient les cheveux. Les femmes lançaient des claques au hasard. Il régnait dans la pièce une bonne chaleur animale qui sentait la laine et le cuir. Dehors, à travers les vitres, on apercevait un arbre aux branches nues, dessinées par la neige.

— Maintenant on va chanter, dit Albert.

Il monta sur l'estrade, rassembla la troupe autour de lui. On entendit un bruit de carriole sur la route, des gens qui parlaient, cherchaient par où entrer. Albert tourna la tête au moment où il entonnait le premier couplet. Il reconnut les silhouettes de Marc et de Lucie dans l'encadrement de la porte. Il continua de chanter, leur adressa un clin d'œil, comme si, depuis toujours, il les avait attendus.

Marc raconte son voyage. Il a mis plus de trois jours pour se rendre de Bordeaux à Périgueux. En train jusqu'à Montpon, à la gare, les feldgendarmes lui demandent ses papiers, pourquoi il descend là, chez qui va-t-il habiter ?

— Tu parles, ils ne sont pas fous, les chleuhs. Tous ces gens qui débarquent à cinq cents mètres de la ligne, comme par hasard, ça leur paraît louche. Bref je leur sors un boniment, une grand-mère qui m'attend pour Noël, ils me laissent tranquille, je cherche le passeur qu'on m'a indiqué. Il est absent. On me dit d'aller voir le curé. Il ne peut pas non plus, parce qu'il est repéré. Il me donne une autre adresse. Au fait, il connaît ton père, le curé. Il m'a dit : « Vous souhaiterez le bonjour de ma part à M. Execourt. »

Albert ne l'écoute pas. Il le regarde comme si Marc était un fantôme. Tout à l'heure, une fois le chant terminé, il est descendu de l'estrade, il s'est approché de Lucie, il l'a embrassée, l'a serrée longuement contre lui, sans dire un mot. « Qu'est-ce que tu as, Albert ? » Il devait faire une grimace, malgré lui, parce qu'il se retenait de pleurer. Il s'est jeté contre Marc. Il bredouillait : « Tu es là, tu es là... »

— J'ai dit à Lucie : « Pas question, on passe le réveillon avec Albert. » Les parents étaient furax, Huguette aussi. On a attelé Marguerite — heureusement elle était ferrée à glace —, on a pris du ravitaillement, des bouteilles de vin et, fouette cocher, direction La Jemaye. Tu parles d'un bled !

La messe est longue parce qu'on chante le *Kyrie*, le *Gloria*. Debout dans l'allée pour diriger le chœur, Albert regarde ses amis à la dérobée. Il se demande s'ils ne s'ennuient pas. Marc surtout, qui n'aime pas les bondieuseries. Après la lecture de l'évangile, on écoute le speech du Père Henriet sur Noël. L'histoire est connue. Albert préfère penser à Dieu. Il lui doit une fière chandelle. Il n'avait rien et maintenant il a tout. Ou plutôt, ce qu'il demandait, il l'a obtenu. Dieu l'a exaucé. Marc est vivant. Lucie est venue à La Jemaye. Seulement c'est un cadeau empoisonné, il le sait. Il a surpris des gestes, des sourires entre les deux jeunes gens. Il n'est pas dupe de leur attitude à son égard. Ils lui jouent la comédie de l'amitié. Pour eux, il s'agit d'autre chose. D'amour sans doute. Quand il a étreint Lucie à son arrivée, il a perçu comme un raidissement dans son corps. Il a cru d'abord qu'elle était étonnée par son geste, gênée de se donner en spectacle devant des inconnus. En réalité, c'était à cause de Marc. Il avait déjà la main sur elle. Marc a choisi le premier. Une fois de plus il a suivi le bon chemin. Albert reste sur place. Il a été floué. Il a fui les délices charnelles pour... Pour quoi ? Un amour de tête, une pureté de commande. Devenir quelqu'un d'inaccessible, le beau ténébreux qui porte son cœur en écharpe ?

Albert ne sait pas s'il faut en rire ou en pleurer. Il plonge la tête dans ses mains. Il a l'air de prier. L'amour, ce n'est pas de prendre, c'est de renoncer. Voilà ce que Dieu lui répond. Albert renonce à tout. A lui-même, aux autres, il ne pense plus à Lucie, à Marc. Il oublie son propre corps, ses idées. Il ouvre les bras et le monde le traverse. Il est au cœur du monde, au centre de la création. Il connaît la fin et le commencement de tout. Il n'a plus besoin de comprendre, d'aimer. Il est devenu l'amour, la vérité.

La grandeur de son sacrifice fait monter les larmes dans les yeux d'Albert et, comme autrefois, il pense : « Personne ne m'aime. Personne ne me connaît. »

La nuit au « Tivoli-jardim »

(3)

Le voyageur a sonné plusieurs fois, sans succès, pour qu'on lui apporte une bouteille de *vinho verde.* Il consulte à nouveau le prospectus, compose le numéro du *bar*, celui de la *réception.* Peine perdue. Personne au bout du fil. A cette heure, la vieille Lucia a dû aller se coucher. Quant aux autres, ils s'en foutent, des clients. Ils pérorent devant l'entrée de l'hôtel. On entend des éclats de voix, des rires, un bruit de bottes et, par-dessous, le halètement d'un moteur à gazogène. Des soldats peut-être ? Cela mérite le déplacement jusqu'à la fenêtre.

Du haut du balcon le spectacle s'est modifié. Au bout de la rue en pente, dans la portion de l'avenue qu'on aperçoit entre deux immeubles, la foule des badauds a disparu. A sa place, sur le terre-plein planté d'arbres, quelques silhouettes de militaires. De temps en temps une voiture passe à grande vitesse. En bas, sur l'esplanade qui sert de parking, un camion est en stationnement, phares allumés, les portières de la cabine ouvertes. Le conducteur n'a pas coupé le contact. D'où ce bruit et cette fumée noire qui empeste. Ça n'a pas l'air de les gêner, tous ces jeunes gens barbus, ils sont bien une dizaine, qui traînent leurs croquenots sur l'asphalte, en tenue de parachutistes, la tête coiffée d'un béret rouge ou d'une casquette de toile. Que font-ils là ? Un groupe discute devant l'entrée, sans doute avec le personnel. A cause de la marquise vitrée qui surplombe le porche, on ne voit que des ombres. En se penchant davantage le voyageur reconnaît le garçon d'étage. Il se remue beaucoup, distribue des canettes de bière qui passent de main en main. Il crie : « *Por la revolução !* », circule au milieu des soldats, touche leurs ceinturons, l'étui en cuir du revolver ou la mitraillette suspendue en travers de la poitrine. Il fait semblant d'en saisir une, tourne sur lui-même en imitant le bruit des pétarades : Ta-ta-ta-ta ! Si seulement c'était vrai ! Il les tient tous au bout de son canon, ces gros pleins de soupe qui l'obligent à cavaler du matin au soir, empoisonnent sa jeunesse avec leurs pattes sales et leurs pourboires. En levant les yeux, le garçon aperçoit le voyageur sur le balcon, qui agite la main dans sa direction. Qu'est-ce qu'il veut encore, celui-là ? Pas moyen d'être tranquille. Vite il rectifie la position, abandonne son arme imaginaire, court se mettre aux ordres du client. La *revolução*, c'est pour demain.

Il s'appelle Hilario, il est né dans le Sud, à Faro. Une famille de pêcheurs avec une ribambelle d'enfants, trois garçons, trois filles. Un jour, le père n'est pas revenu. La tempête ou bien une bagarre, on ne sait pas, un garde-côte espagnol qui lui a tiré dessus. Ils sont toujours à se disputer pour un banc de sardines ou de maquereaux. Est-ce que le senhor connaît Faro ? Une petite ville avec des palmiers le long du rivage, des maisons blanches, une plantation d'orangers autour. Hilario parle d'une voix aiguë, en bougeant la tête à droite et à gauche. On ne comprend pas tout ce qu'il dit. Il regarde la fenêtre ouverte, le plateau du repas, les feuilles de papier étalées sur le bureau. Il a apporté le vin, débouché la bouteille. Maintenant il n'a plus qu'à s'en aller. Peut-être se demande-t-il pourquoi le voyageur lui pose un tas de questions. Cette nuit n'est pas comme les autres. Que se passe-t-il ? Que font ces soldats devant l'hôtel ? Ils avaient soif, on leur a donné à boire. Hilario aime bien les soldats. Ils défendent le peuple. Surtout ceux-là, ils appartiennent à Otelo. Qui ça, Otelo ? Le senhor ne connaît pas Otelo de Carvalho, le chef du COPCON ? Un dur qui ne se laisse pas faire. Otelo se méfie des prêtres et des bourgeois qui défilent en chantant des cantiques. Vous voulez de l'eau bénite, il leur dit. Vous en aurez. Il ouvre les vannes, il les arrose avec la lance des pompiers. Les bonnes sœurs détalent en piaillant, elles glissent sur le pavé, elles tombent, la robe troussée jusqu'au cul. On rit. Ce n'est pas méchant.

On connaît la chanson :

Les Portugais sont toujours gais,
Qu'il fasse beau, qu'il fasse laid...

Est-ce que le senhor se moque ?

Le voyageur remplit son verre, l'avale d'un trait :

— Tu en veux ?

Non, merci. Jamais dans le service. Quel service ? On bavarde entre amis. Hilario a perdu son air désinvolte, son sourire de commande. On devine qu'il s'interroge sur son client. Un personnage important qui rencontre des ministres n'offre pas un verre de vin au garçon d'étage. Même s'il veut coucher avec lui, ce qui ne paraît pas être le cas. Il garde ses distances. Ou bien c'est qu'il n'est pas dans son état normal, comme en témoignent son regard, ses joues enflammées, le désordre de la chambre. Peut-être a-t-il un problème personnel à résoudre ? Mais ça, les problèmes des clients, Hilario s'en tamponne. Il a les siens qui lui suffisent. On bavarde entre amis ? Cette blague ! En quoi peuvent-ils être des amis ? Un espace grand comme la mer les sépare et si le vieil homme lui fait des signes, à l'autre bout, c'est qu'il a peur. Il se sent seul, il a besoin de parler. Il parlerait aussi bien à une chaise, si la chaise pouvait lui répondre.

Comment est-il venu à Lisbonne, Hilario ? Il y a deux ans, juste avant la révolution, grâce à Julia, sa sœur aînée. Julia avait épousé Mario, un cuisinier du *Tivoli-jardim*. Mario a mis le petit beau-frère en apprentissage. Ça n'a pas été rose tous les jours, la plonge, les poubelles, les courses à travers la ville, pour un salaire de rien, la soupe, une paillasse sous les toits. Mais aujourd'hui Hilario a un bel uniforme, il gagne de l'argent avec les pourboires, il en met de côté. Il a appris le français — le monsieur l'a-t-il remarqué ? —, bientôt il saura l'anglais, il connaît déjà quelques phrases, il commence à se débrouiller. Quand il trouvera une occasion, il ira en France, à Paris, parce que Paris, c'est l'avenir. L'anglais aussi. Il faut être dans le vent.

Dans le courant, dit le voyageur. Il rit. Est-ce qu'il se moque encore ? Non, c'est le contraire, il est ému. Il ferme les yeux et passe la main sur son front. Il prie le garçon de rester quelques instants, s'il veut bien. Il a une proposition à lui faire ou plutôt non, un service à lui demander. Auparavant il a besoin de se rafraîchir le visage, juste une minute, dans la salle de bains. Pendant ce temps, Hilario pourra s'asseoir — tant pis pour le règlement —, lire le journal, écouter de la musique à la radio ou brancher la télévision, quoique à cette heure, près de minuit déjà, les programmes doivent être terminés. Bref, que le garçon fasse comme chez lui. Non, il préfère rejoindre les soldats, en bas, dans le hall ? Eh bien qu'il y aille, mais qu'il n'oublie pas de remonter.

Il ne remontera pas, c'est sûr. Il en a marre de ce vieux con. L'homme se tient penché au-dessus du lavabo. Il a ouvert le robinet mais il ne bouge pas. Il regarde l'eau couler, attentif à ce qui se passe en lui, une série de spasmes qui soulèvent sa poitrine, agitent ses épaules. Il ouvre à moitié la bouche, produisant une sorte de râle, des halètements, comme s'il avait du mal à respirer. On dirait qu'il est sur le point de vomir mais ce sont des sanglots qui l'oppressent et qu'il ne parvient pas à expulser. Il a l'impression que ses yeux vont tomber. Ils sont devenus énormes, fixes et énormes, gonflés par les larmes qui refusent de sortir. Il bredouille des mots sans suite, il ne sait pas ce qui lui arrive (il le sait mais il ne veut pas y croire), il dit : « Non, non, ce n'est pas vrai », comme s'il se découvrait un mal caché depuis longtemps. Il suffit parfois d'une idée, plus rapide qu'un éclair dans la nuit, pour nous découvrir le néant d'une vie, le temps perdu, la jeunesse et les amours mortes. Une idée plus fine qu'une aiguille qui nous perce le cœur, crève la poche enfouie au-dedans de nous, où se sont accumulés les pleurs, le fiel et le sang des années.

Quand le voyageur reparaît dans la chambre, il a l'air plus calme. Les joues sont fraîches, sur lesquelles il a dû passer un peu d'eau de toilette. Il a peigné ses cheveux, divisé par une raie approximative les mèches grisonnantes qui encadrent son front bombé.

Naturellement la pièce est vide, ce qui ne le surprend pas. Il range les assiettes et les couverts sur le plateau, avec les reliefs du repas, qu'il va porter dans l'entrée, sur une crédence. Il ne garde que le verre et la bouteille de vin. Il en profite pour se verser une rasade. Le journal est resté ouvert sur le bras d'un fauteuil. Dans la page culturelle de *L'Expresso*, un placard publicitaire annonce qu'une conférence sera donnée demain à dix-huit heures trente, au siège de l'Alliance française, 13, rue Braamcamp. On convie les membres de l'association et toutes les personnes intéressées à venir écouter M. Hubert La Salle, *critico literario.* Sujet de la conférence : « Le fantastique et le merveilleux dans la littérature française ».

Y a-t-il de quoi rire ? L'homme a l'air amusé en lisant cette information. Le soir même, à Roissy, au départ de l'avion de vingt heures, le dénommé La Salle n'était pas au rendez-vous. On entendait seulement son nom répercuté par les haut-parleurs de l'aéroport. Une voix monotone demandait instamment au voyageur de se présenter à la porte n° 9 pour l'embarquement immédiat, vol Air France 713 à destination de Lisbonne. Peine perdue. Pendant que les rares privilégiés (dont l'expert au F.M.I. faisait partie) attendaient de gagner leurs places de Première, la foule des classes Touriste défilait devant l'hôtesse sans qu'aucun M. La Salle manifeste sa présence. Dans l'avion, même cirque. La fille passe et repasse le long de l'allée centrale, compte les passagers, consulte sa liste. Pendant ce temps, on offre une coupe de champagne à monsieur Marc Allaines. De quoi sourire encore. Enfin l'appareil décolle et le public de l'Alliance française se privera demain de sa pâture culturelle. Le sieur La Salle lui a posé un lapin. Pouvait-il en être autrement ?

Quand il y pense, il se dit que son premier voyage au Portugal doit remonter aux années cinquante. A l'époque il avait à peine trente ans, c'est-à-dire qu'il en paraissait vingt, toujours plus jeune que son âge. Ce qui explique qu'à Coimbra, dans le grand amphithéâtre de l'université où l'attendait le recteur, le docteur Alfonso d'Almeida (il se souvient encore du nom), au moment d'entrer, l'huissier à chaîne et à gants blancs l'avait expédié sans commentaires du côté des étudiants. Tous sérieux comme des papes sur leurs bancs, complet veston, cravate, les cheveux coupés court. Les filles avec des nattes, jupes plissées et chemisiers d'enfants de Marie — pas un sein qui dépasse l'autre —, l'ensemble évoquait une photo de patronage d'avant la guerre. Tout de même ils avaient ri quand le jeune homme, à l'appel de son nom, avait redescendu les marches pour gagner sa place derrière la chaire professorale. Au moment d'ouvrir la bouche, il avait senti que le trac lui donnait une drôle de voix, tendue et haut perchée. De qui avait-il parlé ? Sans doute de Sartre et de Camus, le sujet obligé de cette période, facile à traiter, même par un apprenti comme lui. En fait il ne possédait aucun titre, aucune qualification particulière pour jouer ce rôle de conférencier. Il avait seulement besoin de prendre l'air (ou ses distances) et de gagner un peu d'argent. Une tournée au Portugal, pourquoi pas ? Il suffisait d'une recommandation officielle. On ne pouvait rien refuser à un ancien résistant comme Allaines.

A la réflexion, il n'avait pas parlé de Sartre ni de Camus, ce soir-là, à Coimbra, mais d'un autre couple célèbre de la littérature. Couple maudit, uni par le cœur, opposé par les idées : Drieu la Rochelle et Malraux. C'était amusant, au pays de Salazar, d'évoquer la figure d'un fasciste et les hauts faits d'un ancien révolutionnaire. A défaut d'une analyse approfondie de leurs œuvres, l'orateur réservait à son public la primeur de quelques anecdotes. Par exemple, la visite de Malraux, en janvier 44, au maquis de la Double, dans le Périgord. Il y avait eu une photo témoin qu'Allaines montrait à tout le monde — plus tard, il la ferait agrandir et dédicacer, bien en vue sur son bureau, au ministère des Finances — où le colonel Berger bavardait avec quelques jeunes gens en blousons, coiffés de bérets, parmi lesquels on reconnaissait le chef du commando, le lieutenant Julien. Sur le cliché, pris à la sauvette, Malraux se tenait de dos mais (heureusement pour la postérité) il avait tourné la tête au bon moment et on apercevait la célèbre mèche de cheveux retombant en oblique sur le front, l'œil andalou, la cigarette coincée à la commissure des lèvres. On demandait à Allaines : Qu'est-ce qu'il t'a dit ? Tu as bien noté quelques paroles géniales ? Non, il se souvenait qu'il avait beaucoup ri. Malraux racontait un tas d'histoires drôles sur la guerre, les gens de Vichy, les collabos qui retournaient leurs vestes. Impossible de l'arrêter. La gaieté, l'insouciance, c'est ce qu'il avait retenu du grand homme qui traversait les combats comme une illustration de ses livres. Un farfelu, disait Execourt. La preuve, quelques semaines après, le colonel Berger se faisait pincer comme un gamin, avec son état-major, sur la route de Ribérac.

Tout en parlant, ce soir-là, le conférencier avait une autre idée en tête. Une idée un peu folle. Il cherchait un visage dans l'auditoire, celui de l'inconnue qu'il avait aperçue le jour même en montant à l'université, dont la silhouette, la démarche ressemblaient à s'y méprendre à celles de Lucie. Il s'était retourné sur son passage, il l'avait suivie, redescendant la ruelle jusqu'au centre de Coimbra. Plus par jeu que par conviction. Il savait bien qu'il ne s'agissait pas de la vraie Lucie, seulement d'un simulacre, un désir de Lucie qu'il avait dans les yeux, qui lui permettait pendant quelques instants de la croire là, bien vivante, marchant devant lui. Il imaginait des retrouvailles, les rires, les embrassades. Il ne demandait pas autre chose à la vie désormais. Une histoire.

Après la conférence, il y aurait une réception, un dîner auquel il pourrait convier la jeune femme. Il la présenterait au docteur Alfonso d'Almeida : Une amie d'enfance, monsieur le Recteur, rencontrée par hasard... Mais non, entre eux le hasard n'existe pas. Ils sont liés pour toujours. Un serment de gosses, une idiotie. Deux garçons, une fille. Chacun possède l'autre. Marc a mangé Lucie qui a mangé Albert qui a mangé Marc. La chaîne infernale. Pas moyen d'y échapper. Un peu comme dans *Andromaque*, la tragédie de Racine. Vous vous souvenez ? Oreste aime Hermione qui aime Pyrrhus qui aime Andromaque qui aime un mort. Pas de mort dans notre cas. Du moins pour le moment.

Très intéressé par le problème, le cher Alfonso. Cette histoire de possession lui rappelle quelque chose. Il est ethnographe de profession, il est allé se promener chez les Indiens, en Amazonie. Un disciple d'Alfred Métraux. Il a étudié les mœurs primitives, les envoûtements, les cérémonies d'initiation. Nous autres, civilisés ou prétendus tels, nous rions de ces pratiques. Nous avons tort. La Raison nous aveugle. Qui connaît le pouvoir de l'esprit sur la matière, la puissance des symboles ? Et le sang qui coule des plaies des stigmatisés, d'où vient-il ? Unis par le sang, nous périrons par le sang, disait le jeune homme. Ce qui faisait rire l'inconnue. Ne dramatisons pas. Il ne s'agissait que de gâteaux. Des « merveilles » parfumées à la fleur d'oranger.

Plus tard ils redescendraient tous les deux vers la ville. Les bâtiments de l'université, flanqués de l'église, sont construits au sommet d'une colline. De jour on aperçoit dans la vallée une forêt couverte de neige. Elle bouge avec le vent. Ce sont des amandiers en fleur. Une spécialité du Portugal, comme les lavandières. Coimbra est une des plus anciennes universités d'Europe, après la Sorbonne et Salamanque. Montpellier aussi, peut-être ? Elle a été fondée au seizième siècle par le roi Jean deux ou trois. Il en connaît des choses. Non mais il parle, il parle. Il éprouve un plaisir physique à parler (presque une jouissance érotique). Il exprime tout ce qu'il sent en lui. Ce qu'il dit n'a pas beaucoup d'importance. Chaque mot est un geste d'amour, une offrande qu'il adresse à l'inconnue, comme s'il la prenait dans ses bras, qu'il la caresse. Il parle à la nuit, au silence, aux maisons, à tous ces témoins immobiles qui les entourent. Il leur dit : Vous êtes mes enfants. Je vous serre sur mon cœur. Est-ce que vous vous souviendrez de nous ? De notre passage sur la terre ?

Arrivé devant l'hôtel *Bragança*, il hésite, s'arrête. C'est ici que sa chambre a été retenue. L'hôtel est un ancien monastère dont les cellules aménagées ouvrent sur le cloître. On profite du confort moderne dans un décor de prières. C'est excitant. Un mobilier d'époque en bois sombre et verni, une odeur d'encaustique, un lit bateau recouvert d'une courtepointe brodée. Cela ne la tente pas ? Malheureusement la jeune femme n'est pas libre. Mariée, deux enfants... Il le sait. Pour partager sa solitude, personne n'est disponible.

Même Hilario, ce soir, qui préfère les militaires.

On ne les entend plus, ceux-là. Le camion a dû repartir. Le garçon ne remonte pas. « Est-ce que le senhor se moque ? » Peut-être a-t-il été vexé, Hilario ? On ne prenait pas sa Révolution au sérieux. Ni son Otelo qui défendait le peuple en aspergeant les bonnes sœurs. Comment y croire, à la révolution, quand on la recommence chaque semaine ? On en rêve plutôt. C'est une idée qu'on dorlote pendant les nuits d'insomnie. Comme Allaines jadis dans son maquis, quand il disait : Plus de parents, plus de maisons, plus de métiers. Il fallait tout inventer. Cette griserie de penser qu'on va faire table rase du passé, repartir de zéro. La grande lessive. Pour finir dans la peau d'un fonctionnaire international... Il paraît que Lénine a jeté sa casquette en l'air (signe d'allégresse) au moment où il s'est aperçu que la révolution bolchevique était déjà vieille de vingt-quatre heures. Une journée pour changer le monde, ça semble long.

Execourt voulait changer sa vie, lui. Il se livrait à l'examen de conscience — plus de coucheries, une âme de cristal —, il dressait son emploi du temps : lever à sept heures, gymnastique, toilette à l'eau froide... Il payait les dettes de son pays avec de bonnes résolutions. Le soir, on organisait des veillées où des jeunes gens comme lui s'interrogeaient sur le sort de la patrie. La France ressemblait à une belle personne, battue et humiliée, elle gisait sur le bord de la route, le visage exsangue. Chacun brûlait d'essuyer les larmes de la malheureuse, de lui redonner des forces et des couleurs pour qu'elle gambade à nouveau au milieu des prés. L'avenir était aux champs, à la vie pastorale. Dans ces années de disette, les Français n'écoutaient que la chanson des blés d'or. La terre ne ment pas, disait le vieux Maréchal. Qui mentait alors ? L'Histoire ? On y lisait des signes de réconfort. Jeanne d'Arc nous consolait de la défaite. Talleyrand aussi. Qui c'était, Talleyrand ? De la merde dans un bas de soie. Ça tombait bien, on y était dans la merde. Rappelez-vous la Prusse, vaincue par Napoléon (c'était le bon temps). N'empêche que les Allemands de l'époque nous ont donné l'exemple. Ils se sont entendus avec leur vainqueur et cinq ans plus tard ils prenaient leur revanche ! Suivez mon regard, l'allusion est claire. Et Fichte, le grand philosophe ? D'où sort-il, celui-là ? Vous ne connaissez pas Fichte et son *Discours à la nation allemande* ? Lisez-le, il nous montre la marche à suivre.

Finalement ce n'était pas inutile d'être vaincus. On s'instruisait.

Après la veillée, les gars allaient dormir. C'était une expression à la mode. On disait : Bonne nuit, les gars. Debout, les gars, au travail ! Ni des soldats, ni des civils. Des gars de vingt ans dont on ne savait pas quoi faire. On avait inventé ça pour les occuper. Une armée qui n'en était pas une mais qui y ressemblait. A la place des fusils, on leur donnait des pioches, des pelles, des cognées. Ils campaient dans la forêt, ils abattaient des arbres, défrichaient les taillis. L'hiver, on cassait la glace dans les seaux pour préparer le jus. La toile des tentes était raide comme du bois. On avait les mains couvertes d'engelures, la peau luisante et violacée qui saignait pour un rien. En haut du mât flottaient les trois couleurs qu'on descendait, le soir, devant le groupe aligné au garde-à-vous. On pliait le drapeau pieusement. Pour un peu, on l'aurait porté à ses lèvres avant de le remettre entre les mains du chef. Peut-être le faisait-on ? Que personne ne rie surtout ! On ne rit pas d'un amour perdu. « Allez vous coucher, les gars », disait le chef. Ils étaient quelques-uns à rester autour du feu. Ils regardaient les braises se consumer, écoutaient le vent, le cri des oiseaux dans la nuit. On fumait une cigarette, la dernière du paquet qu'on sortait tout chiffonné de sa poche. Le tabac avait un goût âcre comme celui des jours qu'on vivait. On rêvait qu'on était loin dans le temps, seuls au milieu de la nature, pareils aux premiers hommes sur la terre. Execourt levait la tête, les yeux fixés sur la cime des arbres, qu'il voyait se balancer. Il distinguait un morceau de ciel entre les branches dénudées. Un ciel noir où se devinaient à peine quelques étoiles. Il sentait comme une respiration de la vie autour de lui mais c'était une vie étrangère à la sienne, quelque chose d'énorme, d'insondable qui tournait dans le vide éternellement. A quoi bon l'Histoire ? Quel sens avait-elle dans ce monde ?

Le voyageur s'est assis devant le bureau. Il a repris une feuille à en-tête de l'hôtel. Il écrit :

« Quand j'étais élève à Périgueux, en classe de seconde A, notre professeur de physique et chimie s'appelait Catelat. Un drôle de type, avec un corps tout en longueur, une tête d'hydrocéphale qu'il tenait penchée ou dodelinante, comme une fleur trop lourde sur sa tige. On l'aimait bien parce qu'il avait de l'humour. Il me faisait venir au tableau pour expliquer des théorèmes que je ne comprenais pas. Succès assuré auprès du public. Catelat est mort à la guerre, dès les premières semaines. Malgré ma nullité, j'étais un peu son chouchou. Il m'avait embauché comme préparateur, avec d'autres, pour installer le matériel des expériences, avant les séances de manipulations. C'était agréable de se retrouver dans le laboratoire, en dehors des heures de cours. Il y avait un climat de complicité entre nous. On disposait sur les tables les becs Bunsen, les cornues, les tubes à essais. On transportait des bonbonnes d'acide, des appareils d'optique. Quand il fallait monter un circuit électrique, ça devenait plus compliqué. C'est ainsi que j'ai fait connaissance avec le bonhomme d'Ampère. Un bonhomme en carton, traversé par le courant qui lui entre par les pieds et lui sort par la tête. A côté, on place une aiguille aimantée comme celle d'une boussole. Quand le courant passe, l'aiguille tourne sur sa gauche, attirée par le bonhomme. Ç'a été une grande découverte paraît-il. Pour moi aussi, bien que je ne m'en sois pas rendu compte sur le moment. Ce qui m'a plu, c'était l'apparition de cette marionnette dans un monde abstrait, rempli de signes, de formules algébriques.

Plus tard j'y ai vu un symbole. J'ai même voulu écrire une histoire qui se serait appelée : *Le bonhomme d'Ampère*, mais naturellement, comme le reste, c'est un projet qui n'a jamais eu de suites. »

L'homme s'arrête, il pose son stylo, relit son texte. Quand il a terminé, il s'amuse à dessiner une silhouette, une tête, deux bras, deux jambes. Il trace une ligne au milieu avec une flèche figurant le sens du courant. En dessous il écrit : *la vie.* Il a les yeux pleins de larmes qui se mettent à couler, enfin.

Il a détalé comme un lapin. C'est tout ce qu'il sait. Il ne se souvient de rien. Il n'est même pas sûr de ce qu'il a vu. Il a sans doute rêvé. Un cauchemar comme il en arrive tous les jours. Aux autres, pas à soi. Il n'y avait personne sur le boulevard, sauf les Allemands, casqués et bottés, avec leurs drôles de plaques métalliques sur la poitrine. Le camion bâché était rangé le long de la grille. Son moteur continuait de tourner. Quand Me Allaines lui a crié : « Préviens Marc ! », un des soldats lui a jeté un coup d'œil, peut-être a-t-il fait un geste dans sa direction ? Alors Albert a filé, tel un péteux, sans demander son reste, sans même penser que c'était idiot, qu'on pouvait lui tirer dessus. Il a dégringolé la rue Saint-Front jusqu'à la cathédrale et, là seulement, il a repris son souffle, une allure normale, en se disant qu'il ne fallait pas attirer l'attention, surtout à cette heure matinale où le jour est à peine levé, à cause du décalage horaire. Pas de mouvements ni d'attitudes incongrus. Un type qui court est suspect. Il n'est pas pressé ou en retard, il se sauve. Un jeune en particulier dont on est en droit de vérifier l'identité à n'importe quel moment. Au café, dans les magasins, les salles de cinéma. Des policiers maussades, le chapeau vissé sur le crâne, qui attendent postés à l'entrée ou qui passent entre les tables, vous regardent.

Qu'a-t-il vu, Albert ? Un homme qu'on arrêtait. Il ressemblait au père de Marc. Il avançait en zigzag dans l'allée du jardin, poussé et tiré par des soldats qui criaient : *Schnell ! Schnell !*, lui donnaient des coups dans le dos. Il était nu-tête, en complet veston, malgré le froid. On ne lui avait pas laissé le temps de prendre son manteau, une écharpe. On le faisait monter dans le camion, *Schnell ! Schnell !* Encore des coups de crosse et juste au moment d'enjamber la ridelle, avant de disparaître, l'homme s'était penché en arrière, tourné vers Albert, il lui avait crié : « *Préviens Marc !* » Ce sont les mots qu'il a entendus, il en est certain. Cet homme nu-tête, qui reçoit des coups et qu'on emmène de force dans un camion, c'est donc bien Me Allaines. Un avocat de Périgueux que tout le monde connaît, marié, père de trois enfants, deux filles, un garçon. Il possède une belle maison dans le quartier chic de la ville, les allées Tourny, avec un parc où Albert venait souvent jouer, le jeudi, quand il était gosse, en compagnie de Marc et de Lucie. Au goûter, ils mangeaient des brioches et du quatre-quarts confectionnés par Mme Allaines, ils buvaient des tasses de chocolat. Ensuite les enfants organisaient des courses, des parties de cache-cache, ils se disputaient, se donnaient des claques et des baisers. Tout cela correspondait à un autre temps, contenait des images et des sensations qu'Albert ne peut pas faire entrer dans la minute qu'il a vécue. Même pas une minute, quelques secondes pendant lesquelles un homme lui a crié : *Préviens Marc !*

Albert entre dans un bistrot, le premier qui se présente, un bougnat au coin de la rue Limogeanne. Il a besoin de parler, de voir du monde, de se prouver qu'il existe encore, malgré la scène qu'il vient de voir. Il boira un jus noir arrosé de saccharine, il se réchauffera les doigts autour du verre brûlant.

Dans la salle flotte une vapeur grisâtre, une odeur

indéfinissable qui émane du poêle et fait penser à de la terre humide ou à du fumier. C'est de la tourbe, explique le patron. Autrement dit de la boue qu'on retire des étangs. On la met en forme, comme des briques, ensuite les morceaux sèchent au soleil. Si on les regarde de près, on voit des tiges d'herbes qui dépassent, des bouts de feuilles prises dans la terre. C'est curieux. Albert se rappelle, quand il était aux Chantiers, l'année dernière, il y avait des gars qui avaient travaillé dans les tourbières. L'ennui, c'est que le feu s'étouffe. Il faut le tracasser sans arrêt. Le bonhomme offre une démonstration. Il soulève le couvercle du poêle, secoue la tourbe avec son tisonnier. Du coup il laisse échapper une fumée épaisse qui asphyxie la clientèle. On ouvre la porte pour aérer. Quelle vie !

Et si on interrogeait Albert ? Qu'on lui pose des questions sur sa présence à huit heures du matin devant la maison de Me Allaines. Il se promenait ? Non, il revenait du collège Saint-Joseph où il avait assisté à la messe du Père Henriet. Un jeune homme pieux, comme vous pouvez le constater. Au *Lys rouge*, la librairie de son père, le portrait du Maréchal est suspendu en bonne place, au-dessus de la caisse. Du reste, on vous l'a dit, Albert a servi aux Chantiers de jeunesse. Une preuve de civisme. N'empêche que pour se rendre du collège à son domicile, cours Montaigne, il n'avait aucune raison de passer par les allées Tourny. Pourquoi ce détour, alors qu'il fait froid et qu'à cette heure, on n'a qu'une hâte, c'est de rentrer chez soi ? Un comportement qui manque de logique. A quoi bon discuter ? Il y a des lieux qui sont comme des portraits. Ou des symboles, plutôt. On les visite, poussé par la nostalgie, par une sorte de superstition aussi, dans le désir de s'assurer qu'ils sont toujours là, habités de la même absence. On s'y attarde, en pensant que peut-être — sait-on jamais ? — par un concours de circonstances miraculeux et contre toute attente, cette absence soudain va s'incarner dans un décor qui n'a pas changé. On la verra surgir comme autrefois, sous la forme d'un garçon de vingt ans qui ouvrira la fenêtre de sa chambre. Marc criera : « C'est moi ! Je suis revenu. Je ne l'ai dit à personne ! » Simple à comprendre. Difficile à expliquer.

Depuis le départ de son ami, Albert ne cherche qu'à le faire revenir. En pensée. Il recrée son existence par souvenirs interposés. Il va chez lui, parle de lui, s'habille comme lui. Marc aimait les cols roulés et les casquettes en tweed. Ça lui allait bien, surtout la casquette qu'il mettait sur l'oreille, à peine enfoncée par-dessus ses cheveux bouclés. Albert décide de porter un pull-over à col roulé. Malheureusement la casquette lui donne des migraines. Il la laisse à la maison, accrochée au portemanteau. Par moments il la regarde, il se demande à qui elle appartient, Marc serait-il passé le voir ? Il a oublié de la reprendre.

Albert affectionne une chanson qu'il a entendue dans un film, cet hiver. *Vous ne pouvez savoir combien mon cœur est lourd.* Les paroles sont de circonstance, il les répète toute la journée, au point que Mme Execourt lui a dit — c'est bien la première fois qu'elle se permettait un tel écart de langage : « Tu devrais changer de disque. » Sa mère était bizarre. Elle lui posait rarement des questions. Elle ne lui demandait pas pourquoi il était triste ou gai. Elle regardait son fils comme s'il était une statue, sans chair ni cœur. Le principal, pour elle, c'est qu'il existe, qu'elle le voie aller et venir dans la maison, manger, dormir. Il n'a pas de vie en dehors d'elle. Il est une habitude. Quand il parle, c'est sa propre voix qu'elle entend. S'il disparaît, elle devient muette. Toutes les mères sont-elles ainsi ?

Chantenac n'a plus de couleurs. Non pas à cause de la saison parce que les arbres sont dénudés, les fleurs ont disparu des parterres, mais c'est une impression générale — un choc plutôt — qu'on reçoit quand on arrive sur l'esplanade, en débouchant de l'allée. On dirait qu'un voile de deuil a recouvert les bâtiments et le parc alentour. A quoi cela tient-il ? A un sentiment plus qu'à une réalité. On avance dans le silence, la désolation. Aucun bruit, sauf le craquement des graviers sous les pneus de la bicyclette. Un chien aboie, tire sur sa chaîne du côté de la ferme.

— Tais-toi, Adolf ! crie Albert.

Il saute de bécane, va la ranger dans la petite cour, à gauche, où donnent la cuisine et l'office. Il se demande s'il faut l'attacher. Ce sont des engins qui excitent la convoitise de nos jours. A Périgueux, on les fauche comme un rien. Mais ici ?... Le jeune homme revient vers la façade. Pas de lumière aux fenêtres, personne pour vous accueillir. Auguste a quitté son service. Il prétend qu'il n'est plus payé. Ça ne l'empêche pas de gagner du fric avec les volailles, les confits et le reste qu'il vend au prix fort à toute la région. « Un jour, il rachètera le domaine », disait Lucie.

Albert hésite à sonner la cloche dans la crainte d'alerter Mme Rosenbaum. La dernière fois qu'il l'a rencontrée, c'est à Noël, quand Lucie avait décidé de rejoindre Marc à Bordeaux. En fraude parce que la ligne de démarcation existait encore, malgré l'invasion de la zone libre par les Allemands. Elle avait du culot, Lucie, de vouloir passer de l'autre côté avec un nom pareil. Et si on lui demandait ses papiers ? « Mais je ne suis pas juive, Albert, puisque ma mère ne l'est pas ! — En attendant ils peuvent te coffrer. » Bref elle était partie — l'amour ! l'amour ! — après avoir fait promettre à Albert de ne pas abandonner Huguette pendant son absence. Un comble ! Fidèle à sa parole, il était venu à Chantenac l'après-midi de Noël, avec un cadeau pour son hôtesse. Une statuette en biscuit qui représentait une bergère appuyée contre un tronc d'arbre. Mme Rosenbaum en possédait une collection rangée dans l'une des vitrines du salon.

« Comme c'est gentil à vous, mon petit Albert. » Elle se tenait devant lui, toute blanche, enveloppée d'un peignoir de satin, le visage démaquillé, les cheveux défaits. Venait-elle de se lever ? Où était le port de reine, la voix de contralto ? Albert ne savait quelle attitude prendre, déjà prêt à vider les lieux, quand il a vu des larmes couler sur les joues d'Huguette. Elles coulaient sans bruit, tremblaient à l'extrémité du menton, tombaient sur le carrelage. Une vraie fontaine qui jaillissait de ses yeux, comme une chose naturelle, indépendante de sa volonté. Plus tard, au cours de la conversation — à ce moment-là, ils étaient dans le salon, assis près de la cheminée —, le même phénomène se reproduisit, sans raison apparente. Installée dans son fauteuil, la vieille dame caressait une petite chatte angora sur ses genoux. Elle répétait : « Tu es ma fifille, ma minette... » tandis qu'Albert voyait les traces humides des pleurs se dessiner à la lueur des flammes. Il se dit que Mme Rosenbaum commençait à perdre la tête.

Ce qui s'est passé ce jour-là — le jour où le père de Marc a été arrêté, au début de février 43, probablement un jeudi puisque Albert avait assisté, le matin, à la messe du Père Henriet —, la scène qui a eu lieu l'après-midi à Chantenac entre Lucie et Albert peut paraître incroyable (et même choquante) étant donné les circonstances. Il est vrai aussi que nos actions nous échappent parfois. Elles ne s'accordent pas forcément avec les moments que nous vivons, ni même avec nos pensées, comme si chacun de nous menait plusieurs vies en même temps, étrangères entre elles et que tantôt l'une, tantôt l'autre se manifestait. Le changement dépend de peu de chose.

Quand Albert est monté dans la chambre — il n'y était pas venu depuis les fameuses leçons de français —, Lucie lisait allongée sur le divan. La pièce était à peine éclairée par une veilleuse accrochée au mur et par la lueur d'un petit poêle à bois, un Mirus, dont on voyait les flammes à travers les plaques de mica. Cela formait un tableau intime, mêlé d'ombre et de lumière. Du corps de la jeune fille, on ne distinguait que le visage, les mains qui tenaient le livre. Le reste était enveloppé dans un manteau de laine ou une robe de chambre qui le recouvrait jusqu'aux pieds.

A l'instant où il pénétrait dans la pièce, Albert eut la sensation physique de son désir pour Lucie. Peut-être à cause de cette image d'autrefois, quand elle quittait *Le Lys rouge*, pareillement emmitouflée, au fond du cabriolet conduit par Auguste. Le visage qu'il chérissait alors, dont il gardait le souvenir devant les yeux, n'était qu'un signe pour lui. La promesse d'un bonheur plus grand, qu'il n'osait pas se représenter. Maintenant il était là, sous ses yeux. Qu'allait-il en faire ?

Lucie pour sa part n'avait pas besoin de s'interroger. Elle savait qu'un jour Albert viendrait la rejoindre. Elle avait imaginé la rencontre depuis longtemps. Elle ignorait où et comment elle se déroulerait. Ce qui était important, c'est que les retrouvailles se produisent par hasard, sans qu'aucun des protagonistes ne l'ait prévue. Une fatalité en somme. Lucie avait l'âme romantique. Elle croyait au destin. Le destin conduirait Albert jusqu'à elle, à un moment où elle serait seule, où elle ne penserait pas à lui. Il frappe à la porte, elle dit : « Entrez » et il apparaît, il se tient debout au milieu de la pièce, l'air indécis ou absent, comme d'habitude. L'amour aime la faiblesse. On voudrait toujours protéger Albert (ou se moquer de lui), le consoler. De quoi ? Qu'est-ce qu'il cherche ? Que lui manque-t-il pour qu'il soit heureux ? D'être dans les bras d'une femme, comme un enfant, la tête posée sur sa poitrine ? On lui donne de petits baisers dans les cheveux. Ils sont frais, ils sentent l'air du dehors, une odeur de bois humide, de feuilles mortes. C'est tout un paysage que le garçon apporte avec lui.

— Que se passe-t-il ? demande Lucie. Pourquoi tu es venu ?

Albert ne répond pas. Il se redresse, regarde le livre qu'elle était en train de lire : *Les Jeunes filles* de Montherlant.

— C'est bien ?

— Pas mal.

— Je n'aime pas Montherlant. Je le trouve cynique.

Il prend la main de Lucie, la caresse. Le livre tombe par terre.

— Qu'est-ce que tu as ?

Il ne peut pas lui dire : « J'ai envie de toi. » Il n'en est pas sûr, du reste. Ce n'est pas lui qui est ici. La scène a lieu autre part. Lui, il est triste parce que son ami est loin, que Me Allaines a été arrêté par les Allemands. « *Préviens Marc !* » Comment faire ? Il se sent comme un chien perdu. Il a besoin de tendresse. Il confond son chagrin et son désir :

— Tu n'as pas froid ?

— Je suis bien couverte. Et toi ?

La main d'Albert se glisse sous le manteau de laine, elle remonte le long du buste de Lucie jusqu'aux épaules où elle se tient au chaud. Comme il se penche, Lucie le prend par le cou de son bras libre et leurs deux visages se rejoignent. Ils restent ainsi quelques minutes mais la position est incommode.

— Viens, dit-elle, je vais te faire une petite place.

Elle se recule contre le mur, entrouvre le manteau. Albert s'allonge sur le divan, se blottit contre elle. Il tremble, ce n'est pas à cause du froid. Si on pouvait demeurer ainsi toute une vie ? Le temps est suspendu comme dans ce film moyenâgeux où tous les personnages s'arrêtent de danser pendant que les deux amants échangent leurs serments. L'amour existe dans un autre monde où la guerre a disparu, les Allemands aussi. La planète est déserte. Il ne reste qu'Albert et Lucie — Adam et Eve — enfermés dans le ventre de la terre.

Elle crie : « Retire-toi, Albert ! Retire-toi ! »

Il ne comprend pas ce qu'elle veut dire, il s'agite nu comme un ver sur elle et, juste au moment décisif, voilà qu'elle le repousse, se dégage, saute du lit en l'enjambant. Elle ramasse son pull qui traîne par terre, disparaît dans le couloir et laisse la porte ouverte. Il se retrouve comme un imbécile avec son plaisir interrompu (*coitus interruptus*, dit le latin). Même dans leurs transports, les filles gardent la tête froide alors que, pour lui, l'amour est une machine qui fonctionne toute seule. Il n'a pas le temps de réfléchir, donc de l'arrêter. C'est vrai qu'il faut être prudent. Une goutte suffit. Même pas une goutte, un chromosome de rien qui se faufile au bon endroit. Lucie aurait un enfant d'Albert. Ce serait amusant. Il ne s'attarde pas sur cette idée. Un air glacé lui tombe sur les épaules. Il s'enveloppe dans le manteau de laine, imprégné de l'odeur de Lucie. On entend des bruits d'eau du côté de la salle de bains. Le petit d'Albert est déjà loin.

Plus tard ils parlèrent de choses sérieuses. Il faisait bon dans la cuisine. Le bois de la propriété permettait d'entretenir le feu toute la journée.

— Nous, on ne manque pas de charbon à la maison, dit Albert. Je ne sais pas comment ma mère se débrouille.

Les temps difficiles avaient révélé la nature combative de Mme Execourt. Mettant à profit les relations du libraire, elle avait réussi à tisser un réseau hétéroclite de fournisseurs où se retrouvaient pêle-mêle un fonctionnaire de la préfecture, les bonnes sœurs de l'hospice, un pharmacien amateur d'autographes...

— Pourquoi un pharmacien ? demande Lucie.

— A cause du savon. Tu le connais, c'est Langle, rue des Jacobins.

— Moi, je vais te préparer du chocolat. Mina m'a donné un paquet de cacao. Elle l'a eu avec sa carte de tabac.

Un goûter comme autrefois. Il ne manquait que les brioches de Mme Allaines.

Albert raconte ce qu'il a vu, ce matin.

— Je m'en doutais, dit Lucie.

Elle n'a pas l'air plus émue que ça.

— Pourquoi ? Marc t'en a parlé ?

— Penses-tu ! Marc n'est au courant de rien. Il y a un mois, son père a voulu que toute la famille s'en aille. C'est Isabelle qui me l'a dit. Elle et sa mère ne devaient pas rester à Périgueux. Tu le connais. Me Allaines, il n'est pas commode. Isabelle, ça l'embêtait à cause de son travail et puis je crois qu'elle a un flirt. Un type qui est plus ou moins médecin.

— Sergot ?

Elle rit :

— Non, celui-là, il n'est pas pour les dames.

Comment le savait-elle ? Du reste, Sergot avait abandonné ses études. On disait qu'il était devenu un

« chef » chez les Compagnons de France. Tout le monde est chef de quelque chose maintenant.

— Bref, Isabelle a dû partir avec sa mère.

— Où ?

— Mystère. Elle n'avait pas le droit de le dire. Sans doute que Me Allaines se sentait surveillé.

Albert essaye de se représenter l'avocat sous les traits d'un conspirateur. Il écoute des messages à la radio de Londres, il imprime des tracts, transporte des explosifs ? Les journaux prétendent que ce sont des bandits ou des communistes qui font sauter les voies de chemin de fer. Me Allaines ne ressemble pas à un bandit. Encore moins à un communiste. C'est un bourgeois. Les journaux sont des menteurs, disait Marc. Où était la vérité ? La vérité, c'est qu'on est tous malheureux. La vie changeait à chaque instant, elle mélangeait l'horreur et le plaisir. Qui aurait pu imaginer qu'Albert se trouverait là, aujourd'hui, dans la cuisine de Chantenac, après avoir fait l'amour avec Lucie ?

Il la regarde, elle vient de reposer son bol, elle a deux petites taches de chocolat aux coins des lèvres, qu'il efface avec le doigt. Elle sourit mais le sourire est sans gaieté. Il a envie de prendre son visage entre ses mains, de frotter son front contre le sien. Qu'y a-t-il, là-dedans ? Elle pense à Marc sûrement. Ils se marieront bientôt, dès que le jeune homme aura passé son concours. Il le réussira du premier coup, comme d'habitude. Quand Lucie est allée le rejoindre à Bordeaux, ils ont dû coucher ensemble. A-t-elle crié : « Retire-toi ! Retire-toi ! » comme cet après-midi ? Non, c'est Marc qui aura su le faire de lui-même. Il connaît les usages, toujours maître de ses élans. L'évocation de son ami nu dans un lit avec Lucie a quelque chose d'indécent qu'Albert se refuse à contempler (même en esprit). Il ignore pourquoi. Ce n'est pas Lucie qui le gêne. C'est Marc.

Au moment de partir, Albert a demandé des nouvelles de Mme Rosenbaum.

— Elle se repose. Le médecin m'a donné des calmants pour elle. Rien ne peut la guérir. Sauf si mon père revenait...

Lucie raconte qu'elle a reçu une visite, il y a plus de deux mois, c'était avant Noël, au sujet de Charlie. Elle ne l'a dit à personne, tellement ça lui avait paru bizarre. Un homme était venu à Chantenac, qu'elle n'avait jamais vu. Il s'était présenté comme un associé de M. Rosenbaum. Après s'être assuré de son identité — l'homme avait même demandé avec beaucoup de précautions oratoires qu'elle lui montre sa carte, il avait remis à Lucie une sacoche dans laquelle se trouvaient plusieurs liasses de billets et trois rouleaux de pièces d'or. Des pièces américaines de vingt dollars. Chacune valait dix mille francs, paraît-il, peut-être même plus. Un vrai trésor.

— Comment s'appelait-il, ce type ?

— Carrère, je crois, ou un nom comme ça. Il avait l'air de bien connaître papa.

— Il ne t'a rien dit d'autre sur lui ?

— Si.

Lucie n'a pas envie d'en parler. Le courage lui manque sans doute. Elle se tient debout dans la cour, à moitié éclairée par la porte de la cuisine entrouverte. Autour d'elle se dessine l'ombre de la bâtisse qui fait paraître plus fragile sa silhouette. A droite, ce sont les arbres du parc dont on entend les branches craquer à chaque coup de vent. Le ciel noir au-dessus, à peine teinté par une lueur rougeâtre, dernier reflet du soleil. Tout cela compose un monde cruel qui pèse sur les épaules de la jeune fille.

Albert s'approche pour l'embrasser :

— Si tu as besoin de quelque chose ?...

Elle fait oui de la tête, lui donne un petit baiser sur les lèvres.

Il a déjà enfourché sa bicyclette quand il demande :

— Et Marc ? Il faut l'avertir.

— Je m'en charge, dit Lucie.

Que va-t-il m'arriver maintenant ? pense Albert. Toujours cette idée que nos actions nous suivent, pesées par un comptable invisible qui tôt ou tard nous en réclamera le prix. Un système un peu simpliste dont l'origine remontait à quelques années, en juin 40, quand Albert revenait comme aujourd'hui de Chantenac, après avoir échangé des caresses coupables avec Lucie. Sa conduite personnelle liée aux malheurs de la France l'avait rendu perplexe au point qu'il s'était converti (momentanément) à la chasteté. Il avait évolué depuis, c'est-à-dire qu'il se posait moins de questions — ou qu'il oubliait de se les poser — mais l'inquiétude demeurait.

Si on réfléchissait bien (ce qu'il faisait, roulant avec prudence sur la route de Périgueux, car son éclairage était déficient et, de toute façon, avec le phare barbouillé de peinture bleue, on n'y voit pas à deux mètres), si on réfléchissait, on s'apercevrait que rien ne se perd dans le monde, même la pensée la plus futile, le désir le plus anodin, tout appartient à la réalité et donc la modifie. Le fait que Lucie se soit donnée à lui, cet après-midi, avait autant d'existence que cette forêt qu'il traversait, cette route sur laquelle il avançait, la guerre, les Allemands dont une patrouille allait peut-être l'arrêter tout à l'heure, parce qu'il n'avait pas de lumière réglementaire. Ce fait, on ne pouvait pas l'effacer, le traiter comme une chose sans importance et, même s'il ne se reproduisait plus — Albert en avait le pressentiment —, il resterait là, planté dans leur vie à tous les deux, Lucie et lui, comme un arbre sur le chemin. Peut-être qu'à une centaine de kilomètres de là, Marc en subirait le contrecoup — les pensées voyagent — non pas d'une façon claire, explicite, mais il éprouverait une sorte de vague à l'âme, une tristesse dont il ne comprendrait pas la raison. Ou bien il tomberait malade, tout simplement. A cela s'ajouterait l'arrestation de son père dont il recevrait la nouvelle par Lucie. De quoi le pousser au désespoir.

Albert serre les freins de la bicyclette. Il pose un pied à terre, reste immobile sur la selle. Il ne peut supporter l'idée que Marc soit malheureux loin de lui. A cause de lui. S'il le pouvait, il irait le consoler tout de suite du mal qu'il lui a fait. « C'est toi que j'aime, Marc. Tu le sais. » Comment le saurait-il ? Albert n'oserait pas le lui dire, de peur de passer pour un tartufe.

Il était étendu contre Lucie sur le divan. Elle lui avait dit : « Enlève ton pull. Bouge un peu, que je te voie. » Il était à genoux devant elle qui ne le quittait pas des yeux, le regard noir, l'air inquiet comme si elle craignait de le voir disparaître. Il devait être ébouriffé, remit de l'ordre dans ses cheveux. « Non, laisse. Tu es mignon comme ça. Tu me plais. » Elle s'était rapprochée de lui, avait déboutonné sa chemise, passant la main sur ses épaules, sa poitrine, posant ses lèvres sur sa peau. Il se sentait gêné, ne savait pas comment se tenir. Il lui disait : « Arrête... » Elle ne l'écoutait pas, continuait de le caresser, non pas avec fièvre ou d'une façon exaltée mais délicatement, comme on caresse un objet qu'on aime. Elle murmurait : « C'est la première fois que je t'ai à moi, bien à moi... »

Là où il s'est arrêté, la route rejoint la Nationale d'Angoulême, à deux kilomètres de l'entrée de Périgueux. Il y a souvent des gendarmes allemands au carrefour. Albert continue son chemin à pied, en poussant sa bécane. Il aperçoit un groupe de soldats sur le bas-côté. On les distingue à peine dans l'ombre, sauf l'éclat de leurs casques qui renvoient parfois la lueur d'une lampe électrique. L'un des soldats manie une longue tige de fer avec un cercle phosphorescent au bout. Il s'en sert pour arrêter les rares voitures qui circulent : « *Kontrolle!* » C'est peut-être les mêmes qui ont embarqué Me Allaines, ce matin ? S'ils reconnaissaient Albert, au moment où il passe devant eux ? Ils crieraient : « *Halt!* » Albert se mettrait à courir, sauterait sur son vélo. *Halt!* Ils tireraient sur lui. Adieu, la vie !

Albert a reçu une longue lettre de Marc, qu'il a ouverte avec appréhension. Les communications étaient rétablies depuis peu entre les deux zones. On pouvait s'écrire et voyager normalement. Pourtant son ami lui déconseillait de venir le voir à Bordeaux : « *Pour un tas de raisons que je t'expliquerai de vive voix.* » Il ne faisait aucune allusion à son père, sans doute par prudence. De même il n'avait pas inscrit son nom ni son adresse au dos de l'enveloppe. A propos des Rosenbaum — qu'il désignait par une seule initiale —, il craignait le pire. D'après le témoignage de ce M. Carrère (dont Lucie lui avait parlé), Charlie et lui seraient partis ensemble de Paris pour passer la ligne de démarcation, chacun de son côté. Si Charlie n'était pas arrivé...

« *Nous voici réduits à nous-mêmes* », écrivait Marc et il se livrait à des considérations générales sur l'existence, usant d'un ton qu'Albert jugea un peu emphatique : « *Nous sommes devenus des héritiers maintenant. Nous devons oublier notre jeunesse, notre petite vie, même nos études et notre ambition. Je continue à préparer le concours parce que c'est la mode, je t'avoue que tout ce monde, le lycée, les profs, les étudiants, me paraît dérisoire. Être reçu ou non, devenir ceci ou cela dans la société (quelle société ?) est-ce important par rapport à ce qui se passe autour de nous ? Pendant que des millions d'hommes se battent, moi, je m'amuse à faire des pâtés de sable.* »

Et nos amours, se disait Albert, doit-on les oublier aussi ? Marc sacrifiait-il Lucie sur l'autel de la patrie ? Il lui répondait un peu plus loin :

« *Je pense qu'il faut aimer dans l'absolu, non dans le relatif. Ne pas se limiter à l'être qu'on aime* (il ne le nommait pas) : *ce n'est qu'une figure, un emblème qui symbolise ou concrétise l'amour de tous. Si tu crois en Dieu, tu dois me comprendre. Moi, je n'y crois pas (enfin, pas beaucoup et j'y crois encore moins depuis que je vois toutes ces horreurs), mais je crois que l'amour c'est le Bien et que le Bien, un jour, vaincra les forces de la Haine.* » Pris de scrupules, il avait ajouté : « *Excuse ce pathos de curé.* » Il terminait par une phrase qui allait droit au cœur d'Albert : « *Rien ne nous séparera dans la vie comme dans la mort. Je t'embrasse.* » En post-scriptum, il lui demandait d'expédier ses lettres au nom du docteur Jousseaume (qu'il écrivait *J. x x x*) « *sans autres indications* ». Il se considérait déjà comme un hors-la-loi.

— Est-ce que tu crois en Dieu ?

C'était le genre de questions que posait Malescot. Il avait grandi, ce qui l'autorisait à tutoyer Albert. Et puis les rapports avaient changé entre eux. A son retour des Chantiers, Albert n'avait pas repris du service chez les scouts de Saint-Joseph. Quand il se rendait au collège pour rencontrer le Père Henriet, il n'était plus le « chef » mais un camarade, une sorte de grand frère avec qui on pouvait discuter. Malescot ne s'en privait pas.

Il passait à la librairie presque tous les jours, à la sortie des classes. C'était devenu une habitude. Son intrusion jetait le trouble dans l'atmosphère conventuelle du *Lys rouge*. Il disait de sa voix chantante : « Salut ! C'est moi » en poussant la porte et on voyait les têtes chenues, penchées dans l'éclairage verdâtre des suspensions, se redresser lentement, les yeux s'agrandir de surprise puis se plisser derrière les lunettes pour mieux accommoder la vision. Chacun suivait le trajet de l'adolescent à travers le magasin comme s'il assistait à un phénomène tellurique ou à une apparition de l'au-delà.

Albert était généralement juché sur l'échelle, occupé à lire ou à classer des bouquins. Il avait entrepris d'instaurer un nouveau mode de rangement, remplaçant l'ordre chronologique par celui des genres littéraires. Il appelait ça un « ordre thématique » pour impressionner son père. « C'est logique », disait-il. « J'ai ma logique à moi », répliquait Maurice, mais il n'était pas de taille à résister. Dans les discussions familiales, Mme Execourt soutenait par principe le point de vue de son fils : « Il sait mieux que toi, voyons. » Ce qui était faux, si on comparait l'expérience du libraire à l'ardeur néophyte d'Albert.

Albert aimait le changement. Ça lui donnait de l'importance. Il avait confectionné des étiquettes sur du papier bristol où s'inscrivaient en lettres majuscules les différentes catégories d'ouvrages : *Histoire, Poésie, Philosophie,* etc.

— C'est épatant, disait Malescot. Ça ressemble à la bibliothèque du bahut.

Ce qui lui donna l'idée d'être bibliothécaire plus tard. Il annonça un jour qu'après avoir passé son bac, il préparerait « l'école des *chartres* ».

— Des chartes, dit Albert. Tu prends le Pirée pour un homme, toi aussi. Il ne s'agit pas de la ville de Chartres mais de manuscrits. Le mot vient du latin *cartula.*

— Je m'en fous.

Chaque fois qu'Albert l'attrapait ou se moquait de lui, le garçon changeait de visage, l'air buté, le regard sombre qu'il posait sur son interlocuteur comme s'il était devenu soudain un étranger ou un ennemi. Sa façon à lui d'être triste. Sa bouche ne tremblait plus comme naguère, parce qu'il avait vieilli, il savait se tenir. Les larmes coulaient à l'intérieur.

— Est-ce que tu crois en Dieu ?

La question était à double sens, à double usage. Elle permettait à Malescot de parler de lui, de dire ses doutes, son angoisse devant la vie. Bien sûr, il n'allait pas discuter de théologie, se demander si Dieu existe ou non. Quand on est jeune, on a besoin de certitude plus concrète, d'une présence qui vous rassure, en qui on ait confiance. Bref on a besoin d'un dieu plus que de Dieu. Albert comprenait-il ce langage ?

Certains jours le garçon ne trouvait pas son ami dans le magasin. « Albert travaille, disait le libraire. Ne le dérangez pas. » Il en fallait plus pour l'arrêter. Malescot montait dans l'appartement, frappait à la porte de la chambre : « Qu'est-ce que tu écris ? Montre-moi. Tu permets que je lise ? » Et l'autre refusait, cachait les feuilles sous ses mains : « Ça ne te regarde pas. » De nouveau la tête de bois, les yeux farouches. « Pourquoi es-tu venu ? Qu'est-ce que tu voulais ? » Rien. Malescot ne voulait rien d'autre que partager sa vie.

Albert comprenait-il ce désir ?

— Ce garçon traîne trop souvent ici, disait Mme Execourt. Il est toujours après toi.

Les mères ont des antennes pour détecter les menaces autour de leur progéniture. Où était le danger ? En quoi Malescot donnait-il de l'ombrage à Mme Execourt ? Il apportait l'aventure. Il était le signe du destin que personne ne sut reconnaître.

(Dans quelques semaines, au moment où sera décrété le Service du travail obligatoire, Malescot proposera à Albert d'y échapper en se réfugiant à La Jemaye, chez le cousin fermier. Une idée qui allait de soi et présentait toutes les garanties. « Les frisés n'iront pas te chercher là-bas, à cause des étangs. Et puis tu seras tranquille, le ravitaillement est assuré, tu pourras écrire. Moi, je viendrai te voir pendant les vacances. » La solution rêvée pour le garçon. Son grand homme à discrétion, la bonne chère, la liberté à deux. Ce qu'il ne pouvait prévoir, c'était l'arrivée de Marc, six mois plus tard, quand le futur lieutenant Julien installerait ses pénates dans le voisinage de la ferme avec son commando de maquisards. Si Albert avait accepté sa proposition, les deux amis se seraient rejoints. Tout aurait changé alors, la vie de chacun et le chemin suivi.

« Qu'est-ce que tu décides, pour finir ? » Toujours le même, Albert, incapable de choisir. Sur le visage anxieux de Malescot qui l'interroge, il ne lira même pas l'annonce de sa mort prochaine.)

Les deux images se superposaient dans la mémoire. A quelques jours près, elles auraient pu se confondre. Sans rapport l'une avec l'autre, seulement liées par l'angoisse. L'image du manoir de Chantenac avec une partie du toit effondrée, les vitres fondues, des traces noirâtres de fumée sur la façade. Celle intacte du château de Rieux, près de Bergerac, où Albert avait rendu visite à Sergot. Une grande bâtisse rococo ornée de tourelles, d'échauguettes et de tout un bazar médiéval qui avaient dû faire les délices d'un bourgeois de la fin du siècle dernier. Les Compagnons de France y avaient établi leurs quartiers. Une école de cadres où Sergot officiait, vêtu d'un uniforme bleu marine avec ceinturon, baudrier et bandes molletières, un béret incliné sur l'oreille, coiffant ses cheveux taillés en brosse. Dessous on reconnaissait sa face de gargouille, le front bossué, les yeux à fleur de tête, auxquels s'ajoutaient maintenant quelques mimiques expressives qui, au gré du discours, lui faisaient froncer les sourcils, lever le menton ou saillir les maxillaires. Signes évidents des responsabilités dont le chef était investi.

— Vois-tu, Execourt...

Il commençait ses phrases ainsi, la tête légèrement penchée sur l'épaule, le regard tendu vers un horizon lointain où se projetaient ses réflexions intimes mêlées au paysage qu'il apercevait à travers la vitre, ce qui leur donnait une certaine majesté.

Sergot occupait une grande pièce au rez-de-chaussée du château, dont les portes-fenêtres s'ouvraient sur le parc. L'ameublement était sommaire. Des tables en bois blanc, quelques chaises, une ribambelle de tabourets alignés le long des murs — « C'est ici que je réunis mes gars, le soir, pour l'examen de la journée » —, une vingtaine de livres sur des rayonnages. Partout des slogans empruntés aux discours du Maréchal, des affiches où des adolescents pleins d'ardeur retroussaient leurs manches pour rebâtir « la maison France ». On retrouvait les mêmes dehors, en culottes de sport, torse nu, sous les pâles rayons du soleil de février, courant, sautant au rythme des coups de sifflet d'un moniteur. « Sergot doit se rincer l'œil », pensait Albert. C'était méconnaître les préoccupations nouvelles de son interlocuteur. Comme il lui rappelait les souvenirs d'autrefois, quand la petite bande se réunissait à la brasserie *L'Univers :*

— C'est loin tout ça, dit Sergot. Nous avons bien perdu notre temps.

— Et Girard, tu as de ses nouvelles ? Il voulait devenir comédien.

— Il est à Paris, je crois. Ne me parle pas de ce salaud.

— Pourquoi ?

Un jeu de sourcils pour signifier que la réponse est sans intérêt. *Exit* les amours de collège. Sergot a changé de planète, touché par la grâce de la Révolution nationale.

— Vois-tu, Execourt...

Il se lança dans un exposé sur l'organisation de son école. Albert le suivait de loin. Il avait d'autres soucis. La convocation reçue, il y a trois jours, d'avoir à se présenter à la mairie de Périgueux pour le recensement de la classe 42 à laquelle il appartenait. Dans un mois on l'enverrait passer une visite médicale et, sauf imprévu, il serait reconnu bon pour le travail en Allemagne. S'il s'était inscrit dans une faculté — à Bordeaux, comme Marc — ou dans n'importe quelle école professionnelle, il aurait bénéficié d'un sursis jusqu'en juillet, le temps de voir venir. Mais voilà, monsieur « ne vit que dans les souvenirs », il marche « la tête tournée en arrière ». Il est bien avancé maintenant. Que faire ? Se réfugier à La Jemaye, chez le cousin fermier, comme le souhaitait Malescot ? Devenir une sorte d'exilé, vivre dans un pays perdu avec des gens qu'il ne connaissait pas ?

Pauvre Albert, l'aventure n'est pas son fort. C'est le libraire qui avait eu l'idée : « Tu pourrais voir ton camarade Sergot. Il est bien placé. Son père dirige la Légion des combattants. Il doit avoir des relations. »

— J'aurais sans doute besoin de toi, disait le chef.

Ça tombait bien. Albert cherchait un moyen de présenter sa requête. De quoi parlait-il, Sergot ? De littérature ? Oui et non car il s'agit de savoir laquelle. Certains auteurs — Gide, Proust par exemple — ont une influence dissolvante. Un excès d'analyse détourne de l'action.

Albert ricane mais n'ose protester. Gide, on le sait, est un des responsables de notre défaite. Air connu.

— En revanche, dit Sergot, il existe de grands textes que tu connais mieux que moi, chez Barrès, Péguy ou Claudel, qui exaltent l'énergie et méritent d'être utilisés. Nos gars en tireraient profit.

On ne coupe pas à la visite du château. Le chef arpente les couloirs, gravit les escaliers au pas de charge, salué par des « garde-à-vous » suivis de « repos », chaque fois qu'il pénètre dans un local — salle de travail, atelier — où des jeunes gens en salopettes manient le marteau, la scie, le pinceau dans des odeurs de peinture et de copeaux. « Une vraie ruche, avait écrit le journaliste de *La Petite Gironde*, qui bourdonne de gaieté et d'enthousiasme, sous le regard paternel du chef de l'Etat. »

— A Rieux, vois-tu Execourt (Sergot en avait plein la bouche de son « Rieux » comme s'il s'agissait d'une nouvelle « colline inspirée », un haut lieu destiné à prendre place dans l'histoire de la renaissance française), à Rieux, nous essayons de former des hommes nouveaux. Nous offrons à nos gars un cadre naturel, une existence saine, le contact avec les choses vraies de la vie.

Où sont-elles, les choses vraies ? Dans ce château d'opérette ou dans les rues de Périgueux, avec les rafles, les coups de feu la nuit, les bombes qui explosent, les feldgendarmes qui arrêtent le père de Marc ?

Sergot ne voyait rien, n'entendait rien. Il avait construit son petit monde à lui, à l'abri du mauvais temps. Une manière de Thébaïde où il pouvait élaborer ses théories, agencer ses programmes éducatifs comme on joue au Meccano. Il avait l'air heureux :

— Tu déjeunes avec nous, bien sûr ?

Ce fut au dernier moment, avant de regagner la gare, qu'Albert se décida à parler. Le train pour Périgueux partait à cinq heures et il y avait trois kilomètres à parcourir jusqu'à Bergerac.

— Je te ferai reconduire, dit Sergot.

Il exposait son plan de « conférences littéraires et artistiques », marchant de long en large, les mains croisées derrière le dos dans une pose napoléonienne. Quand il passait devant le portrait du Maréchal accroché au-dessus de son bureau, il opérait une sorte de génuflexion intérieure, levant et abaissant les yeux comme le ferait un fidèle devant le tabernacle :

— Voilà pourquoi j'ai besoin de toi, Execourt.

— Moi aussi, dit Albert.

Le chef fronça les sourcils :

— A quel sujet ?

— J'ai un service à te demander. Si toutefois tu peux me le rendre...

Est-il question de parler de soi, de se plaindre de ses ennuis dans ce temple de l'Absolu, voué à la culture des idées générales ? Imagine-t-on de solliciter un appui, une faveur, d'évoquer de misérables intrigues d'influence sous le regard « paternel » de ce vieillard au teint de porcelaine dont la présence invite au sacrifice ?

A mesure qu'il s'exprime, Albert sent ses paroles s'évanouir. A peine sorties de sa bouche, elles se diluent dans l'air, n'atteignent pas les oreilles ni l'entendement de Sergot qui s'est arrêté dans ses déambulations, demeure immobile à quelques mètres de lui, le fixe des yeux en silence, le visage livré à ses mimiques habituelles. C'est à cet instant que l'angoisse est née chez Albert. L'impression de vivre un mauvais rêve, d'être dans l'incapacité de faire comprendre ses gestes ou sa pensée. Il se voit rejeté, inutile dans un monde où les autres continuent d'agir, alors que lui-même n'existe plus. Dans son esprit il suffisait de dire : *Aidez-moi*, et le danger serait écarté. Mais peut-on aider quelqu'un qui n'a déjà plus d'existence légale ? L'individu Albert est supprimé. Il a perdu sa raison d'être. Les gens se moquent pas mal de savoir s'il a un nom, une famille, des amours, une mémoire, un avenir. L'avenir ne lui appartient pas. Le temps s'est arrêté pour lui. Albert est devenu une date qu'on ne peut ni avancer ni reculer. Un chiffre qu'on ajoute aux autres chiffres, un numéro parmi les autres numéros. Un point, une tête d'épingle dans la botte de foin de l'Histoire. C'est l'Histoire qui décide maintenant. Elle saisit les hommes dans sa grande main velue, comme King Kong, elle les malaxe, les ingurgite, les digère pour les rendre à la nature. Tous pareils, petits tas d'os et de sang.

— Quelle merde ! dit Albert.

Il suivait l'allée du château en compagnie de Sergot qui le reconduisait jusqu'au portail.

« Une, deux, trois ! » criait le moniteur. Une pensée pour Potiron qui répétait jadis : *C'est propre, c'est net, c'est correct*, dans la cour du collège Saint-Joseph. Les jeunes gens sautaient sur place, étendaient les bras, pliaient les jambes.

En passant devant le mât des couleurs, Sergot marqua un temps d'arrêt et porta la main droite à son béret.

— Quelle merde ! dit Albert.

Une camionnette l'attendait sur la route. Avant de monter, Albert demanda :

— Et toi ? Tu es de quelle classe ? 40 ? Tu n'as pas reçu de convocation ?

— Pas encore.

Sergot hésita :

— Sois tranquille. Je ferai mon devoir.

Tu parles !

— Le principal, c'est la carte de travail, dit le petit homme. Il vous faut une bonne carte de travail.

Qu'entendait-il par « bonne » ?

— Vraie ou fausse ? demande Albert.

— Vraie bien sûr, toujours vraie ! C'est ce qu'il y a dessus qui n'a pas besoin de l'être.

Il rit, se lève en se frottant les mains : « On gèle ici », s'approche d'un brasero où fument quelques débris de charbon de bois :

— Le patron de *L'Univers* se débrouille mal. Qu'est-ce que vous prenez ? Un jus ? Il sera infect mais ça nous réchauffera.

Il revient vers Albert :

— J'ai du café pour votre maman. Un kilo. En provenance directe des Antilles. Du vert. Il faut le griller mais ce n'est rien. Dans une poêle, à feu doux. Mille francs. Un prix d'ami.

Il se retourne vers le comptoir. A neuf heures la brasserie a l'air mal réveillée. La caissière arrose les plantes vertes. L'unique garçon est plongé dans la lecture du journal.

— Deux jus !

Albert n'arrivait pas à retenir son nom. Poligiarelli ou rulli.

— Tout le monde m'appelle Poli ou Max, c'est selon. Mon véritable prénom est Gian-Carlo.

De quelle origine ? Corse ? Italienne ? L'époque n'invitait pas aux confidences sur l'état civil. Elle produisait des individus par génération spontanée, un peu comme jadis où on croyait que les charognes donnaient naissance aux asticots. Poli avait quelque chose d'un vibrion dans son comportement. A cause de sa petite taille peut-être qui accentuait la vivacité de ses gestes. Le corps sans cesse en mouvement, les yeux aussi, à l'affût d'une idée ou d'une rencontre, suivant une silhouette dans la rue, une femme, un uniforme allemand, comme s'il pensait : Que pourrais-je lui vendre ? Ou lui acheter ? Quand on saisissait son regard, il était vide, lointain puis devenait brusquement attentif.

Poli s'assoit, rapproche son visage, le menton appuyé sur ses mains jointes :

— Ne vous inquiétez pas, monsieur Albert. Je m'en occupe de votre carte.

C'est sa formule favorite. Que personne ne s'inquiète surtout. Dès qu'il arrive, il rassure, compense par le discours la légèreté de sa personne. Il doit lutter contre une figure poupine, un nez retroussé et la bouche qu'il tient toujours entrouverte, comme un enfant qui respire mal, lui donne un air étonné ou farceur. Le sérieux de sa mise a dû impressionner Mme Execourt. Il y a un mois, elle annonce : « J'ai fait la connaissance d'un jeune homme.

— Bravo ! dit Albert. Tu te lances à ton âge. — A la mairie, nous attendions pour les tickets. Nous avons bavardé. Il était très aimable, il m'a dit que si j'avais besoin d'un service... »

Poli présente bien, chapeau mou, costume trois pièces, chaussures noires à double semelle — « et pas du toc, du vrai cuir » —, malgré quelques écarts dans l'élégance, une cravate à pois, un goût prononcé pour le parfum et les chevalières en or.

— Ne vous inquiétez pas, madame Execourt, il ne partira pas en Allemagne, votre grand fils.

Tout en avalant son jus (grimaces) il explique à

Albert qu'il y a plusieurs sortes de cartes de travail. Six en tout, selon les avis de la commission médicale.

— Avec les trois premières vous êtes bon pour le travail chez les frisés. *Nach* Berlin, Hambourg, Brême, etc. Pas pour nous, monsieur Albert. La quatrième non plus. On vous envoie dans une usine française contrôlée par les Allemands. Les catégories cinq et six sont réservées aux cas d'inaptitude. Cinq : inapte temporaire ; six : inapte définitif. Inutile d'y penser, à moins d'être unijambiste ou débile mental. Et encore ! Par contre la cinq, j'en fais mon affaire. Un bon dossier médical, un toubib allemand compréhensif, j'en connais, et vous obtenez un sursis de trois ou de six mois. Le tout, c'est de gagner du temps. Nous sommes d'accord ?

« Votre père m'a parlé de l'un de ses clients, un médecin ?

— Sergot ? Il ne marchera pas. C'est un collabo. »

Albert regrette le mot. Déplacé dans ce genre de conversation.

— Ça ne prouve rien, dit Poli. Tout dépend du prix.

De nouveau distrait, il laisse errer son regard du côté de la terrasse vitrée. Un homme vient de s'y asseoir qui lui adresse un signe de tête auquel il répond à peine.

— C'est Marchezac, le patron des docks.

— Vous le connaissez ?

— Un peu. Relation d'affaires. Du vin, de l'essence... Vous fumez ?

Il sort un paquet de cigarettes blondes.

— Du tabac allemand. C'est du foin.

Il se frotte les mains, remonte son nœud de cravate, astique ses chevalières contre sa manche :

— Après tout, c'est une idée.

Il se lève.

— Attendez-moi quelques minutes.

Albert s'interroge sur la nature de Poli. Comment

vit-il ? On ne l'imagine pas avec une famille, des amis. Plutôt dans un cabaret, en train de sabler le champagne, entouré de créatures aux cheveux décolorés. Un rêve d'enfant. Sortir plein de billets de ses poches, les jeter sur la table : « Payez-vous ! » Une occasion à saisir. L'Histoire ne se répétera pas. Et après ? Poli se pose-t-il la question ? A-t-il des idées sur le monde, la morale ? Où est le bien, le mal ? Son regard traverse les apparences, comme les rayons X. A la place des individus, il ne voit que des organes, des êtres guidés par le besoin, la peur, l'intérêt. Il est là pour les rassurer. Il ne leur demande pas de reconnaissance. Seulement de l'argent. Il finira pendu.

Albert est décontenancé. D'où lui vient cette image ? La salle est déserte à l'exception des deux hommes qui s'entretiennent à voix basse, jettent parfois un coup d'œil dans sa direction. Dehors c'est l'animation habituelle, c'est-à-dire pas grand-chose, des gens à vélo, d'autres qui remorquent une poussette, tirent une voiture à bras, des passants qui marchent vite, le col relevé, les mains dans les poches. C'est une journée d'hiver comme les autres. Il y a même un rayon de soleil qui passe à travers la vitre de la terrasse, étincelle sur le faux marbre d'un guéridon. On pourrait croire que la vie est normale, une vie sans histoires où chacun se rend à son travail, occupé de pensées banales, la santé, les enfants. Il suffit d'un rien pour que l'illusion se dissipe. L'apparition d'un uniforme, le drap vert-de-gris, les bottes, le calot. Tout bascule dans la tête, la réalité s'efface ou ce qu'on prenait pour telle. A la place il ne reste que le chaos, des questions sans réponses. La disparition de M. Rosenbaum. Arrêté, enfui ? A Chantenac, la vieille dame qui erre en pleurant d'une pièce à l'autre dans le château. Me Allaines en prison et cette image de Poli, incompréhensible, la bouche ouverte, les yeux clos, le cou passé dans une corde.

Le petit homme a repoussé sa chaise, il se lève, serre longuement la main du marchand de vin, revient vers Albert en faisant sonner ses talons sur le carrelage :

— Tout est en ordre, monsieur Albert. Votre mère sera contente.

Il sort un billet, frappe la tasse avec sa cuillère pour appeler le garçon :

— Gardez tout.

Dehors il explique que Marchezac est un fournisseur de la clinique du Parc.

— Par ailleurs il a un fils dans la même situation que vous. Une chance. Il m'a indiqué la méthode à suivre. Vous entrerez la semaine prochaine dans le service du docteur Richard, un spécialiste des maladies pulmonaires. Vous êtes faible de la poitrine, cela se voit au premier coup d'œil. (Rire.) Vous resterez à la clinique une huitaine, le temps qu'on vous prépare votre dossier, examens, radio. Du sérieux. Ensuite quand vous recevrez votre convocation pour la visite médicale, vous me préviendrez. Je connais l'un des deux toubibs, le docteur Ney, le même nom que le maréchal. Tout ira comme sur des roulettes, monsieur Albert. Soyez tranquille.

Ils marchent d'un bon pas sur le cours Montaigne. Poli a revêtu un manteau à col de velours qui lui tombe au milieu des mollets. Avec son chapeau mou aux bords relevés qu'il a posé bien droit sur sa tête, ses gants de pécari, il ressemble à une gravure de mode de *La Belle Jardinière*. Il avance l'œil fureteur, le nez au vent, humant les bonnes nouvelles que lui réserve l'avenir. Impossible d'imaginer qu'un jour...

— Qu'est-ce que vous comptez faire plus tard, monsieur Albert ? Continuer le commerce de votre père ? Moi, les livres, j'avoue que je n'y connais pas grand-chose. Je ne lis jamais. Mais si l'occasion se présentait...

(Elle se présentera. Dans quelque temps, Poli débar-

Allemands qui avait tout déclenché ? Des fonctionnaires de la Kommandantur, un officier, deux soldats, arrivés dans une traction avant peinte en gris. Ils s'étaient d'abord adressés au fermier. Pourquoi ? Auguste l'ignorait. L'officier avait parlé de réquisition. Il voulait voir M. Rosenbaum. Il ne disait pas « monsieur », il disait « le juif Rosenbaum ». Monsieur est absent, répétait Auguste. Parti, absent — il imitait les gestes qu'il avait faits —, *nicht* monsieur. Il secouait la tête, bien docile, comme sa femme, le dos rond dans un coin de sa cuisine, en train de s'essuyer les mains à son tablier : C'est la vérité, monsieur l'officier. (D'après Marc, les fermiers sont des faux jetons. Ils ont pu dénoncer les Rosenbaum. Le domaine de Chantenac est un bien juif qui doit être mis sous séquestre. Dans quel but ? demande Albert. — Pour l'administrer à leur compte, tiens ! Marc éprouve ce besoin de nourrir sa colère, d'imaginer des complots.)

De la ferme l'officier s'était rendu au château. Il avait appelé, sonné la cloche à toute volée. Les portes étaient verrouillées, les volets du rez-de-chaussée clos. A croire qu'Huguette les avait sentis. Les Allemands étaient restés là, un moment, à marcher sur la terrasse comme s'ils réfléchissaient. Auguste les épiait du bout de l'allée. Il ne tenait pas à se montrer. C'est ce qu'il prétend. Un des soldats avait essayé de forcer la porte principale avec une espèce de baïonnette qu'il portait à son ceinturon. Ensuite il avait tiré une balle de revolver dans la serrure. Peine perdue. Ce sont des panneaux de chêne bloqués de l'intérieur par des crochets. Vous pouvez toujours y aller ! Pendant ce temps-là, Huguette renversait le contenu de ses lampes à pétrole sur le tapis, les rideaux de sa chambre. Elle chantait. Peut-être était-ce la mélodie qu'Albert aimait tant : *Le long du quai, les grands vaisseaux, que la houle incline en silence...* Que se passait-il dans sa tête ?

Huguette voulait-elle détruire ce qui représentait Charlie autour d'elle ? Les meubles, les tableaux, les souvenirs ? Toutes ces photos de famille rassemblées dans un sous-verre qu'Albert avait contemplées un jour. Certaines un peu jaunies et cornées, de plusieurs dimensions où l'on voyait des femmes en robes d'été, avec des chapeaux de paille, des hommes en blazers et pantalons de flanelle, assis sur la pelouse ou jouant au tennis, au croquet. Une enfant apparaissait parfois qui faisait ses premiers pas dans le monde, souriait à l'objectif, tombait, se redressait plus grande, en maillot de bain sur une plage, en communiante sous le porche d'une église inconnue, à Paris. Une série de Lucie aux différents stades de sa métamorphose jusqu'au dernier où se révélait une belle jeune fille debout dans une allée, tenant sa bicyclette d'une main, le visage un peu crispé à cause du soleil en face qui rendait sa chevelure plus claire, presque transparente. Elle était vêtue d'un corsage, d'une jupe plissée, les pieds nus dans des sandales. Albert la connaît bien, cette photo. Il possède la même dans son portefeuille, toute craquelée maintenant à force d'être sortie et remise en place. Ce qui retient l'attention quand on la regarde, c'est une sorte d'éclat, la lumière où baigne cette silhouette juvénile. On en éprouve un sentiment de nostalgie comme devant un instant de grâce, un moment rare de la vie, impossible à saisir.

Huguette a-t-elle voulu supprimer le Temps, brûler l'amour sous la forme de ce jeune officier de la Légion étrangère dont le portrait était placé à la tête de son lit ? Un visage aux yeux noirs, aussi perçants que ceux de Lucie, « les pommettes un peu hautes », perpétuant la présence de Charlie tel qu'il était apparu à Mlle Mercadet, le premier jour de leur rencontre.

Finalement ce sont les Allemands qui ont sauvé la situation (et la vie de Mme Rosenbaum). Quand les flammes ont jailli du premier étage, fait éclater les vitres, ils ont couru chez le fermier, alerté leurs troupes, les pompiers de Périgueux, rassemblé les paysans des environs avec des seaux, des voitures-citernes. Il fallait voir ce ramdam, disait Auguste, les ordres des soldats — furieux comme si c'était leur propre château qui brûlait —, les chevaux qui renâclaient affolés par le bruit, les hommes qui faisaient la chaîne et puis la peur, le crépitement du feu et cette ombre qu'on apercevait parfois derrière les fenêtres. « Elle est là ! criaient les gens. Je l'ai vue ! » Les pompiers avaient dressé la grande échelle, défoncé la porte à coups de hache. Au retour de Lucie, deux heures plus tard, l'affaire était terminée. Il ne restait plus qu'une odeur de brûlé dans l'air, de l'eau partout, les croisées béantes sur la façade au milieu des traces noirâtres de fumée. Huguette était étendue par terre dehors, enveloppée dans une couverture. Lucie eut du mal à la reconnaître, à cause de son visage qui était comme « aspiré de l'intérieur » — c'était son expression —, les os saillant sous la peau, le nez pincé, les joues creuses, des cernes noirs autour des yeux. Sa chevelure en désordre dont les mèches humides étaient étalées sur le sol lui faisait une crinière de Méduse. Le plus difficile à supporter, expliquait Lucie, c'était son regard. Un regard qui ne lui appartenait pas, comme si une personne étrangère s'était glissée dans son corps, les yeux fixes au fond des orbites, insensibles aux mouvements, aux images qu'ils reflétaient. « Je lui parlais, je l'embrassais, elle ne réagissait pas. Je lui disais : Maman, c'est moi, ta petite fille, tu m'entends ? » Lucie sanglotait en racontant la scène, elle cachait sa figure dans ses mains. Mme Execourt entourait ses épaules de son bras, caressait ses cheveux : « Allons, mon enfant, c'est fini, n'y pensez plus. Votre maman est bien soignée maintenant. Elle va se remettre. »

— Et l'argent, demandait Albert, tu ne l'as pas oublié ?

Non, les Allemands l'avaient autorisée à emporter quelques affaires, une valise de vêtements où elle avait enfoui la sacoche aux pièces d'or.

— Tout ce qui nous reste.

Quand elle retourna à Chantenac, une semaine après, en compagnie d'Albert, on lui interdit de pénétrer à l'intérieur du château. Des soldats transportaient des meubles, des tableaux dans des camions rangés sur la terrasse.

A la ferme, la femme d'Auguste pleurnichait au coin de son feu :

— La pauvre Madame, comment va-t-elle ?

Et Auguste, où est-il ? Avec les Allemands. Il doit s'occuper de tout, il ne peut pas faire autrement, c'est eux qui commandent. Quel malheur !

Ça sentait la combine.

Ce furent des jours heureux pour Albert. Il les vécut dans la sérénité, l'oubli de soi. Il découvrit qu'il pouvait renoncer à ses désirs, aimer sans arrière-pensée. Lucie habitait chez lui, elle respirait le même air que lui, mangeait, dormait sous le même toit et cette intimité qui aurait dû exciter son imagination, le mettre sur ses gardes, lui procurait au contraire de l'apaisement.

Le premier matin, il descend à la cuisine comme d'habitude où il prépare le petit déjeuner. Pour Lucie un bol de vrai café, un peu de lait, un pot de confiture de groseilles chipé dans la réserve de Mme Execourt, un morceau de pain grillé au four, le tout disposé sur un plateau qu'il monte à pas de loup jusqu'à la porte de la chambre. C'est la sienne qu'il a laissée à la jeune fille, la veille au soir, malgré ses protestations. Cela aussi fait partie du bonheur, qu'elle dorme dans son lit, entourée de ses affaires à lui, les rayonnages de livres, les reproductions qu'il a accrochées aux murs : *La Mélancolie* de Dürer, le *David* de Michel-Ange, les portraits de Baudelaire, de Stendhal. Quand elle ouvrira les yeux tout à l'heure, elle se dira : Je suis chez Albert. Lui, il a émigré dans le petit salon, sur le divan.

Albert frappe discrètement, entre sans attendre la réponse, va déposer le plateau sur son bureau, près de la fenêtre. Il tire les rideaux comme un parfait valet de chambre. Le soleil à travers les fentes des persiennes dessine des rayons où brille la poussière. Lucie n'a pas bougé, la tête enfouie dans l'oreiller, le drap tiré jusqu'au menton, qu'elle tient serré entre ses doigts. On devine la forme du corps sous l'édredon, le souffle de la respiration qui le soulève régulièrement. Albert s'est assis au pied du lit. Il contemple la dormeuse, pensant à cette image de son enfance à Chantenac, le soir où il avait lu la première page de son roman policier dans la chambre de Lucie. La fillette s'était couchée. On ne voyait que ses cheveux noirs qui dépassaient de la couverture. Albert essaye de se rappeler ses impressions d'alors. Il s'était arrêté de lire au bout de quelques minutes. Il écoutait les bruits de la maison dans le silence de la nuit, le tic-tac d'une pendule, un meuble qui craque, dans la pièce à côté un soupir ou une plainte, c'est l'un des jumeaux qui rêve à voix haute. Albert découvrait un monde nouveau, celui du sommeil, où tout se mettait à exister d'une façon différente. Pendant que les hommes dormaient, les choses continuaient de vivre et lui, il pouvait les surprendre parce qu'il ne dormait pas. Cette idée le rendait heureux. Il se voyait seul, à l'écart des autres. Son destin serait de les observer, de raconter leur histoire. Il ne partagerait pas leur vie.

— A quoi penses-tu ? demande Lucie.

Elle s'est redressée, ébouriffe ses cheveux de la main, laissant paraître une épaule nue et la bretelle qui retient sa chemise de nuit. Si Lucie était sa femme, Albert assisterait à son réveil chaque matin. Elle lui offrirait le même visage sans apprêt, l'air indécis, encore embrumé par le sommeil. Il respirerait son parfum mêlé à la chaleur des draps. Il lui dirait comme aujourd'hui :

— Tu t'es bien reposée ?

Albert aimerait appeler cette journée « le déjeuner de Mauzac ». Dans son esprit, c'était une citation « littéraire » (n'oublions pas les guillemets). Il se souvenait qu'un roman de Pierre Benoit avait pour titre *Le Déjeuner de Sousceyrac.*

— C'est bien, Pierre Benoit ? demandait Lucie.

— J'ai lu *Kœnigsmark* quand j'avais quinze ans, dit Marc, et Antinéa dans *L'Atlantide,* elle me faisait rêver.

— Des romans pour femmes du monde, dit Albert.

— Toi, tu es un esthète. Tu aimes les livres compliqués.

— Mais j'apprécie la bonne cuisine.

Marc devait les emmener dans un petit restaurant que ses parents fréquentaient autrefois, en fait un café-épicerie tenu par une vieille femme surnommée « la Loupe » — selon Albert, une déformation savante pour « la Louve » — dont on vantait les confits de canard et les fricassées de cèpes. Rien de tel pour se changer les idées. Le village était situé sur les bords de la Dronne, à une quinzaine de kilomètres de Périgueux. On passerait par l'abbaye de Chancelade — une visite s'impose —, ensuite il faudrait grimper une côte assez rude au milieu des bois, on attendrait Lucie au sommet en cherchant des châtaignes sous les feuilles mortes, après quoi le trio n'aurait plus qu'à descendre en roue libre jusqu'à Mauzac, le long d'une route en lacets qui surplombe la vallée. Une belle balade en perspective. Le temps s'est réchauffé. Les cœurs aussi, parce qu'à cet âge le désespoir s'épuise vite.

Marc était arrivé au *Lys rouge* sans crier gare. Il ne disposait que d'une semaine entre deux « colles » de maths. Une faveur qu'il avait obtenue de l'administration, « étant donné les circonstances ».

— J'ai tout raconté au proviseur, l'arrestation de papa, l'incendie de Chantenac. Je lui ai même dit que Lucie était ma fiancée, que je devais m'en occuper. Il était ému, le cher homme...

Marc également. Il avait rougi en lâchant cet aveu :

— De toute façon avec ou sans perme, je serais parti. Le concours, je m'en fous.

Ce qui ne l'empêchait pas de potasser ses bouquins, le soir, dans le salon des Execourt avant d'aller s'étendre sur le divan, aux côtés d'Albert. (C'était cocasse comme situation, les deux garçons qui dormaient ensemble et la fille toute seule dans sa chambre. Les convenances étaient sauves.)

Marc décréta que Lucie ne pouvait pas abuser de l'hospitalité de ses amis. Elle irait rejoindre Mme Allaines et Isabelle dans la retraite que l'avocat leur avait ménagée à Brantôme :

— La maison est grande. On pourra te loger facilement.

— C'est loin, dit Albert, pour aller te voir.

— Nous avons des cousins à Brantôme, dit Mme Execourt, les Lasalle. Ils tiennent un commerce, une boutique de souvenirs en face du château. Après le pont, sur la gauche. Tu te souviens, Albert ? Ils ont une fille charmante, Denise.

Albert ne se souvenait pas. Mme Execourt alla chercher des photos. Sa mère était déconcertante. Elle qui ne supportait pas qu'on déplace un vase ou un napperon, elle voyait sans émotion son appartement transformé en pension de famille, les vêtements, les bagages dispersés sur les meubles, des va-et-vient d'une pièce à l'autre, un vrai capharnaüm dont elle semblait s'accommoder et même tirer du plaisir. Elle disait : « J'ai trois enfants, cette semaine. Il s'agit de les nourrir. »

En revanche le libraire ne savait plus où mettre ses pieds, troublé dans ses habitudes et son emploi du temps. Il frappait aux portes, s'excusait avant d'entrer : « Je ne vous dérange pas ?

— Vous êtes chez vous, monsieur », disait Marc.

Si peu. Maurice passait telle une ombre, distribuait quelques sourires, s'informait par politesse : « Avez-vous bien dormi ? » Et tous de répondre en chœur, même Albert qui s'en amusait : « Très bien ! Merci, monsieur Execourt », comme le faisait jadis la petite bande dans les allées du parc, à la question rituelle du châtelain : « On s'amuse, les *onfonts* ? — Oui, monsieur Rosenbaum ! »

La vie est un rêve, pensait Albert. Un jour je me réveillerai et je ne les verrai plus. Comment croire qu'ils sont là en effet, qu'ils se retrouvent tous les trois comme si rien n'avait bougé dans le monde, même pas les années qui les ont fait grandir ? Autour d'eux le temps avait éclaté, brisant leur jeunesse en morceaux, les parents disparus, les maisons désertes. Comment être sûr que Marc et Lucie sont bien devant lui en chair et en os, à chaque heure du jour, qu'Albert ne contemple pas des fantômes ou des souvenirs embellis par la mémoire ? Il les regarde, les écoute, entend leurs rires, leurs disputes, surprend parfois les baisers ou les gestes tendres qu'ils échangent. Apparemment il n'en éprouve pas de gêne ni de jalousie, il les confond dans un amour égal qui n'est peut-être qu'une illusion, une idée de l'amour, sans rapport avec la réalité.

Jeudi, le jour de la balade, Albert s'est levé plus tôt pour assister à la messe du Père Henriet. Il essaye de ne pas réveiller son compagnon, tâtonne dans l'obscurité à la recherche de ses vêtements. Quand il revient du cabinet de toilette, il trouve Marc en train de s'habiller :

— Je vais avec toi.

— On sera en retard.

— J'en ai pour une minute.

Marc a des « matins triomphants », comme dit le poète, le teint frais, l'œil vif et le reste à l'avenant. Le sommeil ne laisse pas de traces sur lui. Dès qu'il est debout il entre dans la vie comme on plonge dans l'eau. Il s'ébroue, torse nu, la tête sous le robinet. Il secoue ses cheveux et les mèches bouclées se replacent d'elles-mêmes sur son front.

Avant de sortir, il aperçoit la casquette accrochée au portemanteau :

— C'est la tienne ?

— Prends-la, dit Albert.

Pendant le trajet qu'ils font à pied jusqu'au collège Saint-Joseph, Marc explique à son ami qu'il se fiche d'aller à la messe. S'il s'est levé, c'est pour être avec lui :

— Et puis ton Père Henriet me plaît. Par moments je me demande...

— Quoi ?

— Tout ce qui arrive est tellement faux, injuste. Je me demande si derrière il n'y a pas autre chose. Un ordre ou une volonté. Ce serait trop affreux s'il n'y avait rien.

— Tu ne vas pas parler de ça, ce matin ?

— Non, non... J'en parle avec toi.

— Tu crois en Dieu ?

Marc hausse les épaules :

— Non, j'essaye de me consoler.

Soudain il s'arrête.

— Qu'est-ce que c'est, le Mal ?

Il regarde son ami comme s'il exigeait de lui une réponse définitive.

— C'est beaucoup de choses, dit Albert.

— Il ne s'agit pas du Mal qu'on peut expliquer, les accidents, la maladie, les catastrophes, même la guerre. Tout ça, ce sont des malheurs naturels, ils obéissent à des lois, ils ont des causes physiques ou sociales mais le Mal absolu, gratuit, le Mal qu'on invente comme ça, pour rien, pour faire du mal, qu'est-ce que c'est ?

La manie de Marc. Il a besoin de trouver des définitions à tout.

— Parce que, si Dieu existe, comment se débrouille-t-il avec lui ? Ou bien il ne peut pas l'empêcher et donc il n'est pas tout-puissant, ou bien il le permet et c'est un salaud.

— Dieu ne se comprend pas, dit Albert. Il est infini.

— Facile comme réponse.

Marc change de sujet, parle de son père dont il n'a aucune nouvelle. A qui s'adresser pour en obtenir ?

— Chaque fois qu'il y a un attentat dans la région, j'ai peur. Je me dis : ils vont le fusiller. Un jour, on recevra un papier de la gendarmerie. Et encore, on ne le saura même pas. Moi, je suis à Bordeaux, ma mère à Brantôme...

Il a une voix mal assurée. Quand il tourne la tête vers Albert, devant la porte du collège, on devine qu'il est sur le point de pleurer. Sa bouche tremble. Marc est moins fort qu'il ne le paraît. Il dit :

— Je me vengerai.

Pendant que les autres bavardent dans le réfectoire, Albert poursuit sa conversation intime avec l'invisible. Il avait souvent observé le Père Henriet quand il priait. Après la communion, par exemple, le prêtre se tenait immobile quelques instants, les yeux baissés, les mains jointes au-dessous du menton. Il ne mettait aucune affectation dans cette attitude. Il avait l'air de se reposer plutôt, le visage sans expression, un peu comme l'était celui de Mme Rosenbaum pendant qu'elle jouait « la mélodie hongroise » dans le grand salon à Chantenac. L'un et l'autre, le Père Henriet et Huguette, semblaient être en présence de quelque chose qui les absorbait, un sentiment ou une réalité de la vie dont ils ne savaient pas rendre compte. C'est pourquoi, sans doute, leurs visages n'exprimaient rien. Ils étaient occupés de ce qu'ils voyaient en eux.

Albert a éprouvé une sensation de ce genre (du moins il le suppose) pendant la messe. Il suivait l'office comme d'habitude, sans lui porter une attention particulière et puis, à un moment donné, il a oublié où il se trouvait, il s'est mis à penser à lui. Plus exactement il a entendu une voix, la sienne, qui parlait de lui, décrivait son état, ses idées, ses désirs. Cela ne ressemblait pas à un examen de conscience, accompagné de remords ou de considérations morales sur telle ou telle de ses actions passées. On ne lui adressait aucun reproche. C'était comme un portrait, une photo qui se développait à mesure sous ses yeux, faisait apparaître des scènes, des silhouettes dont il comprenait plus ou moins qu'elles étaient en rapport avec sa vie, qu'elles représentaient son être réel. Ce qui lui procurait une grande joie, une impression de délivrance. Pour la première fois il se voyait incarné dans ses pensées les plus secrètes. Même pas des pensées, une force, un élan qui le traversait, se matérialisait devant lui. Il n'y avait pas de mots pour traduire ce phénomène. Albert n'était plus seul. Il parlait à un autre lui-même qui l'aimait, le comprenait. Pour simplifier, il se dit que ce devait être Dieu.

Le Père Henriet les a invités à partager son petit déjeuner au réfectoire. Un jus noirâtre, quelques tranches de pain rassis, un peu de confiture qui ressemble à de la mélasse. L'économe du collège se débrouille mal, dirait Poli.

Marc attaque l'attitude de l'Eglise à propos du S.T.O. Entre deux bouchées, il précise à l'abbé qu'il n'en a pas après lui personnellement.

— Je ne suis pas grand-chose, dit Henriet.

— Mais vous avez votre opinion ?

— Bien sûr.

Le rire de chèvre en sourdine. Marc n'y est pas habitué. Il croit peut-être qu'on se moque de lui :

— A Bordeaux, vous savez ce qu'il a dit, l'évêque ? Ou l'archevêque, je ne connais pas leurs grades — comment s'appelle-t-il ? Feltin ? Feltin a dit qu'il fallait obéir au pouvoir légitime. Où est-il, le pouvoir légitime ? Vichy n'existe plus, les Allemands sont partout. Ç'a toujours été son truc, à l'Eglise, elle se met du côté du manche. Malheureusement pour elle...

— Ça branle dans le manche, dit Albert, content de son jeu de mots que personne ne relève, même pas Malescot qui les a rejoints, s'est assis à côté de lui sur le banc, après l'avoir salué d'un simple signe de tête.

Le garçon regarde Marc, apparemment fasciné par son discours. A ses yeux le nouveau venu est auréolé de tous les prestiges que lui a prêtés Albert, la force, l'intelligence et maintenant l'infortune. L'ombre de Me Allaines arrêté par les Allemands met son fils en pleine lumière. Dans le secret de son cœur, Malescot lui accorde sûrement une place de héros.

— Vous vous intéressez à ce que disent les évêques ? demande Henriet.

— Je m'en fiche mais je pense à tous ceux qui les écoutent. Il y a tout de même des croyants, mon Père. Pour eux, l'Eglise, c'est une autorité. Elle doit leur apprendre où est le bien, où est le mal. Ils ont besoin de savoir. Ils se posent des questions. On leur répond : il faut obéir. Vous parlez d'une réponse ! Obéir à qui ? Aux chleuhs qui veulent rafler tous les jeunes pour fabriquer leurs canons ? Ce n'est pas de l'obéissance, c'est de l'esclavage. Les chrétiens n'ont jamais été des esclaves. Sous les Romains ils aimaient mieux se faire bouffer par les lions.

— Sans tickets, dit Albert qui regrette tout de suite sa plaisanterie, plutôt approximative.

Il n'avait pas l'intention de se moquer de Marc. Il voulait seulement détendre la conversation, la rendre plus légère. C'est raté. Il l'alourdit au contraire. Cette façon de rigoler avec les choses sérieuses n'est du goût de personne. C'est un manque de tact, d'autant plus qu'Albert est mal placé pour intervenir dans le débat.

— Evidemment toi, tu t'en fous du S.T.O., dit Marc. Tu t'es débrouillé pour passer au travers.

Le regard qu'il lui lance est à l'image de sa pensée. C'est de là que date leur différend. Du moins la distance qui s'est établie entre eux avant que la discussion ne renaisse à Mauzac, au cours du déjeuner. Albert imagine qu'il est dans le peau de Marc. Dès lors tout devient facile. Les idées lui apparaissent clairement, il n'a aucune peine à les comprendre, à les admettre. Elles ne sont pas obscurcies par des sentiments, des souvenirs qui leur ôtent de la force, de la conviction. Quand Marc est devant un paysage par exemple, qu'est-ce qu'il voit ? Des arbres, des champs, une rivière. Rien d'autre, pas de fantômes qui troublent sa vision. Il dit : « C'est beau » ou bien il se tait.

Il éprouve du plaisir ou de l'indifférence. Jamais de doutes ni de rêverie.

— Et vous, qu'est-ce que vous ferez ? demande Malescot.

Il a rougi en posant la question à Marc qui hésite avant de répondre :

— Je ne sais pas encore. De toute façon je ne partirai pas.

Après le repas, le Père Henriet les a accompagnés le long du couloir qui conduit à la cour d'entrée. Il s'entretient avec Marc au sujet de son père. A son avis, si Me Allaines appartient à un réseau, il est entre les mains du S.D.

— C'est quoi, le S.D. ?

— Le *Sicherheitsdienst*. Un nom à coucher dehors pour désigner le Service de sécurité. Les bureaux se trouvent rue de la Comédie, dans l'immeuble du Crédit lyonnais. Je tâcherai de savoir si votre père est passé par là. Je ne vous promets rien. Ils ont pu l'envoyer à Limoges ou à Lyon, au siège de la Gestapo pour la zone Sud.

Albert écoute l'abbé comme si brusquement il avait changé de voix (et d'identité). Quel est cet inconnu pour qui l'organisation de la police allemande n'a pas de secrets ? Le Père traîne les pieds en marchant, parfois il se frotte la nuque avec la main. On dirait qu'il veut effacer une douleur.

— Il y a eu d'autres arrestations à Périgueux, dit-il. Une dizaine de personnes au moins, dont deux sont des parents de nos élèves.

D'après lui, il s'agit d'une dénonciation.

— Les salauds, dit Marc. Les Français sont des salauds.

Dans la cour, au moment où ils vont se quitter, l'abbé se laisse choir sur l'un des bancs placés de chaque côté du porche. Des garçons arrivent de la rue avec leurs cartables. Ils passent devant lui, ôtent leurs bérets :

— Bonjour, mon Père.

Il leur répond en hochant la tête. Bientôt la cloche de huit heures va sonner, qui annoncera la rentrée des classes.

— Je file, dit Malescot.

Albert le regarde partir. Il se sent triste. Marc se penche vers Henriet toujours assis, il lui sait gré de ses offres de service :

— J'espère que vous obtiendrez des nouvelles...

Le prêtre lève les yeux vers les deux jeunes gens. Il murmure des mots incompréhensibles. Albert lui dit qu'il a l'air fatigué et qu'il devrait consulter un médecin. Le Père répète sa phrase. On l'entend dans un souffle :

— Il y a des places à prendre.

A qui s'adresse-t-il ?

Avant le dessert, ils n'ont parlé de rien. Comme l'a fait remarquer Marc, citant une expression favorite de son père : « Jusqu'à présent, la parole est aux mâchoires. » Pas de place pour les commentaires entre l'omelette aux truffes, le confit, les pommes de terre sarladaises, le jambon fumé, la salade à l'huile de noix... « Si seulement vous m'aviez prévenue, a dit la Loupe en les voyant arriver, j'aurais tué un coq ou une poule. On n'a plus grand-chose à se mettre sous la dent, de nos jours. » Suivaient quelques jurons en patois que personne n'a compris. Confidences pour son bonnet de laine qui lui coiffe la tête comme le châle enveloppe ses épaules et son buste, par-dessus une robe taillée comme un sac, qui tombe jusqu'à ses pieds, le tout recouvert par un tablier à bavette dont le cordon fait deux fois le tour de la taille et revient par-devant se nouer sous la poitrine. Ainsi ficelée, dans la pénombre de la boutique où elle trottine comme une souris, la Loupe ressemble à une poupée de chiffons, sans bras ni jambes.

— Vous avez grandi, dit-elle à Marc. Vous êtes un bel homme maintenant. Et celle-là (elle désigne Lucie), c'est votre femme ? (A Albert :) Lui, je ne le connais pas.

— C'est mon ami, dit Marc.

— Faut se méfier des amis. Deux gars pour une fille, c'est un de trop.

Elle ricane, ouvre la porte derrière le comptoir, qui donne sur la salle du café :

— Je vais allumer du feu.

Le timbre résonne dans la boutique où un gamin vient d'entrer. La Loupe crie sans se retourner :

— J'ai rien à vendre. Reviens plus tard.

Albert raconte la séance au Service de la main-d'œuvre, quand il a reçu sa convocation :

— C'est au premier étage, au-dessus des bureaux où on distribue les cartes de travail. Un grand couloir avec des portes. Il y avait la queue. Les types attendaient en parlant de leurs bobos. Moi, j'ai un panaris, je ne peux pas travailler. Ou des ampoules aux pieds, je ne peux pas marcher. Et toi, qu'est-ce que tu as ? Je réponds : J'ai un dossier. C'est du sérieux. Ils avaient l'air impressionnés. Je leur montre la radio, les analyses. Le docteur Richard avait bien fait les choses. Une primo-infection avec, je ne sais plus comment ça s'appelle, un hile ou une lésion hilaire au poumon droit ou gauche, j'ai oublié. — Avec ça, t'es tranquille. Ils me regardaient avec respect, un peu de crainte aussi. Ils se demandaient si je n'étais pas contagieux, malgré tout.

Albert cherche ses mots. Il rit sans raison et son auditoire partage son entrain. Il faut dire qu'ils ont bu deux bouteilles de vin pour accompagner le repas, un pécharmant et un château-lalande 1932, que la Loupe a remonté de sa réserve. « La dernière, monsieur Marc. C'est mon défunt qui avait acheté le lot. »

Marc a étendu le bras sur le dossier de la chaise où se tient Lucie. Il lui sourit, se penche vers elle, effleure ses cheveux d'un baiser. Il ne pense plus à la discussion du matin, semble-t-il, il écoute le récit d'Albert d'un air paisible mais ses yeux ont changé. Est-ce l'effet de la bonne chère, plus foncés que d'habitude, ils ont perdu leur éclat, ce feu qui les anime et qui conserve, même dans la colère, quelque chose de tendre, d'amical. A certains moments, quand Albert surprend le regard de son ami posé sur lui, il le trouve absent, lointain, comme si Marc ne le voyait pas ou le voyait d'une façon différente.

— Ce qui m'inquiétait, dit Albert, c'était de savoir si je serais examiné par le bon médecin, le docteur Ney dont Poli m'avait parlé. On nous appelait les uns après les autres par groupes de quatre. Quand ç'a été mon tour, je suis entré dans la pièce, j'ai vu deux types en blouse blanche derrière un bureau. Un vieux et un jeune. Je me suis dit : le jeune, méfions-nous.

— Pourquoi ? demande Lucie.

— Je ne sais pas. A cause de son âge, j'ai pensé que ça devait être un nazi ou un sympathisant du régime, tandis que le vieux, il avait sûrement fait la guerre de 14, il était revenu de tout.

— Ça dépend, dit Marc. Le jeune pouvait être un embusqué et le vieux, un Prussien à cheval sur le règlement, jugulaire, jugulaire !

— En fait j'avais deviné juste. Seulement comme il y avait trois types avant moi et que chacun pouvait passer plus ou moins de temps avec le toubib, je ne voyais pas comment je pourrais choisir. Je risquais de tomber sur le mauvais...

— Quel drame ! dit Marc.

Il s'en fout, de son histoire. Il la tourne en dérision. Pour lui, c'est de la comédie, rien de plus. Albert n'a pas à se faire mousser, sous prétexte qu'il a été plus malin que les autres, qu'il a obtenu un sursis de six mois de ce vieux schnock de docteur Ney qui n'est sans doute qu'un combinard. Finalement c'est une question d'argent. Les parents d'Albert ont pu payer les huit jours de clinique et ce petit merdeux de Poli qui trafique avec les Allemands. Mais les pauvres gars qui n'ont pas un sou, eux, avec leurs panaris et leurs ampoules aux pieds, ils peuvent toujours se l'accrocher, le sursis. Bons pour le service et en route pour l'Allemagne ! Alors, qu'Albert ne vienne pas se vanter du « risque » qu'il a couru ou de son courage dans cette occasion. C'est plutôt comique.

— Il n'a pas parlé de courage, dit Lucie.

— Tu te trompes, dit Albert. Le type aux ampoules, il a eu deux mois de sursis. L'autre, je ne sais pas, je ne l'ai pas revu. Quand on est ressorti de l'examen, ceux qui attendaient nous demandaient les résultats. On m'a donné de grandes bourrades dans le dos : « T'es tranquille, mon pote. Dans six mois, les Américains auront débarqué. La guerre sera finie. »

Marc hausse les épaules.

Malescot avait dit : « Je file » et il était parti. Il ne lui avait pas serré la main ni adressé un signe amical. Albert revoit la silhouette du garçon qui s'éloigne, grimpe l'escalier en direction de la cour supérieure où les élèves se rassemblent. Il éprouve la même impression de tristesse que ce matin et, sans raison, il l'associe à l'attitude de Marc envers lui, cette façon railleuse, presque agressive dont son ami lui parle. Pourquoi ?

La Loupe arrive avec le dessert, un clafoutis aux pommes qui sort du four.

— On n'a plus faim, dit Marc.

— Faites des réserves. Ça vous profitera plus tard.

Chaque fois que la porte s'ouvre, une bouffée de chaleur envahit la salle où se confondent les différentes odeurs du repas, la graisse d'oie, l'huile, les fruits, le sucre caramélisé. Un voile de fumée bleuâtre entre par vagues successives, reste en suspens dans l'air et se mêle à quelque chose de plus élémentaire qui est comme la respiration de la maison ou son haleine. Un parfum d'épices et d'anis, des relents d'humidité, de salpêtre dont les murs sont imprégnés. Albert composera plus tard un essai sur les odeurs. Il a déjà trouvé le titre : « Comment vous sentez-vous ? » Ce sera un moyen d'écrire ses souvenirs. Pour voir, il a besoin de sentir, de ressusciter en lui par l'odorat l'image exacte de ce qu'il a vécu à tel ou tel moment de sa vie. Tout sera contenu dans cette sensation, le lieu, les personnages, ce qu'ils disent, ce qu'ils pensent. Ainsi reverra-t-il le visage de Lucie assise en face de lui, dans l'arrière-salle du café-épicerie de Mauzac. Lucie a les yeux clos, les joues enflammées par le vin. Elle appuie sa tête à l'épaule de Marc. Cela ramènera Albert plusieurs années en arrière, à La Jemaye, pendant la messe de minuit où il a découvert, pour la première fois, la nature des liens qui existait entre ses deux amis. Transporté dans l'église, il sentira de nouveau la froideur des pierres sur sa peau, respirera l'encens, la fumée qui s'échappe des tuyaux crevés du poêle. Dehors c'est une odeur d'ozone, celle de la neige qui craque sous les chaussures. Il entendra les appels des gosses dans la nuit, tout excités à l'idée du réveillon qui les attend dans la salle d'école. Près de lui, la voix chantante de Malescot : « On va se régaler, chef ! » Les jours d'Albert se dévideront comme une pelote de laine et lui qui en tient le fil, il verra son cœur se dévoiler à mesure. Un cœur sanglant, ouvert en deux, pareil à l'image pieuse accrochée naguère au-dessus de son lit.

— Tu dors ? demande Marc.

Ils sont debout, lui et Lucie. Ils vont se dégourdir les jambes du côté de la rivière.

Pour atteindre la Dronne, ils ont suivi une rampe pavée qui part de la route et conduit à un appontement en bois, monté sur pilotis après lequel sont amarrées quelques barques de pêcheurs. C'est là qu'ils s'installent, assis les pieds ballants, Lucie étendue de tout son long. Sous sa tête, en guise d'oreiller, Marc a glissé son blouson qu'il a plié en deux.

La surface de la rivière ressemble à du métal, une matière dure et miroitante. Rien de plus philosophique que de contempler l'eau courante. Elle s'écoule et paraît toujours la même. Elle avance sans avoir l'air de changer dans un paysage qui ne bouge pas. On demeure silencieux, hypnotisé par cette image du temps.

— C'est un peu ce que tu fais, dit Marc. Tu restes sur le bord. Tu regardes les événements.

— Et toi, tu plonges dedans ? demande Albert.

— L'eau doit être froide, dit Lucie.

Ce matin, ils s'étaient arrêtés à l'abbaye de Chancelade. Ils avaient rencontré un vieux moine qui avait une tête de père Noël avec sa couronne de cheveux blancs, sa barbe étalée sur la robe de bure. Il leur avait posé un tas de questions, pourquoi ils étaient là et d'où ils venaient, quel âge avaient-ils, qu'est-ce qu'ils faisaient dans la vie, etc. On aurait dit qu'il n'avait pas parlé depuis des années. Il hochait la tête en les écoutant, poussait des grognements, parfois des exclamations de surprise comme si leurs réponses lui apportaient des révélations extraordinaires. Il s'appelait Anselme, il était le dernier moine de l'abbaye. Lui une fois disparu, il ne restera plus personne à Chancelade. L'église sera fermée, les bâtiments vendus. Du moins aura-t-il la satisfaction d'être enseveli auprès des autres frères de la communauté. Il montrait l'endroit aux jeunes gens : une rangée de monticules où, sur chacun, une croix de bois était plantée. Mais qui le portera en terre ? Il se posait la question. Ses yeux étaient d'un bleu délavé, où l'iris se distinguait à peine. Le temps s'y reflétait, immobile et changeant comme l'eau de la rivière. Anselme aussi était sur la rive mais du côté de l'éternité.

— Tu ne bouges pas, dit Marc à Albert. Quand j'arrive à Périgueux, je suis sûr de te retrouver à la même place. Tu bouquines dans la librairie ou tu travailles dans ta chambre, soi-disant. Toujours entre papa et maman, avec tes curés et les gamins du collège. A ton âge, ce n'est pas sérieux. Tu n'as pas l'air de te douter qu'il se passe des choses dans le monde.

— J'écoute la radio, dit Albert.

— Et tu lis les journaux qui te racontent les mêmes bobards. Au fond, tu t'en fous. Tu es un égoïste. Tu ne penses qu'à toi.

Marc allait-il entonner le refrain de Sergot ? Pense à la France qui a besoin de ses enfants. La France pensait-elle à Albert ? La mère patrie avait commencé par s'écrouler lamentablement, comme un château de cartes. Une pichenette et en trois semaines la voilà par terre. Maintenant elle veut l'expédier en Allemagne pour travailler en usine et recevoir des bombes sur la figure. Il fallait bien qu'Albert s'occupe un peu de lui-même puisque personne ne le faisait. Il ne demandait rien d'autre. Il essayait de survivre.

— C'est bien ce que je dis. Tu es un égoïste.

Marc est furieux. Il a les narines dilatées, tient ses yeux fixés droit devant lui. Il prend un caillou et le jette dans l'eau de toutes ses forces, le plus loin possible. On sent qu'il aimerait agir de même avec Albert ou avec ses idées :

— A quoi ça sert de survivre, si le pays est mort ?

— La France ne mourra pas.

— Qu'est-ce que tu en sais ? Avec des types comme toi...

En quoi Albert est-il plus coupable que d'autres ? Qu'est-ce qu'ils font, les autres ? Et Marc, qu'est-ce qu'il fait ? Il prépare son concours.

— Pas pour longtemps, sois tranquille.

Marc se lève. Il en a assez de discuter avec quelqu'un qui ne veut pas comprendre. On le voit s'éloigner sur le chemin qui longe la rivière. Lucie vient occuper sa place, à côté d'Albert :

— Il ne faut pas lui en vouloir.

— Je sais.

— Il pense à son père.

— Toi aussi tu penses à ton père...

Il la regarde mais elle fait non de la tête. Pas de nouvelles.

— Te voilà tranquille, dit-elle. Tu travailles ?

Albert ne répond pas tout de suite. Il balance ses jambes au-dessus de l'eau, cogne parfois les pilotis de bois avec ses chaussures. Il dit :

— Je vais m'en aller.

— Où ?

— A Paris.

— A Paris ? (Elle croit que c'est une blague.) Qu'est-ce que tu feras là-bas ? Tu ne connais personne.

Il prend un air entendu :

— J'ai des adresses. Je me débrouillerai. De toute façon, ici, on ne peut rien faire. C'est un trou.

— Tu as prévenu tes parents ?

— Mon père est au courant...

— Et ta mère ?

— On verra.

Il est déjà moins sûr de lui. Il jette un coup d'œil dans la direction où Marc est parti. Il aperçoit sa silhouette au loin, entre les arbres :

— N'en parle pas encore, dit-il. Même à Marc.

Elle sourit, se tourne vers lui, passe la main sur sa joue :

— Alors, je ne vais plus te voir ?

— Ça ne sera pas long. Je reviendrai.

— Et si tu rencontres une fille à Paris ? Une Parisienne qui te mette le grappin dessus ?

— Pourquoi pas ?

Ils restent silencieux, l'un près de l'autre, jusqu'au retour de Marc qui leur crie :

— Allez, debout ! Il faut rentrer.

Avant de monter sur son vélo, Marc a emmené son ami à l'écart. Il lui a dit qu'il regrettait ses paroles, qu'il s'était conduit comme un idiot, bref il a fait la paix. Albert l'a embrassé.

— Tu es gentil, Albert.

Oui, c'est ça. Il est gentil.

Cette nuit-là, Albert se réveille parce qu'il sent une gêne, un poids qui l'empêche de respirer normalement. C'est la tête de Marc qui repose sur sa poitrine. Il essaye de se dégager en reculant avec précaution vers le bord du lit mais Marc étend le bras pour le retenir et le serrer contre lui. En même temps il redresse la tête et vient se caler contre l'épaule d'Albert. Tous ces gestes accomplis apparemment dans le sommeil, accompagnés de soupirs et de mots balbutiés. Albert se dit que son compagnon doit rêver, il s'imagine dormir avec quelqu'un d'autre, Lucie sans doute. A moins que, tourmenté par le souvenir de leur dispute, ce ne soit pour Marc une façon inconsciente de manifester ses remords, de prouver son attachement. Lui-même est troublé, Albert, à cause de ce contact physique, de la chaleur qui se dégage du corps de Marc et se communique au sien. En inclinant la tête il touche avec ses lèvres les cheveux bouclés, juste à la naissance du front. Il ne bouge pas. Il voudrait prolonger cet instant. Il sait qu'il l'a toujours désiré, toujours attendu. Son amitié n'avait pour but que de l'unir à Marc, de pénétrer sa force, de mêler ses pensées aux siennes. Il a devant lui l'image d'un être fabuleux où tous deux seraient confondus, si intimement liés qu'on ne pourrait pas les distinguer l'un de l'autre, leurs deux cœurs battant d'un même mouvement, comme il entend résonner le sien, en ce moment, à grands coups dans sa poitrine. Enveloppé par la nuit, dans la tiédeur des draps, Albert oublie où il est, ce qu'il est, tenant contre lui cet inconnu qu'il berce comme un enfant.

A Paris, la maison de l'Oratoire est située rue de Vaugirard, non loin du carrefour Saint-Placide. Un immeuble de deux étages dont la façade est décrépie par endroits, les fenêtres du rez-de-chaussée protégées par des barreaux. De l'extérieur rien n'indique qu'il s'agit d'un établissement religieux. C'est ici que réside le supérieur de l'ordre, un homme âgé, d'allure frêle, avec une belle tête pensante, des yeux pâles derrière de grosses lunettes de myope. Il s'appelle le Père Briot. Henriet lui a écrit pour l'avertir de l'arrivée d'Albert. On logera volontiers cet ancien élève de Saint-Joseph dans une des chambres réservées aux prêtres de passage. S'il le désire, Albert pourra prendre ses repas au réfectoire, moyennant finances (et tickets d'alimentation) bien sûr. Ça lui rappellera le bon temps du collège. Il y reconnaîtra l'odeur fade de lessive et de soupe de légumes, dans le bruissement des soutanes, les rires étouffés, les plaisanteries puériles qui composent la petite musique de ces pieuses communautés de célibataires. De quoi ajouter un chapitre à son essai : *Comment vous sentez-vous ?*

Albert se sent bien depuis qu'il a débarqué dans la capitale. Il n'a pas d'apostrophe célèbre à lui adresser, du genre : « A nous deux, Paris ! » mais débarrassée de ses habitudes provinciales, sa nouvelle vie lui apparaît pleine de promesses. Ce qui l'étonne, c'est la rapidité avec laquelle il a oublié Périgueux. Le phénomène s'est produit pendant le voyage. Le convoi se traînait depuis le matin — il était déjà quatre heures de l'après-midi — avec des arrêts en rase campagne, des allées et venues du chef de train le long de la voie. Chaque fois c'était les mêmes questions : Que se passe-t-il ? La ligne est coupée ? Un attentat ? Un bombardement ? Les gens se penchaient aux fenêtres, d'autres descendaient sur le ballast, du moins ceux qui se trouvaient près de la portière ou dans les soufflets, sinon impossible de bouger, tous coincés dans les couloirs et les compartiments, au milieu des bagages, des odeurs de mangeaille, des gosses qui piaillaient parce qu'ils avaient faim ou soif ou besoin de faire pipi et naturellement pas moyen d'atteindre les toilettes, alors on les attrapait à bras-le-corps, ils circulaient de main en main, comme des colis, gigotant et criant de plus belle, par-dessus la tête et les épaules de chacun. Debout à l'extrémité du couloir, le front contre la vitre, Albert était en proie à une espèce d'ankylose mentale qui le rendait étranger à ce qui se passait autour de lui. L'esprit tourné vers le passé, il ne comprenait plus pourquoi il était parti, à quoi rimait ce désir d'aller à Paris, de vouloir fréquenter les milieux littéraires, les journalistes, alors qu'il n'était même pas fichu de terminer un roman. Quant aux articles, les seuls qu'il ait publiés — des notes plutôt, à peine dix lignes signées de ses initiales — c'était grâce à Jules Gouffier dans *La Petite Gironde*, sur des livres sans intérêt, édités à compte d'auteur, *Les légendes du Périgord* de Me Denizet et un recueil de poèmes, *Lumière du soir*, dû à un chanoine de Bordeaux. Un début dans la carrière, avait dit Jules qui rendait sans doute des politesses. Une honte, pensait Albert. Que faisait-il dans ce train ? Il sacrifiait à ses chimères Lucie, Marc, les douces contraintes de l'amour. Bref c'était le spleen, les idées noires qui emplissaient le cœur du poète jusqu'au moment où le convoi se mit à ralentir une fois de plus à l'entrée d'une petite gare de campagne. Une voix lança : « Rebelote ! » tandis que les coups de freins successifs jetaient les voyageurs les uns contre les autres. A quoi tiennent les humeurs ? Tout le wagon riait, Albert le premier, à cause de ce mot *Rebelote !* que chacun répétait en essayant de retrouver son équilibre parmi les paquets qui dégringolaient. C'était fini. Les souvenirs s'effaçaient, la tristesse aussi. Il avait fallu quelques centaines de kilomètres pour trancher le cordon ombilical avec la petite patrie.

Girard lui a donné rendez-vous à six heures, avenue de Villars. C'est là qu'il travaille, dans une école d'art dramatique, le cours Simon. Au téléphone il s'était montré expéditif, à peine surpris d'entendre la voix de son camarade. Deux ou trois phrases embarrassées pour demander de ses nouvelles, lui dire de garder sa soirée : « On ira au théâtre. Je t'expliquerai. » Il avait l'air lointain ou endormi. Il venait peut-être de se réveiller — à onze heures ? — ou bien c'était les manières de Paris. En fait Michel n'a pas changé, aussi « mignon » qu'autrefois avec ses cheveux blonds légèrement ondulés dont une mèche retombe sur l'œil, sa peau de pêche, son sourire. Il a seulement perdu quelque chose de sa grâce adolescente au profit d'une carrure athlétique : « La gymnastique tous les matins, mon vieux, deux heures de natation par semaine, plus la marche, le vélo. Ça te donne du muscle. Ça te donne faim aussi, c'est ça l'ennui. Enfin on se débrouille, le Maître nous file des tickets. » Un mot qui revenait sans cesse dans sa bouche pour désigner son professeur — le Maître a dit ceci ou cela — qu'il prononçait avec la même vénération que Sergot quand il parlait du Maréchal. La ressemblance s'arrêtait là car, pour le reste, la politique, la guerre, les Allemands, Michel s'en fichait comme de sa première chemise. Ils en discuteraient plus tard, au cours de la nuit, dans un restaurant bizarre, près de la place Clichy où se rencontraient beaucoup d'artistes, paraît-il, des chanteurs, des comédiens. Une salle toute en longueur, calfeutrée par d'épais rideaux. On y voyait des hommes en smoking, des femmes en robes du soir, d'autres plus court vêtues qui circulaient entre les tables, quelques uniformes de militaires aussi. A son camarade qui s'inquiète du couvre-feu et comment il pourra rentrer rue de Vaugirard à une heure du matin : « Tu viens coucher chez moi, répond Michel. J'habite à deux pas. » Il ajoute comme pour lui-même : « Une bonne occasion d'être tranquille. » Qu'entendait-il par là ?

— Un comédien, c'est d'abord un coffre, tu comprends ?

Michel frappait sa poitrine des deux mains, comme s'il s'agissait d'une caisse de résonance, restait ainsi les doigts écartés autour des pectoraux qui se soulevaient à chaque inspiration.

— Dans ce métier tu ne peux rien faire, si tu n'as pas de souffle. Tu dois jouer avec ton corps, tes poumons, tes tripes.

(Une phrase du Maître sans doute.)

— Et la tête ? demandait Albert.

— Oh, la tête... (Il se mettait à rire.) Je n'ai jamais eu grand-chose dedans. C'est ce que me disaient les profs dans le temps, au lycée. Tu te souviens, ma première partie de bac, je l'aie eue avec « indulgence du jury ».

A cet âge, Michel récitait déjà les fables de La Fontaine en marchant sur les mains ou en équilibre sur le dos d'un fauteuil. A défaut de tête, il avait de la suite dans les idées.

— Le dimanche, quand il fait beau, je vais au bois de Boulogne, dans un coin tranquille. Le matin, il n'y a pas beaucoup de monde.

— Où c'est, le bois de Boulogne ?

— Tout près, à la porte Maillot. On y va à bécane ou par le métro, je te montrerai. L'endroit que je préfère c'est l'allée autour du lac parce que ça forme une grande surface libre et puis l'eau répercute bien les sons.

— Qu'est-ce que tu fais ?

— Je déclame. Tout ce que je sais par cœur. La tirade des nez de *Cyrano*, les stances du *Cid*, les poèmes de Victor Hugo, *Oceano nox*, *A Villequier*...

— *Le Lac* de Lamartine ?

— Ne te fous pas de moi. Non, Lamartine, je le trouve un peu tarte. Tu ne peux pas savoir le plaisir qu'on a...

Michel cherchait l'expression :

— Tous ces mots qu'on lance devant soi, on les sent dans sa bouche, ensuite on les voit partir comme des cailloux. Ils font des ricochets sur l'eau, après, ils vous reviennent et ça recommence.

Il mimait la scène avec les gestes qui accompagnaient les mots dans leur trajectoire, un mouvement de va-et-vient, puis il demeurait immobile, la bouche entrouverte, les yeux perdus, incapable de communiquer ses transports. Il répéta :

— Tu ne peux pas savoir le plaisir... Je n'en connais pas de plus grand. L'amour, ce n'est rien à côté. (Un temps.) Enfin, ce n'est pas la même chose.

Il pouffa de rire comme s'il pensait à une histoire :

— Du reste, quand je joue, je bande.

— Donc ça se ressemble, dit Albert.

— Si tu veux.

Michel n'était pas contrariant.

Ils étaient installés dans un café, à ce moment-là, sur le boulevard de Clichy, non loin du théâtre Hébertot où ils devaient assister à la représentation de *Sodome et Gomorrhe.* « Je t'expliquerai pourquoi », avait dit Michel. L'explication n'était pas encore venue.

— Un matin, j'étais devant mon lac, comme d'habitude et j'attaque le grand monologue de *L'Avare*, tu sais, au quatrième acte, « au voleur, au voleur, à l'assassin, au meurtrier ! ». J'adore ce texte, parce que ce n'est plus de la comédie, ça devient complètement fou, énorme, l'avare s'adresse à la terre entière, il fait semblant de mourir, il ressuscite, et puis il y a ce truc génial de Molière quand Harpagon interpelle le public : « Eh, de quoi est-ce qu'on parle là ? Quel bruit fait-on là-haut ? » Tu te souviens ?

Michel s'interrompait souvent pour demander à son camarade : « Tu vois ? Tu te souviens ? » On sentait qu'il était heureux d'avoir un interlocuteur de son âge, de pouvoir communiquer son enthousiasme. La présence d'Albert lui offrait un exutoire, un moyen de tromper sa solitude peut-être ou de l'oublier.

— Moi, je fais comme Harpagon, je cours à droite et à gauche, je crie, je pleure, sans me rendre compte qu'il y avait des gens derrière moi qui s'étaient arrêtés. Ils devaient se dire : « Qui est-ce, ce type ? Qu'est-ce qui lui prend ? » A un moment donné, j'ai entendu des rires, quelqu'un a applaudi. Je me suis retourné, ils étaient bien une dizaine qui me regardaient, des vieux, des jeunes, une famille avec des enfants. Je ne savais plus où me fourrer. Ils avaient l'air contents. Ils m'ont dit : « Continuez. » Tu te rends compte ? Après, on a bavardé. Je leur ai expliqué que j'étais comédien. Une fille m'a proposé de réciter un poème d'Apollinaire. Lequel ? *La Chanson du mal-aimé*. Je ne le connaissais pas par cœur. Alors elle a commencé, j'ai suivi avec elle...

Michel ne passait pas inaperçu dans le café. Comme il portait naturellement la voix en parlant — une voix claire et bien timbrée — et que par ailleurs il était joli garçon, il attirait l'attention des femmes, les regards curieux des hommes. Un public élégant qui prenait un verre, grignotait un morceau avant de se rendre au spectacle.

— C'est drôle, dit Michel.

Il réfléchissait.

— Qu'est-ce qui est drôle ?

— Je pense à cette vie qu'on mène avec la guerre, les restrictions, les bombardements, sans compter le reste, les attentats, les rafles, toute cette merde. Et puis on rencontre des inconnus, on se met à parler de poésie.

Quand les gens sont malheureux, ils deviennent plus gentils. Enfin c'est une impression.

Depuis son arrivée à Paris, Albert éprouvait une admiration béate pour tout ce qu'il découvrait. En écoutant Michel, il se disait : « C'est ça, la passion. Ne penser qu'à une chose. Le reste n'existe pas. » Plus tard, à l'entrée du théâtre, perdu dans la foule pendant que son camarade allait chercher les billets au contrôle, ahuri par les toilettes, les parfums, un brouhaha de volière où chacun se saluait avec des rires, des exclamations de joie, de surprise, il se répétait : « C'est ça, la vie » et en comparaison celle de Périgueux lui apparaissait sans couleurs et sans goût.

— On est mal placés, dit Michel. Il y a un monde fou, ce soir.

— Tu n'as pas payé ?

— Qu'est-ce que tu crois ?

Albert le vit sourire, adresser de la tête un salut respectueux en direction d'un homme de haute taille, au crâne rasé comme un Prussien, qui se tenait à l'extrémité du hall, sur les marches de l'escalier conduisant aux corbeilles.

— Le patron, murmura Michel.

— Ton professeur ?

— Mais non, Hébertot.

Et il sourit de nouveau, un peu crispé cette fois.

Albert trouva la pièce de Giraudoux plutôt rasoir. Les personnages n'arrêtaient pas de dégoiser. Avec un titre pareil, on attendait autre chose que des discours. Dès les premières répliques, la fin du monde était annoncée par un bel archange aux ailes bleu pastel. Michel ne le quittait pas des yeux. Il avait saisi le coude de son voisin :

— Regarde-le.

Il remuait les lèvres silencieusement comme s'il récitait le texte en même temps que l'acteur.

— Tu le connais ? demanda Albert.

— C'est un élève du Conservatoire. Comment tu le trouves ?

— Pas mal.

— On peut faire mieux.

A l'entracte, Michel expliqua qu'il aurait dû avoir le rôle de l'archange, enfin presque. Il avait passé une audition, on l'avait retenu et puis finalement, c'est l'autre qui avait été choisi :

— Ça m'est égal. Un jour, j'aurai ma chance, à condition d'être patient. L'ennui, dans ce métier, c'est qu'il faut être patient. Et gentil.

Il n'ajouta pas : « Tu me comprends ? » comme si ça allait de soi. Son langage était souvent allusif. Ce n'était pas par méfiance mais par discrétion. Albert devait lui paraître quelqu'un de sérieux, qui fréquentait des prêtres, travaillait dans une librairie. Il ne fallait pas l'effaroucher. Entre eux il n'y avait que des souvenirs d'enfance, les balades à Chantenac, les discussions de potaches à la terrasse de *L'Univers*. Un monde ancien dont Albert portait encore les traces, sans rien de commun avec celui où évoluait le jeune homme déluré rêvant de briller sur les planches.

Une seule fois, on parla du passé. Au restaurant où ils étaient installés, plutôt mal, dans l'encoignure d'une fenêtre, coincés contre les rideaux, au milieu du vacarme des conversations, les éclats de voix, le bruit des couverts, les appels d'une table à l'autre — eux deux légèrement éméchés par la bonne chère, la bouteille de bordeaux qu'ils venaient de terminer —, on évoqua le personnage de Sergot, silhouette incongrue dans ce décor de marché noir. C'était à propos de sa dispute avec Michel sur le métier de comédien.

— A ce moment-là, tu parlais de « vocation », dit Albert.

— Le métier, la vocation, c'est la même chose.

Michel resta songeur, retrouvant son visage d'autrefois, l'air un peu perdu, comme un gamin pris en faute :

— Sergot..., murmura-t-il. J'ai été vache avec lui. Il te l'a dit ? Il voulait m'embarquer dans une école de chefs, je ne sais plus où. Un truc genre scout, où on fait du sport, du bricolage, des parlotes autour d'un feu. Tu vois le topo ? Sergot était très emballé. Je n'osais pas lui dire non. C'était en 41, je redoublais ma philo, les parents n'étaient pas chauds pour m'envoyer à Paris. J'ai rempli tous les papiers que Sergot me présentait et puis, le jour du départ, je me suis défilé. Il m'a écrit, je n'ai pas répondu. Quand il est revenu aux vacances, pour une permission, il est allé chez moi, il a engueulé la famille. Je m'en foutais. J'étais à Paris.

Michel feuillette le programme, s'attarde sur les photos des acteurs. Il se voit déjà à leur place :

— Celui-là est formidable. Tous les journaux en ont parlé. Il interprète le rôle de l'ange.

Il montre à Albert le portrait d'un garçon qui a l'air d'un jeune chien un peu fou avec ses mèches de cheveux rejetées en arrière. Un visage asymétrique, des yeux en amande, une bouche aux lèvres minces.

— Si tu le détailles, il n'est pas beau et pourtant il a un charme, ce type, une grâce. Les filles en sont folles, au cours. Moi, ce que j'aime, c'est sa façon de jouer, sa voix. Elle n'est pas naturelle. Quand tu l'entends, tu es autre part. Je n'aime pas le naturel au théâtre. Ça rabaisse tout. Les gens qui jouent « comme dans la vie », tu sais ? C'est idiot. Le théâtre, ce n'est pas la vie. Un ange, ce n'est pas naturel.

Michel ne s'occupe que de lui. Lui et le théâtre, unique sujet de conversation. Dès qu'on s'en écarte, il s'ennuie. C'est à peine s'il a demandé à Albert des nouvelles de la « petite bande ». Le père de Marc arrêté, la disparition de M. Rosenbaum, mon Dieu comme tout cela est triste ! Le temps d'un nuage qui assombrit le regard du jeune homme. Vite, passons à autre chose. Albert, dans quel but est-il venu à Paris ? Pour écrire ? Les milieux littéraires, le comédien n'y connaît pas grand monde. Quant aux journaux, il faut se méfier, ils sont tous collabos.

— Il y a de grands écrivains qui publient dans les journaux, dit Albert. Giono, Montherlant, Marcel Aymé, ce ne sont pas des collaborateurs.

— Ça les regarde, dit Michel. Ils sont connus. Toi, tu ne l'es pas.

— Il faut bien commencer un jour. Quand tu joueras, il y aura des Allemands dans la salle.

— Je ne peux pas les empêcher d'entrer.

— Tu pourrais refuser de jouer.

Michel ouvre des yeux ronds :

— Et qu'est-ce que je ferais en attendant ? Le zouave avec Sergot ? Regarde ceux-là.

Il se penche vers Albert, lui désigne quelques clients dans la salle, cite des noms d'artistes que son camarade ne connaît pas.

— Tu crois que ça les gêne de chanter devant les fridolins ? Il y en a même un qui est parti en tournée, à Berlin ou à Munich, je ne sais plus. Je n'irai pas jusque-là mais si je refusais de jouer, un autre prendrait ma place. Je ne marche pas.

La passion menait loin. La terre tournait autour d'une seule idée, pour Michel, une seule question : deviendrait-il un grand comédien ? Le reste...

— Moi, je leur dis (sous-entendu : aux hommes) : battez-vous, étripez-vous, si ça vous plaît. Vous ne m'empêcherez pas de faire ce que j'ai envie de faire.

C'était faux, son raisonnement. Les hommes pouvaient l'envoyer en Allemagne, jouer un autre genre de théâtre en usine, sous les bombes.

— Je suis de la classe 43. J'ai un sursis jusqu'en juillet, pour les concours du Conservatoire. Après, si je suis reçu, je trouverai une combine. Le Maître me l'a promis. Il connaît des gens.

(Michel sera reçu sans difficulté, il entrera dans la classe de M. Henri Rollan et commencera de jouer quelques utilités à la Comédie-Française. Mais le Maître n'empêchera pas le jeune homme de commettre des imprudences. Une nuit de décembre 43 où il avait pris le métro, il sera arrêté à la station Opéra. Des gendarmes casqués attendent sur le quai, bloquent les sorties et filtrent les garçons de son âge. Et ce petit con dont les papiers ne sont pas en règle sera expédié séance tenante à Pforzheim, dans une usine de roulements à billes, à la grande déception de M. Hébertot qui fondait sur lui beaucoup d'espoirs.)

Au fait, il était au restaurant, ce soir-là, M. Hébertot, où nos deux amis se gobergeaient en parlant de l'avenir. Il est même venu jusqu'à leur table, il a posé une main amicale sur l'épaule de Michel qui a changé de visage, s'est levé avec maladresse pour lui présenter Albert. L'autre a dit simplement : « Ne te dérange pas, mon petit. Je vois que tu es occupé. »

Le reste de la nuit, Albert en garde un souvenir confus. L'envie de dormir, les crises de rigolade, un léger mal de crâne qui l'empêche de comprendre où son camarade l'emmène. Il lui avait parlé d'une piaule à deux pas. En réalité il habite dans un appartement rue des Dames, qui se trouve à un bon quart d'heure de marche.

— On va se faire arrêter par une patrouille, dit Albert.

— Penses-tu !

Il pleuvait. Ils arrivèrent trempés devant l'immeuble.

— Tu passes devant pendant que je dis mon nom. En douceur à cause du concierge.

Tout devient une aventure, Albert qui rate une marche dans l'obscurité, Michel à la recherche de sa clef, les « chut ! », les fous rires, l'eau qui dégouline sur le plancher.

— La petite mère va râler.

Il loue une chambre chez une vieille demoiselle (« heureusement, elle est sourde ») qui tolère ses rentrées nocturnes à condition qu'elles soient chastes. Interdiction d'accueillir qui que ce soit dans son lit.

— Une fois, j'ai ramené une copine qui avait loupé le dernier métro, ça a fait une histoire. Par principe un comédien est un débauché, comme du temps de Molière.

— C'est vrai, dit Albert.

— Quoi ?

— Que tu es un débauché.

Michel se balade à poil dans la chambre, en faisant jouer ses articulations. Il est assez satisfait de son académie :

— Si tu veux le savoir, les trucs du sexe, ça ne me passionne pas. On perd beaucoup de temps avec.

Il demande :

— Tu as envie de prendre un bain ? C'est le seul avantage de l'endroit. La nuit, j'en profite parce que le gaz n'est pas coupé dans le quartier.

« Si ma logeuse me rencontre dans le couloir, elle aura une attaque.

— Ce sera une belle mort pour elle », dit Albert.

Il pense au jour lointain où il a vu Michel, dans le plus simple appareil, dormir au fond de la baignoire des parents Sergot. Il a parcouru du chemin depuis. Bientôt il sera célèbre, on verra son nom sur les affiches. Il est temps qu'Albert s'y mette, lui aussi, mais ce soir il a trop sommeil, il n'a pas le courage d'échafauder des projets. A moitié inconscient, il entend son camarade s'étendre à côté de lui en poussant un soupir d'aise. Il se souvient de cette phrase :

« C'est reposant d'être avec quelqu'un qui ne vous met pas la main aux fesses. » (Explication sans doute de son besoin de tranquillité.)

C'est vrai qu'avec Albert il n'a rien à redouter. Tout est une question de désir (et de circonstances). On peut imaginer qu'un jour on ait envie de toucher ce corps, de le caresser, parce qu'il a en lui quelque chose de tendre, de désarmé qui rappelle l'enfance.

— Tu es très demandé ? demande Albert dans un souffle.

— N'exagérons pas, dit Michel.

Il ajoute :

— J'ai pensé à une journaliste pour toi. Elle travaille à *Comœdia*. Une fille sensass, tu verras.

Albert a entamé sa deuxième semaine à Paris. Quinze jours, un mois maximum, avait dit Mme Execourt, « le temps de dissiper les illusions ». Aujourd'hui il a reçu une lettre de Périgueux qui le presse de rentrer au bercail. Il a décidé de frapper un grand coup. Dans son esprit, « le grand coup » c'est d'être reçu à *La Nouvelle Revue française*, le temple de la littérature. Il passe une partie de la nuit à relire les textes qu'il a emportés. La plupart lui paraissent sans intérêt, les nouvelles surtout qui sont mièvres ou invraisemblables. Il connaît un moment de désespoir. Etendu sur le lit, il fixe des yeux le plafond de sa chambre éclairé par la lumière jaune de la suspension. A travers ses larmes, il voit une grisaille pareille à celle de sa vie, la somme des jours qui l'attendent comme un puits de solitude où il s'enfonce. Il pense aux promenades que Marc et lui faisaient jadis, en se raccompagnant l'un l'autre à la sortie du collège, à la force qui les soulevait alors, quand chacun imaginait son avenir. Où sont-elles, les « grandes choses » qu'Albert rêvait d'accomplir ?

Tu ne bouges pas, lui disait Marc. Toujours à la même place, dans la librairie, entre papa et maman. Cette fois il a voulu bouger, échapper à son milieu, couper les liens de l'habitude, du confort sentimental. Ce sont les autres qui le ligotent. Il se sent agrippé par des souvenirs, des visages, des voix qu'il entend, toute une rumeur qui ressemble à une plainte : « Reviens, reviens... » Que fait-il dans cette chambre, dans cette ville où rien ne lui rappelle qu'il existe ? Peut-être n'a-t-il pas l'énergie (ou le talent) d'exister tout seul, de choisir son destin ? Une idée à creuser dont il pourrait tirer le sujet d'un roman. Décrire un jeune homme comme lui, intelligent, sensible, qui essaie de suivre le courant de la vie. Des obstacles l'en empêchent, une sorte de malaise en lui le rend incapable d'agir. Raconter son histoire. Albert s'est endormi.

On hésite avant d'entrer. On passe et repasse devant la porte des Editions. On traverse la rue de l'Université pour aller prendre un verre chez le bougnat du coin. On vérifie une fois de plus dans sa serviette qu'on n'a rien oublié. Trois études critiques : un *Portrait de Baudelaire*, *Le héros stendhalien* et un article consacré au roman de Marc Bernard *Pareil à des enfants*, qui a obtenu le prix Goncourt, l'année précédente. C'est le texte qu'Albert préfère. Malheureusement il n'est plus d'actualité. Jules Gouffier l'avait refusé pour ne pas contrarier le chroniqueur officiel de *La Petite Gironde*, un vieux birbe de la Société d'émulation, qui en est resté à Paul Bourget et Henry Bordeaux. Enfin Albert garde au fond de sa poche ce qu'il appelle son « arme secrète ». Des feuillets dactylographiés, soigneusement pliés dans une enveloppe sur laquelle il a écrit : *Monsieur Drieu la Rochelle, directeur de la Nouvelle Revue française.*

Il pénètre dans un hall un peu crasseux, peint en beige, avec une cabine vitrée à gauche où se tient la standardiste, un escalier au fond qui monte dans les étages. Comme il reste indécis au milieu de l'entrée, la fille ouvre son guichet et lui demande ce qu'il veut.

Il dit :

— C'est pour la *Revue*.

— A quel sujet ? Vous avez rendez-vous ?

Là-dessus elle referme le guichet et répond au téléphone. Albert commence à s'inquiéter. Il regarde autour de lui. Des gens arrivent, se saluent, montent et descendent l'escalier. Si seulement Albert reconnaissait quelqu'un, un écrivain qu'il admire ? Oserait-il l'aborder ? Je m'appelle Albert Execourt, je viens de Périgueux, j'ai vingt et un ans et je voudrais... quoi ? Ecrire ? Publier ? On lui rirait au nez.

— Monsieur ?

La fille passe la tête dans l'encadrement du carreau :

— C'est à quel sujet ?

Albert répond n'importe quoi :

— Pour un abonnement.

De nouveau le téléphone. Pendant qu'elle tient l'appareil, l'employée ouvre un tiroir, cherche quelque chose sur sa tablette au milieu des papiers. Enfin elle lui tend un formulaire imprimé :

— Vous n'avez qu'à le remplir ici. Pas besoin d'aller dans les bureaux. Allô ?

La porte du guichet claque. Albert se trouve dans une situation ridicule. Il n'a aucune raison de s'abonner à la *N.R.F.* puisqu'il la reçoit régulièrement à la librairie. D'autre part il n'a pas de quoi payer. Que va-t-il faire des manuscrits qu'il a apportés ? S'il renouvelle son compliment à la standardiste, elle l'enverra bouler. Qu'est-ce qu'il veut pour finir ? Un abonnement ? Un rendez-vous ?

Albert s'assoit sur une banquette, en face de l'escalier. Il croise les jambes, installe le papier sur ses genoux, sort un stylo. Ça lui donne une contenance. Le tout, c'est d'inventer un nouveau plan. Lequel ? Quand il lève les yeux, il croit défaillir. L'impression qu'un flux glacé lui traverse le corps. A quelques mètres au-dessus de lui, se tient un homme de haute taille, vêtu d'un pardessus gris, une cigarette aux lèvres, le chapeau mou légèrement incliné sur l'oreille. Aucun doute, c'est « lui ». Son physique, son allure, sa façon de s'habiller, Albert les reconnaîtrait entre mille. Il les a étudiés sur ses photos, il a scruté son visage et maintenant il le voit en chair et en os, à sa portée, conversant au milieu de l'escalier avec un type chauve qui lui fait des salamalecs. C'est l'occasion ou jamais, Albert, la chance de ta vie qu'il faut saisir aux cheveux. Elle ne durera pas. Quelques minutes à peine et tandis que le raseur s'éloigne, le voici qui descend, lui, il se dirige vers la sortie d'une démarche nonchalante, sans même jeter un coup d'œil au jeune homme occupé à écrire, assis sur la banquette, quand une voix l'appelle :

— Monsieur Drieu ?

C'est la standardiste. Elle a un message pour lui. Il s'arrête, revient sur ses pas. Albert invoque Julien Sorel et la fameuse phrase qu'il se répétait jadis avec Marc : *Au moment où dix heures sonneront*... Quelle heure est-il pour lui ? L'heure de sa vie. S'il n'est pas capable d'y répondre, qu'il aille se brûler la cervelle ou se jeter dans la Seine. Il compte mentalement : Un, deux... A trois, je me lève. Il se lève comme un diable :

— Monsieur Drieu ?

Le mouvement a été si rapide et désordonné que la serviette est tombée par terre et que l'autre a sursauté. De crainte ? C'est possible car Albert a mis la main dans sa poche pour en sortir l' « arme secrète », l'enveloppe où se trouvent les feuillets pliés, qu'il tend à son interlocuteur en disant :

— Pour vous, monsieur.

Désormais il n'a plus peur. La bouche encore un peu sèche, il se met à parler. Les mots arrivent naturellement à ses lèvres. Pas une phrase ne manque à l'appel. Il les a repassées plusieurs fois dans sa tête. Maintenant il les entend comme si c'était un autre qui les débitait à sa place. Cet autre ne manque pas de culot. Il a lu tous les livres de Drieu — du moins il le prétend — et parmi eux, c'est *La comédie de Charleroi* et *Feu follet* qu'il préfère. *Gilles* aussi évidemment quoique, il faut l'excuser, il se trompe peut-être mais il lui semble qu'il y a trop de discussions politiques dans ce roman. Bref, Albert a écrit quelque chose, c'est ici dans l'enveloppe. Non pas une étude, ce serait prétentieux, des réflexions plutôt, une sorte de journal qu'il a tenu pendant plusieurs mois... Ce qui l'épate, il le racontera plus tard, c'est la patience de l'écrivain qui l'écoute sans bouger, le regarde de ses yeux bleus un peu tristes puis, quand le jeune homme a terminé, il range l'enveloppe dans la poche intérieure de son manteau, il dit :

— Je vous lirai, monsieur. Avez-vous mis votre adresse ?

Oui, non, Albert ne sait plus. Il griffonne son nom sur le bulletin d'abonnement, ajoute l'adresse de la rue de Vaugirard, celle de Périgueux. Il faudrait expliquer qu'il habite la province. Il n'est à Paris que pour quelques jours. Drieu est parti.

La fille « sensass » dont Michel a parlé s'appelle Thérèse, Thérèse Molner. Un prénom qu'Albert n'aime pas parce qu'il fait vieux. Il n'aime pas non plus son habitude de fumer au lit, au restaurant — comment se procure-t-elle autant de cigarettes ? —, ni de poser les coudes sur la table. C'est vulgaire, surtout pour une femme. Qu'est-ce qui lui plaît en elle ? Rien à première vue. Ils se sont rencontrés au cours Simon où se déroulaient les auditions de printemps. Le Maître y invite des gens du spectacle, metteurs en scène et cinéastes, quelques journalistes spécialisés aussi. Une occasion de mettre en valeur certains de ses sujets les plus doués.

Grâce à Michel, Albert a pu se glisser dans la salle, parmi les élèves qui font la claque et vibrent sans vergogne à chacune des scènes représentées. On devine pourtant par leurs réactions à qui s'adressent les préférences des spectateurs. Michel a choisi les stances du *Cid*, un morceau casse-gueule selon Thérèse. Dès qu'il apparaît sur le plateau, éclairé par un seul projecteur, vêtu d'une chemise blanche, d'un collant noir — il ressemble à Hamlet, chuchote une fille —, qu'il prononce à voix basse, presque inaudible, les premiers vers :

Percé jusques au fond du cœur
D'une atteinte imprévue aussi bien que mortelle...

un silence quasi religieux s'établit dans le public.

Michel ne joue pas l'émotion. On le dirait insensible, presque inerte. Il laisse échapper les mots de sa bouche comme une musique et on comprend peu à peu que c'est uniquement par cette musique qu'il exprime les différents sentiments du personnage. Il en augmente le volume, en modifie le timbre, la rend éclatante ou sourde, sans jamais la soutenir ou l'orner par des gestes, des mimiques. Les seuls mouvements qu'il se permette, c'est d'avancer de quelques pas, parfois de détourner les yeux, d'incliner la tête, comme si Rodrigue n'avait plus la force de supporter le poids de son amour pour Chimène, le désespoir d'avoir à la perdre. Quand il lance la strophe finale, il est arrivé au bord de la scène. Il a retrouvé toute son ardeur guerrière, il annonce sa décision d'une façon naïve, comme si c'était naturel d'aller tuer le père de sa maîtresse. La lumière s'éteint et, pendant les secondes qui suivent, on a l'impression que la musique des vers continue de résonner dans la salle.

C'est un triomphe. Albert n'est pas le dernier à applaudir. Il admire le talent du comédien mais ce qui l'excite, c'est une idée qu'il a eue pendant que Michel récitait son texte. Une idée sur l'art, sur sa nature, ses rapports avec la vie. Il garde la sensation d'avoir surpris un secret, une évidence qu'il n'arrive pas à formuler. Il faudrait en parler avec Michel, qu'il revoie dans son esprit les différents moments de l'audition. Au début, Albert avait été déconcerté par cette manière de jouer, ou plutôt de ne pas jouer. Elle lui paraissait fabriquée, artificielle. Ensuite la vérité des mots s'était imposée à lui comme aux spectateurs qui l'entouraient. Il se demandait comment un jeune homme de vingt ans, comme Michel, dépourvu d'expérience, apparemment sans aventure sentimentale d'importance, était capable d'exprimer une passion d'une telle profondeur. Or ce n'était pas lui qui s'exprimait, voilà le mystère. Ce n'était pas Corneille non plus, du moins sous cette forme alambiquée du vers, c'était quelque chose d'autre qui les dépassait tous les deux, existait indépendamment de l'auteur et de l'interprète. Une réalité qui n'avait rien de commun avec celle de tous les jours dans laquelle ils vivaient. Quelle chose ? Quelle réalité ? Arrivé à ce point de son raisonnement, Albert perdait pied, restait en carafe, gardant seulement dans la tête le souvenir d'une révélation, comme un éclair dans la nuit.

— Vous êtes encore sous le charme, lui dit Thérèse.

Albert sourit sans répondre. Il vient de découvrir ce qui lui plaît dans cette fille. Une ressemblance lointaine avec la jeune femme de l'exode qu'il avait rencontrée, un soir de juin, en revenant de Chantenac. Thérèse a les mêmes reflets roux dans les cheveux, une façon exaltée (ou provocante) de les rejeter en arrière, de cambrer le buste en faisant saillir les seins sous le corsage. On aurait pu en suivre les contours avec la main. Elle ne doit pas porter de soutien-gorge, pense Albert. Réflexion qui le plonge dans une rêverie érotique.

Ils prennent un verre au *Villars*, une brasserie proche du cours, où les élèves ont l'habitude de se retrouver. Michel les rejoint, tout émoustillé par les compliments qu'il vient de recevoir, l'entrevue avec un metteur en scène en renom, celui des *Visiteurs du soir*.

— Un petit homme sympa, dit Michel, qui n'a pas l'air de se prendre au sérieux. Pour son prochain film, il me fera faire un bout d'essai. Tu te rends compte ?

— Je passerai un écho dans le prochain numéro, dit Thérèse. J'annoncerai la naissance d'un nouveau Gérard Philipe.

— C'est la gloire, dit Albert.

Il a reçu la lettre à en-tête de la *N.R.F.* quelques jours plus tard. Avant même qu'il la décachette, le concierge de la rue de Vaugirard l'a averti que le Supérieur désirait le voir. Le Père Briot aurait-il des observations à lui faire sur sa conduite ? Depuis le début de la semaine — la troisième qu'il passe à Paris —, Albert ne rentre plus coucher rue de Vaugirard. Il dort chez Thérèse (façon de parler), dans un studio, sous les toits, qu'elle habite rue Norvins à Montmartre. En face de l'immeuble il y a une galerie de peinture. Le premier soir où il a raccompagné la jeune femme, il s'est arrêté devant la vitrine. On distinguait à peine les tableaux dans la pénombre mais, pour Albert, c'était un moyen de retarder l'instant décisif. L'une des toiles représentait des personnages costumés — difficile de discerner à quelle époque ils appartenaient — réunis dans une clairière. Ils avaient l'air de jouer la comédie.

— Si j'avais de l'argent, je l'offrirais à Michel.

— C'est un « naïf », avait dit Thérèse en citant le nom de l'auteur (Barbot ou Barbin ?). Tu aimes la peinture ?

— Oui mais je n'y connais rien.

Elle avait commencé par là, elle. Entrée aux Beaux-Arts à dix-huit ans, avant la guerre, dans l'atelier d'un certain Devambez, elle s'était vite aperçue qu'elle n'avait aucun talent :

— De créateur j'entends. Je copiais, c'est tout. Au fond c'est le travail des autres qui m'intéresse.

A ce moment ils étaient déjà dans l'escalier, tous les deux. Cinq étages à grimper pour atteindre le paradis. Entre deux arrêts de la minuterie, Albert avait le temps d'admirer les jambes qui se déplaçaient devant lui, fuselées comme celles d'un coureur, l'ondulation de la croupe dont on devinait la souplesse, la fermeté. Plus tard il se demanda pourquoi les choses avaient été si faciles entre eux. Pas de coquetterie ni de fausse pudeur, juste ce qu'il faut d'attente pour aiguiser la faim. Il ne se sentait pas dépaysé avec Thérèse. L'impression qu'il savait tout de son corps alors qu'il le découvrait. C'était le sien ou plutôt le complément du sien qu'il déshabillait. Le corps dont il rêvait sous une autre forme. Il en connaissait le toucher, l'odeur, les creux et les courbes, même les imperfections, les seins par exemple, qui faisaient illusion sous l'étoffe. Ils tenaient dans la paume de la main. Des seins de jeune fille, dont la pointe rebiquait, rose, granuleuse comme...

— Comme quoi ? demandait Albert. Que disent-ils, les poètes ? Comme une framboise ? J'adore les framboises.

Il faisait semblant de les manger. Des niaiseries de ce genre.

— Moi, j'aime les garçons, disait Thérèse. Pas les hommes, les garçons. Ils ont la poitrine lisse, le ventre plat...

Elle en détaillait les richesses avec la langue, baisait chaque coin de peau, à droite, à gauche, s'attardait autour du nombril, descendait peu à peu, atteignait les poils du pubis, le sexe tout droit qu'elle enrobait de salive, on aurait dit un fourreau de soie qui allait, venait, tandis qu'Albert poussait de petits cris, se mordait les lèvres, agrippait la chevelure de Thérèse comme s'il voulait lui faire lâcher prise.

Après, ils s'accordaient un peu de repos. La jeune femme se moquait de lui sous prétexte qu'il avait un air alangui. Elle l'appelait son « odalisque ».

— Tu aimes qu'on t'aime, toi, disait-elle.

— Personne ne m'aime, répondait Albert.

— Pauvre chou !

Thérèse une fois endormie, Albert se mettait à réfléchir. Le jour était levé, il passait à travers les rideaux, baignait la pièce dans une lumière douce, propice à la méditation. Le jeune homme remontait le drap, en recouvrait sa compagne. Le corps satisfait, il éprouvait une sorte de jubilation, de tranquillité d'esprit. Etait-ce l'amour ? Le plaisir plutôt, qui résulte d'une fonction bien accomplie, comme on le dit d'un bon repas, d'une bonne nuit. On dit aussi que la chair est comblée. De quoi ? De frissons, de caresses, avec ses milliards de cellules en émoi, de la pointe des orteils au cerveau. Comment un simple contact, une présence — ou seulement l'idée de ce contact ou de cette présence — peuvent-ils provoquer une telle excitation ? On parle souvent d'âmes sœurs. Il existe peut-être la même fraternité entre les corps. Des corps se reconnaissent à travers le temps et l'espace. Ils essayent de se confondre.

Dans l'étreinte, il y avait toujours un instant, juste avant le spasme, où Albert perdait conscience de lui-même, de ce qu'il faisait. Il entrait dans un trou d'ombre, à la poursuite de quelque chose, un point, une lumière qu'il ne voyait pas mais qu'il sentait. Le point lumineux fuyait devant lui, il n'arrivait pas à l'atteindre. Au dernier moment, il retombait sur terre, dans le lit de Thérèse, délivré mais un peu déçu. Il se demandait si la possession physique n'était pas un leurre, comme le reste. Grande découverte, pour son âge.

Le Supérieur n'avait pas de reproches à lui adresser. C'était Dieu. Dieu s'exprimait par sa bouche en annonçant à Albert que le Père Henriet était hospitalisé à Bordeaux, dans un poumon d'acier. Un enchaînement fatal, des soins tardifs, une erreur de diagnostic — on avait pensé à une méningite — et quand le mal est identifié, la polio, il est trop tard, l'infection a gagné les voies respiratoires.

— Seul un miracle..., dit le prêtre.

Quel miracle ? La prière, l'amour ? Si Albert ouvre la bouche pour prier, Dieu fermera les oreilles. Quant à son cœur, il est plein d'ordures.

Le jeune homme reste silencieux. Il regarde la pièce comme s'il voulait en fixer chaque détail dans son esprit. La bibliothèque, à droite, dont on voit briller les reliures derrière la vitre, à gauche, un prie-Dieu en bois sculpté, recouvert de velours rouge, avec une étole posée sur le dossier. Devant lui, le bureau où se tient le Père Briot, assis, la tête penchée. Des livres, des papiers sont disséminés sur le meuble, un crucifix d'ivoire posé au milieu, dans la lumière de la lampe, car il fait sombre déjà, malgré la saison. On vient de rétablir le courant. Il est six heures de l'après-midi.

— Je sais que vous l'aimez beaucoup, mon enfant.

Lui, l'aimer ? La phrase n'a pas de sens. Si Albert l'aimait, Henriet ne mourrait pas. Tous les jours qu'il venait de vivre, il les avait vécus contre lui. Chaque geste, chaque pensée étaient autant de coups qu'il lui portait. Albert avait changé de camp, il s'était mis au service de la chair, n'aspirait qu'à des satisfactions matérielles, les deux pieds englués dans la terre, tandis que l'autre, il posait à peine sur le sol, il avançait les mains nues, les bras ouverts, il brûlait son corps, sa vie et quand il ne resterait plus rien à brûler, il deviendrait un petit tas de cendres, on soufflerait dessus. Henriet aurait vécu.

— Je vais partir, dit Albert. Ce soir.

— Comment ferez-vous à la gare ? Il faut des tickets d'admission pour prendre le train.

— Je me débrouillerai.

Il voudrait déjà être loin. Il ne se décide pas à bouger. Il fixe des yeux les deux manches de la soutane du Père Briot, appuyées sur le bureau. Elles sont luisantes comme celles d'Henriet, un peu élimées du bout. Il a envie de les toucher. Il demande :

— S'il vous plaît, est-ce que je peux me confesser ?

Albert n'a ouvert la lettre qu'au dernier moment, une fois installé dans le train. Un moyen d'éviter un obstacle supplémentaire à son départ. Supposons qu'on lui fixe un rendez-vous à la *Revue*, aurait-il le courage de refuser ? Avec Thérèse il a déjà usé toutes ses forces. Il ne lui disait pas : « Je pars » mais : « Je vais revenir. » A Michel aussi, pour ne pas paraître inconséquent dans sa conduite. Michel qui ne comprenait pas pourquoi la maladie d'un prêtre entraînait une telle précipitation.

— Il est perdu, disait Albert. Il va mourir. C'est sûr.

— Raison de plus. Tu risques d'arriver trop tard et pendant ce temps-là, tu rates peut-être une occasion.

Albert ricane. Une belle occasion de vivre, c'est Henriet qui l'a ratée. Il a vingt-neuf ans.

— Il faut savoir ce qu'on veut, dit Michel.

La passion, l'amour du métier, parfois c'est la mort.

Thérèse lui a procuré une fiche d'admission. Les rédactions en ont toujours quelques-unes en réserve pour les reportages :

— J'ai dit que tu allais travailler pour nous.

Est-ce qu'elle est émue ? Elle allume une cigarette :

— Mon odalisque, tu es tout chamboulé.

— Je vais revenir, répète Albert.

Une dizaine de lignes dactylographiées et la signature manuscrite de Drieu la Rochelle qui ressemble à un serpent. On donne du « cher monsieur » à Albert et on termine par des « sentiments cordiaux ». Entre les deux, il reçoit des remerciements (et même des félicitations) pour son étude jugée « sensible et perspicace », malgré certaines erreurs d'appréciation. On aimerait en parler avec lui plus longuement. Qu'il vienne donc un de ces prochains mercredis rue Sébastien-Bottin, entre seize et dix-neuf heures, jour de réception de la *Revue*.

Pourquoi avoir montré la lettre à Marc ? Par gloriole, pour lui prouver qu'il était bon à quelque chose ? Résultat, une belle colère — « Comment osestu parler à ce salaud ? » — dont les éclats empoisonneront le séjour à Bordeaux.

Depuis le départ, chaque heure qui passe a pris une figure de cauchemar. La chaleur dans le wagon où les gens sont entassés, les lumières en veilleuse, les rideaux tirés. Albert est au milieu du couloir, soumis aux courants contraires des voyageurs à la recherche d'une place, les paquets heurtant les jambes, les coups de pied sur les chevilles et, dans le crâne, les images de Thérèse, le goût de sa peau sur les lèvres, certains gestes précis qui lui reviennent à la mémoire comme une douleur, un élancement. Chaque fois il essaye de les chasser par un mouvement puéril, il secoue la tête, la cogne contre la barre d'appui. On dirait qu'il veut en faire tomber les « mauvaises pensées ».

Au passage de la ligne, c'est l'attente interminable, l'inspection des pièces d'identité par des feldgendarmes sourcilleux (l'époque n'est pas à l'indulgence) qui interrogent, fouillent les bagages, les portefeuilles, comptent les billets, frappent aux portes des toilettes : « *Raus ! Kontrolle !* » Arrivera-t-on jamais ? On arrive, au petit jour, sous un ciel serein, un soleil tout neuf qui rendent plus tragiques l'animation de la ville, le va-et-vient de la foule, le bruit, les couleurs, les rires. Personne n'a l'air de se douter que la mort existe dans ce pays.

A l'hôpital où Albert se présente à huit heures, on lui refuse l'entrée du service. Le matin, les visites sont interdites, qu'il revienne plus tard. Mais plus tard, c'est trop tard, il en est certain. C'est une question de minute, il l'a demandé à Dieu, il a tout quitté pour arriver à temps, qu'Henriet ne meure pas, qu'Albert puisse le voir, une dernière fois, bouger la tête, tourner les yeux vers lui, qu'il saisisse le fil avant qu'il ne casse ! Il a besoin de savoir, de comprendre. Quoi ? Qu'est-ce qu'on lui cache ? Il interroge les visages, interprète les silences. Il s'obstine, crie, supplie, ridicule dans ses vêtements fripés, les yeux rouges, les joues sales de barbe, dans ce hall qui sent le formol et les pansements, avec les malades qui se promènent en robe de chambre — ils marchent, ceux-là, ils sont vivants —, les chariots, les blouses blanches des médecins, fantômes de la science, sans regard et sans voix. Albert s'assoit sur un banc, la valise à ses pieds, il attend. Il ne bougera plus.

A dix heures, un interne est venu le chercher. Il explique que monsieur l'abbé est dans le quartier réservé des contagieux. Albert ne sera pas admis dans sa chambre mais qu'il se rassure, il pourra voir le malade et même lui parler. Un dispositif le permet. Le Père est-il conscient ? Le médecin ne répond pas. La poliomyélite est une affection virale, dit-il. Il en expose le mécanisme auquel Albert ne comprend rien.

On entre dans une petite pièce dont l'un des murs est remplacé par une vitre. De l'autre côté, Albert aperçoit un appareil en tôle, de forme semi-cylindrique, qui recouvre le lit. Où est le malade ? On ne le voit pas, le corps déjà escamoté, sauf la tête qui dépasse à l'extrémité du cylindre. Elle paraît toute petite, celle d'un enfant reposant sur l'oreiller. On se sent mal à l'aise, comme si l'on surprenait un spectacle défendu ou obscène. Ainsi accoutré, le prêtre n'a plus figure humaine. Il ressemble à ces êtres grotesques (diables, succubes) qu'on voit dans certains tableaux du Moyen Age, le corps transformé en brouette ou en tonneau.

Le médecin est parti. Il a dit : « Je vous laisse » après avoir indiqué le moyen de communiquer avec la chambre. Albert s'approche de la cloison vitrée. Rien ne bouge sur le lit. On reconnaît à peine le visage. Les yeux sont fermés, deux trous d'ombre sous le front et, au-dessus, la mèche qui retombe en accroche-cœur. Que lui dire ? Ce n'est pas ainsi qu'Albert avait imaginé la scène. D'abord il n'y avait pas toute cette machinerie, il pouvait entrer, s'asseoir au chevet d'Henriet. Il lui prenait la main, lui disait : « C'est moi, mon Père, vous me reconnaissez ? » L'autre tournait les yeux vers lui, souriait. Tout de suite un peu de couleur lui venait aux joues. C'était de vraies retrouvailles au seuil du mystère. Un dialogue s'engageait entre eux. Henriet parlait à mi-voix, il écoutait Albert, répondait à ses questions. Le jeune homme avait toujours espéré cet instant où il pourrait s'ouvrir en deux, se montrer tel qu'il est. Peu à peu la lumière se faisait dans son esprit. Il voyait ses jours s'éclairer, une route se dessiner au milieu de la campagne, « le chemin de la vie » comme on le chante dans les veillées. Albert y marchait d'un bon pas, il retrouvait la force, la confiance, il n'avait plus de doutes. Que d'occasions perdues depuis qu'ils se connaissent, que de silences entre eux ! Maintenant il est trop tard, le silence sera éternel. Que faire de sa vie ? Henriet ne lui dira pas son secret.

Le docteur Jousseaume ressemble à sa sœur, Mme Allaines, par la taille mais en plus enveloppé, la figure rebondie, les gestes vifs ; quand il marche, on dirait qu'il roule. C'est un célibataire ou un veuf, Albert ne sait pas très bien, en tout cas un homme seul qui accueille l'ami de son neveu avec gentillesse, lui offre l'hospitalité le temps qu'il faudra :

— C'est une terrible maladie, mon petit.

Albert doit prévenir ses parents, expliquer sa présence à Bordeaux. Il pense aussi écrire à Thérèse. Il recommence plusieurs fois la lettre qu'il n'enverra pas. Marc est énervé à cause de son concours dont il a déjà passé plusieurs épreuves. Il attend les résultats de l'écrit. D'où son humeur instable, ses coups de gueule à propos de Drieu la Rochelle « qui a publié des articles ignobles sur les juifs ». Il ne comprend pas l'attitude d'Albert mais « n'en parlons plus ». En revanche, il ne tarit pas d'éloges sur le Père Henriet. Grâce à lui, Marc a obtenu des nouvelles sur le sort de son père qui n'a pas été fusillé, quel soulagement ! On l'a jugé dès son arrestation, envoyé dans un camp en Allemagne. On ignore lequel. Henriet lui-même aurait failli être pris s'il n'était pas tombé malade juste à ce moment-là :

— Sais-tu ce qu'il faisait en douce, dans son collège de curés pétainistes ? Il fabriquait des fausses cartes d'identité. Personne n'était au courant bien sûr. Un jour, trois policiers se pointent à Saint-Joseph et interrogent le dirlo. Ils restent une semaine planqués dans la loge du concierge, à surveiller les entrées et les sorties. Les élèves rigolaient mais les parents pas du tout et les profs encore moins. Les chleuhs n'ont rien trouvé. Avant de partir, le Père avait liquidé son matériel et prévenu ses correspondants.

Comment a-t-il appris cette histoire, Marc ?

— Par Malescot. Il m'a tout raconté.

Il connaît Malescot ? Oui, il l'a rencontré au collège une fois. Albert ne s'en souvient pas ? Depuis, le garçon lui écrit régulièrement, il est même venu à Bordeaux. Il ignore pourquoi. Il a choisi Marc pour confident. Il lui demande des conseils.

— Il y a beaucoup de jeunes dans son cas. A quinze ans, ils se posent des questions. On leur bourre le crâne avec le Maréchal, la défense de l'Europe, la croisade contre le communisme mais ça ne marche pas. Ils cherchent où est la vérité.

— Tu la connais, toi, la vérité ?

— La mienne, oui.

Le Père Henriet est mort deux jours après l'arrivée d'Albert à Bordeaux.

Aux funérailles, la famille est représentée par un couple de vagues cousins qui prennent un air de circonstance, l'Oratoire par le Père Briot. Saint-Joseph a délégué deux ou trois prêtres et la troupe des scouts au complet. A la fin du service, ils chanteront le *Chant des adieux* en formant la chaîne avec leurs bras entrecroisés. Malescot est venu, accompagné de quelques élèves de sa classe. Il salue à peine Albert, se tiendra aux côtés de Marc pendant la cérémonie.

De cette journée Albert ne gardera qu'une vision. Le matin où il s'est rendu à l'hôpital pour assister à la mise en bière. On a placé le corps dans un cercueil de plomb. Henriet y repose en soutane et en surplis, les mains jointes sur un chapelet. Son visage a retrouvé son expression d'autrefois. Il a un air confiant, tranquille. Chacun des assistants se penche pour le contempler. Ensuite un ouvrier fixe le couvercle. Il prend un chalumeau, tourne la manette d'un tube d'acétylène. On entend le bruit du gaz qui s'échappe et, tout de suite après, on voit la flamme s'élever puis un crépitement d'étincelles et l'homme commence à souder le cercueil.

A cet instant, Albert a senti quelque chose s'effondrer en lui, comme si une barrière craquait sous le poids des souvenirs. Une masse de mots usés, d'images perdues, pareille à un torrent qui le submerge. Il suffoque, incapable d'arrêter ce flot qui monte dans son corps, inonde ses yeux, coule sur ses joues. L'impression qu'il se vide, qu'une partie de sa mémoire le quitte, qu'il ne reverra plus. Cela dure le temps de l'opération. Quand le vacarme s'arrête — le chalumeau éteint, le cercueil clos —, Albert redresse la tête qu'il a enfouie dans ses mains. Il regarde autour de lui. Rien n'a changé dans la pièce mais Henriet n'est plus là. Que faire de sa vie ?

Le soir, Albert a remercié le docteur Jousseaume pour son hospitalité.

— Tu pars déjà ? demande Marc.

— Il le faut. Donne-moi vite de tes nouvelles. J'espère bien que tu seras reçu.

— Et toi, qu'est-ce que tu vas faire maintenant ? Tu comptes retourner à Paris ?

Albert hésite. Il répond :

— Je ne sais pas. (Il le sait très bien.)

Marc l'a accompagné à la gare. Les deux amis bavardent sur le quai, parlent de choses et d'autres. Lucie est à Brantôme — oui, elle va bien —, sa mère, dans une maison de repos, près de Périgueux — oui, elle va aussi bien que possible.

Quand le train est entré sur la voie, ils se sont embrassés. Le cœur n'y était pas.

— A bientôt ! a crié Marc au moment du départ.

Albert lui a fait un dernier signe de la main par la vitre ouverte.

Plus tard, en regardant défiler le paysage dans la lumière du crépuscule, il pensait : « Ma jeunesse est morte. »

La nuit au « Tivoli-jardim »

(4)

Trois heures, c'est le mauvais moment de la nuit, le plus difficile à passer quand on veille. Les moribonds le savent bien. Ils attendent le lever du jour avec impatience, la fin de la traversée qu'ils ne vivront peut-être jamais. Ceux qui ne dorment pas se retournent dans leur lit. Ils cherchent le sommeil et ne trouvent que les soucis, les idées noires qui vont et viennent dans la tête comme des chauves-souris. Ou des papillons.

C'était une expression de Lucie. Elle disait à Albert quand elle le voyait songeur ou lointain : « Tu as encore tes papillons. » Une manière gentille de lui montrer qu'elle s'intéressait à son état ou plutôt qu'elle savait deviner en lui l'inquiétude, quelque chose d'insatisfait. Le seul moyen qui leur restait de communiquer entre eux comme autrefois : les allusions, les souvenirs, certains gestes comme celui de prendre Albert par le bras : « Viens, disait-elle, j'ai à te parler. » De quoi ? De rien ou presque mais le principal, c'était l'intimité de leurs échanges, la preuve qu'ils n'avaient pas de secrets l'un pour l'autre, transparents comme frère et sœur depuis le jour lointain où Lucie lui avait dit : « *Tu es à moi, bien à moi.* » Albert l'était encore. Pas de la même façon.

Elle l'avait surnommé « le furet ». Une histoire compliquée. Albert avait la manie d'expliquer l'étymologie des mots, les modifications qu'ils subissent à travers les siècles. Son côté prof, disait Marc dont les deux enfants, Antoine et Caroline, écoutaient les aventures de *caballus* qui devient *cheval* ou de *formaticum* métamorphosé en *fromage.* Albert leur enseignait aussi les tropes ou figures de style. Il avait inventé pour eux un conte : « La guerre des Zeugmas ». Pour se moquer de lui, Lucie imaginait qu'*Execourt* se transformait en *Iscourt* puis *Ilcourt.* Qui ? Le furet. Un peu tiré par les cheveux comme explication et désobligeante par-dessus le marché puisque *furet* (précisait Albert) vient du latin *fur* qui signifie *voleur.*

— Le latin, je m'en fiche, répondait Lucie. Pour moi, un furet, c'est quelqu'un qui cherche, qui met son nez partout. Tu es toujours fourré dans tes bouquins. Ça te va bien.

Après la mort de son père, Albert décida de faire peau neuve avec *Le Lys rouge.* Il aurait volontiers changé d'enseigne et choisi *Le Furet* à la place, si l'appellation n'avait déjà été prise par un confrère illustre du Nord. Ce qui n'empêcha pas l'ancien cabinet de lecture, voué aux ouvrages édifiants, d'acquérir dans les années soixante la réputation d'une librairie « intellectuelle ». Tout ce qui pense à Périgueux se devait d'y paraître. On y rencontrait la majorité du corps enseignant, quelques représentants des professions libérales, médecins ou avocats, des bourgeoises un peu snobs ou désœuvrées, beaucoup de jeunes gens. Les garçons commençaient à se laisser pousser les cheveux, les filles à prendre la pilule. Tous buvaient du Coca-Cola.

Un jour, un étranger entra dans le magasin et demanda M. Hubert La Salle.

— C'est moi, dit Albert. Vous me connaissez ?

Le voyageur a un sursaut comme s'il pensait : « Déjà ? » N'allons pas trop vite. Assis devant le bureau, il regarde la feuille où il a dessiné le petit bonhomme qui lui rappelle le souvenir d'une expérience de physique. Une tête, deux bras, deux jambes et le fil électrique passant au milieu du corps. Il a également ajouté une flèche pour indiquer le sens du courant et inscrit dessous : *la vie.* Ce qui paraît d'un symbolisme élémentaire. Chacun de nous est traversé par le courant de la vie mais le bonhomme d'Ampère n'est pas monsieur tout le monde pour le voyageur. Il a la figure du destin — c'est ainsi qu'il l'a compris, à l'époque —, il représente un certain genre d'individu, celui qui sait où il va, ne se trompe jamais de direction dans l'existence. Ce n'est pas de propos délibéré mais parce qu'il est ainsi fait, porté naturellement par le mouvement de la vie. Alors que d'autres, à cause d'un défaut de constitution, un manque d'esprit, de volonté ou pour Dieu sait quelle raison, échappent à cette force et se trouvent toujours en dehors du courant.

L'homme s'amuse à tracer un tableau synoptique sur une feuille blanche divisée en deux colonnes. En tête de chacune, il écrit respectivement *Marc Allaines* et *Albert Execourt.* Ils sont nés la même année, en 1922, à six mois de distance, Albert en avril, Marc en octobre. Tous les deux bacheliers en 1940 mais l'un a déjà pris de l'avance, c'est Marc, en obtenant le double bachot, Math Elem et Philo. Ensuite... Est-ce la peine de continuer ? Dans la colonne d'Allaines, il n'y a que des faits à inscrire, des faits et des dates correspondant aux différents échelons qu'il a gravis : ingénieur de Polytechnique, résistant, chevalier de la Légion d'honneur à titre militaire. On avait organisé une réception à Périgueux, en 46, au retour de son service en Allemagne. (A ce propos, Marc doit être au moins commandeur à l'heure actuelle. Une rosette sur canapé qui n'apparaît pas à la boutonnière du veston rangé dans la penderie.) Trois ans après, il réussit le concours de l'inspection des Finances. Il se marie. Chargé de mission au ministère de l'Economie. Protégé d'Edgar Faure, il hésite à se lancer dans la politique, choisit de suivre la carrière d'un fonctionnaire international. A cette époque, Allaines devient insaisissable, sans cesse en déplacement, il change de manières, de costumes, de train de vie, Lucie trimballée d'une ville à l'autre, campant dans des appartements trop vastes, mal chauffés, avec les enfants qui grandissent, elle qui écrit à Albert, lui demande de venir la voir : « J'ai besoin de toi, furet... »

Bon. Passons à l'autre colonne. Rien à noter ou si peu. Albert Execourt, libraire à Périgueux. Ce n'est pas un fait, c'est un état dont il a hérité. « Toi, tu ne bouges pas », disait Marc. Faut-il prendre en compte les désirs, les projets ? Albert éprouve du plaisir à se représenter la vie. Il l'a déjà vécue à moitié avant qu'elle se réalise. Du coup elle ne se réalise pas. Par exemple, il s'était fabriqué un pseudonyme avec le nom des cousins de Brantôme, Lasalle, coupé en deux pour faire plus distingué, comme le prénom Hubert qui sent son hobereau de province. Sous ce masque il se voyait publier des chroniques dans les revues parisiennes, assurer la critique littéraire d'un grand quotidien de province, *Le Provençal* ou *La Dépêche de Toulouse*, pourquoi pas ? Des articles féroces, des jugements sans appel feraient de lui un augure redouté. Plus tard on dirait : « Vous avez lu le dernier La Salle ? Quel éreintement ! L'auteur ne s'en relèvera pas. »

C'est Thérèse, la première, en 1943, qui lui avait conseillé de changer de nom pour signer ses notes de lecture dans *Comœdia*. Pourquoi ? Le sien lui paraissait-il ridicule ? Elle avait haussé les épaules sans répondre. Thérèse était une fille bizarre dont il ne pouvait plus se passer. Toute la journée était auréolée par la perspective (et les péripéties) de la nuit. La nuit à venir donnait une couleur à ses pensées, au décor de la rue, aux gens qu'il rencontrait. Le plaisir qu'on imagine agit par réfraction. De quoi est-il fait, impossible de le dire. C'est le mystère qui le rend incommunicable. Thérèse était mystérieuse. Albert le vérifierait bientôt.

Depuis que les séjours parisiens se multipliaient — il y en eut trois jusqu'au débarquement —, Mme Execourt menaçait de couper les vivres. Il fallait trouver des moyens de subsistance.

— Je connais un type à la Radio, avait proposé Thérèse. Il pourrait te confier des comptes rendus de spectacles ou de bouquins. C'est bien payé. Trois cents francs la pige.

— Radio-Paris, c'est les Allemands ?

— Mais non. Les Allemands s'occupent de l'information. Pour le reste, ils nous laissent tranquilles. On fait ce qu'on veut.

— Tu as déjà participé à des émissions ?

— Ça m'arrive. (Elle ne s'en était jamais vantée jusqu'à présent.)

Albert avait rencontré le type en question, un dénommé Arnout, pas très sympathique. Le genre gommeux qui se donne des airs, le ton sec, les yeux ailleurs. Il ne promettait rien. Un essai pour commencer. On verrait si le jeune homme a une bonne voix, de la présence, comment il se comporte devant le micro. (Tu parles ! Trop heureux, le cher homme, de tomber sur un pigeon comme Albert pour jouer les utilités artistiques dans sa radio de merde.) L'essai n'eut pas lieu — heureusement — parce que le jour du rendez-vous Albert fut bloqué dans le métro par une alerte L'heure tournait et quand il s'est présenté au bureau d'Arnout, avenue des Champs-Elysées, plus personne. Alors il a erré dans les couloirs, ouvrant des portes au petit bonheur. C'est ainsi qu'il est entré dans la cabine d'un studio où se déroulait l'enregistrement d'une émission.

Le voyageur pense à quelque chose soudain. Une idée qu'il a retrouvée. Il ne faudrait pas la perdre. Albert et Marc en avaient discuté souvent, des années plus tard. Cette idée que le Mal ne meurt pas, qu'il n'est jamais détruit, qu'il ne suffit pas de tuer la bête. C'est à partir du moment où elle est morte que le Mal se répand. Il renaît sous d'autres formes, une autre apparence. On le reconnaît à certains signes. La voix, par exemple, ou le ton, cette assurance avec laquelle le Mal proclame la vérité. Ou ce qui passe pour tel. L'astuce est là. Non pas de dire ce qui est vrai mais de rendre vrai ce qui est dit.

Ils étaient plusieurs dans le studio, quatre exactement, trois hommes et une femme, assis autour d'une table sur laquelle était placé un micro sur pied, garni d'une espèce de couronne métallique au sommet. Le speaker interrogeait un journaliste de *L'Illustration* sur son récent voyage en Allemagne. Quelles informations rapportait-il de son séjour au sujet de la vie des travailleurs français ? Il posait ses questions sans hésiter avec un mélange d'emphase et de familiarité distinguée qui passait pour le naturel à l'époque. L'autre répondait de la même façon, se référant parfois à une feuille de papier qu'il tenait sous ses yeux. Il ressortait du dialogue que nos compatriotes se portaient à merveille, pleins d'entrain, ardents à la besogne, ils découvraient avec ravissement la magnifique organisation des usines d'outre-Rhin. Douches, réfectoires, terrains de sport, rien n'était négligé pour assurer le bien-être et le rendement de l'ouvrier. Soit, mais qu'en était-il de leur moral ? se demandait le speaker avec une nuance d'inquiétude dans la voix. Nos Français ne se sentaient-ils pas seuls, dépaysés, loin de leur patrie ? Sans doute, car les loisirs, la culture, la pratique religieuse font partie également de la vie du travailleur. Qu'on se rassure. S'agissait-il de former un orchestre, une troupe théâtrale, une équipe de football, les volontaires ne manquaient pas. Ceux qui le désiraient pouvaient accomplir leurs dévotions dans certaines églises où des prêtres allemands étaient en mesure d'entendre les confessions en français. « En français ? », répétait le speaker incrédule. En dehors des activités culturelles, il y a les promenades du dimanche dans la campagne alentour dont certaines, aux environs de Berlin par exemple, ne sont pas sans rappeler nos paysages français. Chacun emporte son casse-croûte ou peut consommer sur place un *Stammegericht*... De quoi s'agit-il ? Le *Stammegericht* est un excellent plat de légumes fourni sans ticket dans tous les restaurants pour le prix de 0 mark 60.

Il y eut une interruption dans l'enregistrement à cause d'une fille dans la cabine, la cigarette aux lèvres, un chrono en main, qui appuya sur un bouton pour communiquer avec le studio et demanda s'il était indispensable de parler du *Stammegericht*.

— De toute façon vous êtes trop longs.

— Tu n'auras qu'à effacer, dit le speaker. On passe aux parents maintenant.

Personne ne prenait garde à la présence d'Albert qui se tenait immobile, près de la porte. Les deux techniciens bavardaient entre eux. La fille s'occupait de son minutage :

— Il vous reste un quart d'heure.

Bruit de chaises autour de la table où l'homme et la femme s'installaient devant le micro à la place du journaliste.

— Vous vous appelez Boudon, dit le speaker. Fernand et Madeleine Boudon. Vous habitez Asnières, rue des Bourguignons.

— Je préfère Marguerite, dit la femme. C'est mon prénom.

— Va pour Marguerite. Votre fils, c'est Martial. Il travaille à Francfort, dans une fabrique de chaussures.

— Dommage qu'il ne puisse pas nous en envoyer, dit l'homme en rigolant.

— Vous avez lu la lettre ?

Le speaker leur désignait un papier sur la table.

— On connaît notre métier, dit la femme.

— Qu'est-ce que vous faites ici ?

Arnout venait d'entrer dans la cabine et s'adressait à Albert.

— Je vous cherchais, dit Albert.

— Attendez-moi dehors.

Sitôt la porte refermée, Albert se sauva.

— Qu'est-ce que c'est, le Mal ? demandait Marc.

Les journaux publiaient des photos terrifiantes où, dans un décor de baraquements et de miradors, on voyait des monceaux de cadavres squelettiques emplir des wagonnets. Le lieutenant Julien portait maintenant des galons d'aspirant, engagé dans une unité d'artillerie de la Ire Armée française. Il avait obtenu une permission pour venir à Paris attendre le retour hypothétique de son père. La foule était rassemblée devant l'hôtel *Lutétia* où devait arriver le premier convoi des survivants. Une foule étrange, presque silencieuse, qui réprimait son impatience ou son anxiété, comme si le moindre geste, le moindre cri risquait de compromettre ses chances. Quelles chances ? L'angoisse était la même de voir ou de ne pas voir, d'espérer en vain ou d'être exaucé. Etait-ce la vie ou l'horreur de la vie qui allait apparaître ?

Les flics avaient barré le boulevard pour laisser le passage aux cars et aux ambulances. C'était des allées et venues continuelles où se mêlaient les uniformes de soldats, les voiles bleus des dames de la Croix-Rouge, les infirmiers avec des brancards ou poussant des fauteuils roulants. Les premiers débarqués étaient les plus vaillants, c'est-à-dire qu'ils marchaient, à petits pas, soutenus par des garçons en culottes courtes, portant un brassard de secouriste. Etait-ce des hommes ou des femmes qu'on voyait ? Des êtres sans âge ni sexe qui ne ressemblaient à personne, certains encore vêtus de leurs pyjamas rayés, d'autres enveloppés dans des capotes militaires ou des couvertures, le crâne rasé, le visage réduit à l'essentiel, la peau et les os, les yeux vagues, clignant sans cesse à cause de la lumière ou de l'agitation qui les entourait, tous ces regards fixés sur eux, ces têtes, ces corps vivants au milieu desquels ils avançaient, incapables de reconnaître une forme, une silhouette qui leur rappelle le passé ou seulement la vie.

Marc non plus ne reconnaissait personne. Il ne cherchait même pas à le faire, craignant de surprendre un détail, un indice qui jetterait le trouble dans son esprit, l'obligerait à supposer que dans l'une de ces apparitions vacillantes s'incarnait momentanément l'image de son père. Cela lui semblait plus insupportable (sur le moment, bien sûr, c'est ce qu'il avoua à Lucie et à Albert) que de le savoir mort, enfoui dans un charnier, dissous pour l'éternité. Il préférait le garder intact dans sa mémoire avec son grand corps, ses joues empourprées d'homme sanguin, ses rires, ses colères. Un père de légende dont on avait perdu la trace mais qui continuait de vivre quelque part dans le monde. Depuis le jour où Albert l'avait aperçu bousculé par les feldgendarmes qui lui donnaient des coups de crosse, « *Schnell! schnell!* », pour le faire monter dans le camion, Me Allaines avait disparu de l'existence terrestre. Il était peut-être ce vieillard, ce jeune homme, il pouvait avoir cette bouche noire, ces mains, ces jambes de squelette, en réalité il n'était plus de ce monde. Il fallait l'oublier, le chérir, ne plus jamais en recevoir de nouvelles. Marc voulait s'enfuir, être loin, pleurer ou se battre, car on peut tout imaginer dans sa tête, même les rêveries les plus folles, les cauchemars les plus sanglants, on peut tout accepter, même l'inacceptable. On ne peut pas le *voir*.

Mieux vaut l'absence, comme pour M. Rosenbaum, devenu transparent, insaisissable, un fantôme qui s'en va répétant dans les allées de Chantenac : « On s'amuse, les *onfonts* ? » Charlie parti en fumée (et quelle fumée !) dont les cendres et les miasmes suspendus au-dessus de nos têtes retombent peu à peu dans l'air que nous respirons.

C'est de là que date notre folie, sans doute.

— Qu'est-ce que c'est, le Mal ? disait Marc.

Albert se gardait bien de répondre. Il pensait : « Il est en nous. »

Au lieu de dresser le compte des années dans les colonnes de chacun, le voyageur devrait se demander comment — par quels gestes, quels mots — elles se sont insensiblement éloignées l'une de l'autre. Autant de traces impalpables inscrites dans la chair et qui la corrompent. Autant d'étapes franchies... Mais comment ? On ne se rend compte de rien. On est comme deux promeneurs qui marchent ensemble, on se parle, on se voit jusqu'au jour où les yeux se cherchent, où les paroles ne parviennent plus aux oreilles. On est perdu. Et encore non, on n'est pas vraiment perdu. On se retrouve, Marc en face d'Albert, ou à côté comme jadis, le menton posé sur l'épaule. Deux corps immobiles — on dirait deux pierres, deux statues, si près, si loin —, qu'il faudrait un miracle, un acte de démence pour qu'ils s'ouvrent enfin et se confondent.

A ce moment l'homme qui se tient toujours assis devant le bureau, hésitant ou abîmé dans ses souvenirs, est saisi de la même crise de désespoir que tout à l'heure, quand il bavardait avec Hilario et qu'à la suite d'une réflexion — laquelle ? — il s'était réfugié dans la salle de bains, penché au-dessus du lavabo, pour faire couler des larmes qui ne venaient pas. Cette fois il pleure sans difficulté. De gros sanglots soulèvent ses épaules, preuve qu'il ne refuse pas sa peine, ni ce qui la cause, prêt à tout supporter, même la vérité qui l'attend au bout de la nuit.

La vérité sur Thérèse, Albert ne l'avait jamais connue avec certitude. A son dernier séjour à Paris, dans la semaine du débarquement en Normandie, il n'avait fait l'amour qu'une fois avec elle, le soir de son arrivée. Un cadeau d'adieu. Il l'avait compris après. Alors que les Français célébraient dans leur cœur l'aube de la victoire, lui vivait sa défaite personnelle. Le contraste était amer. Pourtant il n'y eut pas de tristesse ni de mélancolie dans leurs rapports amoureux. Un certain automatisme plutôt qui aurait dû l'avertir. Où était passé ce sentiment de plénitude, cette jubilation intérieure après laquelle il courait, quand il était seul, loin de Thérèse, et qu'il imaginait la présence de son corps contre le sien, le grain de la peau, son odeur. Une telle faim qu'il lui arrivait de pousser des plaintes, la nuit, en se retournant dans ses draps, comme un enfant en proie aux cauchemars. Claudel avait parlé de « ce grand âne de Tristan qui brait ». Voilà ce qu'il était devenu, Albert : un âne qui réclamait son picotin !

En outre il avait mauvaise conscience. Les événements risquaient de le couper de sa famille, retenu à Paris pour combien de temps ? Les Alliés bombardaient les voies de communication, les maquisards faisaient sauter les ponts, dérailler les trains. Difficile de rejoindre Périgueux dans ces conditions. Où dormir si Thérèse lui fermait sa porte ? Michel était en Allemagne. Il ne restait que la maison de l'Oratoire. Albert avait le chic pour se mettre dans des situations ridicules. « C'est de ta faute, disait Thérèse. Tu refuses ce qu'on te propose. » Allusion à la radio où il n'avait pas voulu revoir le dénommé Arnout. Bonne fille, la journaliste repassait à Albert quelques « échos » à rédiger à sa place. A peine mieux payés que les comptes rendus de *La Petite Gironde.* Pas de chance non plus avec la *N.R.F.* dont Drieu la Rochelle avait quitté la direction. Albert n'osait pas tenter de nouvelles démarches rue Sébastien-Bottin. L'amour et la littérature filaient un mauvais coton. Les Allemands aussi. On voyait leurs troupes traverser Paris. Des tanks, des camions recouverts de branchages remontaient les Champs-Elysées. Les badauds installés sous les arbres les regardaient partir en souriant. On demandait aux Parisiens « dont la présence n'était pas indispensable » de quitter la capitale, à cause des difficultés du ravitaillement.

Un jour, Albert ne trouva pas Thérèse au siège de *Comœdia*, faubourg Montmartre. Avait-on de ses nouvelles ? En réponse à sa question, le geste de l'employé lui parut bizarre. Il agitait la main en l'air, façon de dire : partie, envolée, Mlle Molner. Où ? Mystère.

« Avec ses amis, sans doute. » Quels amis ? Albert se sentit rougir. C'était le comble ! Il avait été l'amant d'une femme qui partait avec les Allemands. Une espionne, peut-être ? (Tout de suite, les grands mots.) A moins que ce ne soit le contraire. Une résistante qui cachait son jeu ? Mieux valait ne pas approfondir. Si Marc l'apprenait, quelle sérénade !

A force de griffonner à droite et à gauche, l'homme n'a plus de papier disponible sur le bureau. Il doit noter ses idées à mesure, pour ne pas les perdre. Il reprend une feuille dans le sous-main et le fil de son discours intérieur. Tiens, voilà l'exemple d'un *zeugma*. Albert avait toujours quelque chose à expliquer. Une vocation de pédagogue qu'il exerçait avec les enfants de Marc et de Lucie. Il prétendait que l'enseignement ne se pratique pas sans le désir. Un désir diffus qui n'est pas forcément sexuel. (Heureusement, disait la mère.) Il s'adresse à ce qui est beau et malléable dans la jeunesse. La jeunesse ressemble à une nébuleuse, une sorte de rêve en formation dans lequel on veut se perpétuer, imposer sa marque, sa présence. Un prof sans désir (disait Albert), est comme une lampe sans huile. Une mèche qui charbonne et n'éclaire pas.

Le garçon, Antoine, devait avoir sept ans, cet été-là, Caroline quatre. Chacun avait sa chambre au premier étage de la maison. Deux petites pièces aux murs chaulés, pavées de tommettes rouges, avec des fenêtres étroites comme des meurtrières. On aurait dit des cellules de moines. Un lit de fer, une table de nuit, une chaise de paille, une toilette garnie d'un rideau de cretonne, avec le pot à eau, la cuvette, le seau hygiénique qu'on allait vider, le matin, dans le cabinet en planches, au fond de la cour. C'est rustique, disait Marc. Y avait-il l'électricité ? Oui, sans doute, mais dans la mémoire on garde le souvenir d'une lumière tremblante, comme celle d'une bougie ou d'une lampe à pétrole, qui éclairait les ours en peluche de Caroline, les dessins, les cartes de géographie, le globe terrestre dans la chambre d'Antoine. Antoine était passionné par la découverte du monde. Il imaginait des voyages en suivant du doigt les courbes des méridiens, franchissant les frontières et les océans. Il passait de longues heures, penché au-dessus de la mappemonde qu'il tournait des deux mains, posant des colles aux grandes personnes de son entourage : « Où se trouve São Paulo ? Vladivostok ? Canberra ? T'ien-tsin ? »

Le soir, les enfants dînaient dans la cuisine sous la surveillance de Lucie ou, le temps de son séjour, de la grand-mère Allaines. Les bruits du repas, les rires, les disputes parvenaient jusqu'à la terrasse où Marc et Albert sirotaient leur pastis à l'ombre de la glycine. En contrebas on apercevait des champs de vigne, plus loin la colline du village de Montségur derrière laquelle le soleil couchant découpait les ruines d'un château. Les couleurs changeaient de minute en minute, passaient du rouge à l'orangé puis elles s'éteignaient progressivement, laissant la place à une sorte de voile gris bleuté qui montait du sol, gagnait l'horizon peu à peu. La colline devenait plus sombre par rapport au ciel encore éclairé. Elle semblait toute proche avec ses maisons étagées sur la pente, dont les fenêtres s'allumaient une à une comme des signaux. Chacune disait : nous sommes la vie, nous continuerons de briller à travers les années, les guerres, les malheurs. Nous sommes là pour longtemps, jusqu'au jour où l'homme en aura assez de cette planète et la fera sauter. Alors la Terre volera en éclats, elle ira rejoindre les étoiles mortes dans le firmament.

— Je n'y crois pas, disait Marc.

Albert croyait à la menace, ce qui revenait au

même. Un autre soleil noir était suspendu au-dessus de la tête d'Antoine et de Caroline. Tant qu'il serait présent, les hommes ne pourraient pas vivre.

On l'appelait « la maison de Montségur » mais le village n'avait rien de commun avec celui des cathares. Il était situé à une dizaine de kilomètres de Valréas, dans l'enclave des papes. Marc avait loué cette ferme abandonnée pour une bouchée de pain. Il comptait l'acheter plus tard, entreprendre des travaux, en faire une maison de vacances pour ses enfants. « Quand ils seront plus grands, tu sais, il viendront avec leurs copains, leurs copines. »

Pourquoi n'être pas retourné à Périgueux plutôt, comme sa mère qui avait réintégré l'hôtel particulier des allées Tourny ? Marc répondait : « A Périgueux, *ils* ne me verront plus. » *Ils*, c'était les salauds qui avaient dénoncé son père. « Dix ans après la Libération, tous les pétainistes relèvent la tête. Je ne veux pas rencontrer leurs sales gueules. » Ce qui n'était pas aimable pour M. Execourt. « Ton père, ce n'est pas la même chose. Il est spécial dans son genre. A part la photo de Pétain qu'il a dû ranger dans sa cave en attendant des jours meilleurs, on n'a rien à lui reprocher. Mais ne me parle pas de Sergot et de son fils. Tu sais comment il s'en est tiré, lui ? Après le débarquement, au moment où ça commençait de tourner mal, il s'est engagé dans la gendarmerie à Bergerac. Voilà les pandores qui désertent et qui prennent le maquis. Du coup, Sergot s'est retrouvé du bon côté. Tout juste si on ne l'a pas décoré comme résistant ! »

Mme Allaines n'avait pas changé en apparence, sauf ses cheveux devenus poivre et sel. Toujours coiffée à la garçonne, avec la frange, les lunettes à monture d'écaille qui lui donnaient l'air d'une institutrice. Ça lui allait bien quand elle surveillait les devoirs de vacances d'Antoine. Elle s'exprimait avec lenteur, la bouche saisie parfois de tremblements. De près on distinguait une multitude de petites rides inscrites sur son visage, comme une résille.

Mme Allaines ne parlait jamais de son mari. Un portrait de lui, agrandi et embelli par les soins de l'Atelier d'art Fanlac, le photographe le plus réputé de la ville, était accroché dans le salon, ainsi que sa citation à titre posthume dans l'Ordre de la Libération.

A Périgueux, pendant l'hiver 46 — c'est Marc qui raconte —, sa mère se levait vers quatre ou cinq heures du matin. Elle sortait dans le jardin, seulement vêtue de sa chemise de nuit, elle restait immobile au milieu de l'allée, à grelotter et claquer des dents. Marc l'a surprise, une fois, elle s'est débattue, il a dû la ramener de force dans sa chambre. Elle criait : « Je veux savoir, je veux savoir ! » Ou bien elle refusait de manger. On la retrouvait dans la cuisine, toujours la nuit, en train de chercher des épluchures de légumes, des trognons de choux, des feuilles de salades dans la poubelle, avec le même refrain : « Je veux savoir. » Pareille aux déportés que son fils avait vus arriver à l'hôtel *Lutétia*, Mme Allaines montrait un visage absent, les yeux cernés de noir, la peau collée aux os. « J'ai cru qu'elle se laissait mourir, disait Marc. Et puis, un jour, tout s'est arrêté. Elle a repris une vie normale. Elle n'a plus prononcé le nom de mon père ni évoqué la déportation. Quand on l'invite à des cérémonies ou des réunions, elle n'y va jamais. »

C'était une maison curieuse où il y avait plusieurs escaliers pour communiquer avec les étages, dont un extérieur qui accédait aux chambres des enfants. De hautes marches, taillées dans la pierre, que Caroline montait à quatre pattes. « Ne t'approche pas du bord », disait Lucie.

Antoine était assis dans son lit, torse nu, le dos calé contre l'oreiller. Il avait replié ses jambes pour y appuyer son atlas. On le voyait tourner les pages avec précaution, se pencher dans le rond de lumière qui éclairait les planches coloriées. Il remuait les lèvres, murmurait des noms de villes ou de pays, parfois se grattait la tête ou sursautait à cause d'une mouche, d'un papillon de nuit qui se cognait à la vitre. A ce moment il apercevait Albert immobile dans le couloir. Il lui disait : « Viens voir », mais Albert ne bougeait pas. Il posait un doigt sur sa bouche : Ne réveille pas ta sœur. Caroline avait réuni autour d'elle l'ours en peluche, le canard et les deux poupées avec lesquels elle comptait entretenir une conversation. Elle serrait un chiffon de laine contre sa joue, accessoire indispensable du sommeil. C'est pourquoi, sans doute, elle s'était endormie au milieu de son discours.

Le regard d'Albert allait d'une chambre à l'autre. Il se demandait si c'était vrai, ces deux images qu'il avait devant les yeux. Elles semblaient hors du temps, comme un tableau arrêté de la vie, une représentation idéale de ce qui en fait le bonheur ou le mystère. On entendait, venant de la cour, les voix de Lucie et de Marc, le bruit de leurs allées et venues, le choc des assiettes qu'on disposait pour le dîner. Que rien ne bouge, pensait Albert. Que rien ne bouge surtout.

Pendant le séjour de Mme Allaines, Albert lui cédait la place et couchait dans une pièce voisine du cabinet de toilette et de la chambre des époux. L'inconvénient, c'est qu'il fallait la traverser pour rejoindre l'escalier et descendre au rez-de-chaussée. Le matin, quand il entendait Lucie se lever, Albert faisait semblant de dormir. Il se tournait vers le mur, remontait le drap jusqu'à la poitrine. C'est à peine s'il percevait le glissement des pieds sur le carrelage, le souffle d'air causé par l'ouverture de la porte. Un jour, il n'entendit rien. Dormait-il vraiment ? Non, car il sentit une présence derrière son dos puis le contact de deux lèvres sur son épaule nue. Il resta immobile, attendant un autre baiser qui ne vint pas.

Au petit déjeuner, Lucie avait son visage habituel. Elle demanda si Albert s'était bien reposé malgré son installation de fortune.

— J'ai même eu un réveil agréable, dit Albert.

— Ce soir, tu récupéreras ta chambre. Mamie s'en va.

C'était agaçant, cette incertitude. Allaient-ils se faire des cachotteries maintenant ? Ils n'avaient plus l'âge.

Lucie lui prenant le bras : « Viens avec moi, furet », c'était généralement vers six heures, en fin d'après-midi, pour aller chercher le lait et les œufs à la ferme. Un chemin d'herbes où Caroline marchait avec précaution en cueillant des fleurs de romarin. « Ne soyez pas trop longs », criait Marc. Il s'affairait autour de sa voiture, une « Dauphine » de couleur crème qu'il venait d'acheter. Toujours quelque chose à régler, le ralenti, l'allumage. Marc en profitait pour exposer à Antoine le principe du moteur à explosion. Antoine s'en fichait. Il préférait se consacrer à la construction de sa ville. Elle s'élevait dans un coin de la cour, faite de briques, de cailloux et de morceaux de planches qui figuraient les maisons et les monuments. « C'est plus le rêve d'une ville qu'une réalité, disait Albert. Un peu comme un roman qu'on a dans la tête. »

— Et qu'on n'écrit pas, ajoutait Marc.

En marchant, Albert sentait contre lui le poids du corps de Lucie. Ils avançaient du même pas, s'arrêtaient pour attendre la petite fille. De quoi parlaient-ils ? Presque toujours du passé, mais d'un passé heureux, celui de leur enfance. Elle disait : « Tu te souviens ? Le jour où je suis tombée à l'eau... » Elle citait souvent des scènes qu'Albert ne se rappelait pas, comment il s'était conduit avec elle dans telle circonstance, le chagrin qu'elle avait eu pour un cadeau oublié, une promesse qu'il n'avait pas tenue. Il s'apercevait qu'il vivait dans la mémoire de Lucie sous un aspect différent du sien (ou qu'il croyait être le sien). Il devenait un autre Albert, lointain, ombrageux, dont on ne savait jamais ce qu'il pensait. Et lui, comment voyait-il Lucie, à l'époque ? Comme une petite pimbêche qui n'avait d'yeux que pour Marc, son héros. « A la baignade, tu te souviens ? » Non, à la baignade, elle n'y allait pas. On ne mêlait pas les sexes en ce temps-là. A treize ans, Marc était le plus beau, le plus hardi. Le seul à monter sur l'écluse, à l'endroit où une retenue d'eau permettait de plonger. Il allongeait les bras au-dessus de sa tête, se lançait dans le vide. Albert en avait le frisson, le cœur serré, chaque fois qu'il voyait le corps de son ami disparaître dans la rivière. Et s'il ne remontait pas ?

La fermière s'appelait Mme Perrotin, une vieille tout en noir qui allait dénicher les œufs sous la paille, en compagnie de Caroline. Ensuite on versait le lait avec une louche. Il était couvert de mousse, pétillait comme une matière vivante.

Un soir, en revenant vers la maison, Lucie dit à Albert :

— C'est Marc que tu aimes. Depuis toujours.

— Toi aussi, je t'aime.

— Oh moi... Je ne compte pas.

Marc n'était pas jaloux mais il se sentait exclu de ces confidences entre sa femme et Albert, incapable de saisir la nature de leur complicité. Il essayait d'en inventer une à sa manière, demandait à Albert de l'accompagner en voiture à Valréas. Ils achèteraient des provisions. Pendant le trajet, il lui posait des questions :

— Tu as quelqu'un dans ta vie ? Une fille de Périgueux ? Je la connais ?

— Oui, non, répondait Albert.

— Pourquoi tu ne te maries pas ? Après, c'est trop tard. Tu ne vas pas devenir un vieux garçon ?

Les achats terminés, ils prenaient un verre sur la place, regardaient les boulistes jouer à l'ombre des platanes.

— Tu penses quelquefois au Père Henriet ? demandait Marc. Ça fait combien de temps qu'il est mort ? Presque dix ans.

— Un jour, après la messe du collège, il nous a dit : « Il y a des places à prendre. » Tu te souviens ? Il était déjà malade à ce moment-là. Qu'est-ce qu'il voulait ? Qu'on le remplace quand il aurait disparu ?

— Je n'aurais jamais pu porter la soutane, dit Marc. Toi non plus.

— Ce n'était peut-être pas nécessaire. Il suffisait de vivre comme lui.

Le dimanche, à Périgueux, quand Albert entrait dans une église, il se sentait comme un étranger. Il écoutait l'office, les chants, les prières qui lui rappelaient les heures de sa jeunesse mais rien ne le touchait. Les mots lui paraissaient vides. Ils se perdaient en route. Pas un n'arrivait jusqu'à lui.

— Où est-il, maintenant ?

Question idiote.

Au retour, on parlait du travail. Comment marchait la librairie ? Que devenaient les parents Execourt ? Maurice avait de l'angine de poitrine.

— Moi aussi, je suis cardiaque, dit Marc. Faiblesse coronarienne. C'est de naissance, paraît-il.

— Tu ne me l'as jamais dit.

— Parce que je n'en savais rien. C'est un toubib du ministère qui me l'a signalée. Rassure-toi, on peut vivre très vieux avec ça. Il suffit de se surveiller. Le tabac, l'alcool.

— Pas de colères.

— Pas de contrariétés non plus.

Peu à peu ils se retrouvaient. Une façon de plaisanter, de rester silencieux. Tout en conduisant, Marc posait la main sur le genou d'Albert, il lui donnait une tape amicale :

— Je t'aime bien.

Tout le monde s'aimait alors ? Comme jadis.

Marc parlait rarement du passé. Jamais de « Tu te souviens » avec lui. C'est Albert qui évoqua Michel, un soir après le dîner, à propos d'une discussion sur les artistes. (« Moi, je ne suis pas un artiste, disait Albert. — Qu'est-ce que tu en sais ? Etc.) Il prétendait qu'il avait eu cette révélation en écoutant le jeune comédien interpréter les stances du *Cid*. Il raconta la scène. Personne ne commenta.

— C'est bien à Pforzheim qu'on l'avait envoyé, dit Marc, au moment du S.T.O. ?

— Un nom comme ça.

— Parce que j'y suis passé, en 45, avec la Ire Armée. Pforzheim se trouve dans la zone d'occupation française. Une ville de cent mille habitants, pas loin de la frontière suisse. Elle a été rasée en vingt minutes, paraît-il. Bombes explosives et bombes au phosphore. Quand je l'ai vue, juste après l'armistice, vous connaissez les Allemands, toujours méthodiques et disciplinés, les rues étaient dégagées, les pierres, les briques empilées de chaque côté. C'était impressionnant parce que rien, aucune ruine ne dépassait un mètre, un mètre cinquante. D'une extrémité à l'autre, on pouvait voir la ville entière.

Dans l'obscurité, Marc ressemblait à l'homme invisible dont on ne distinguait que les vêtements, une chemisette blanche, un short de toile. Le reste, le visage, les bras, les jambes bronzés, se confondait avec la nuit. Sa voix aussi sortait de l'ombre.

— Pauvre Michel, dit Lucie.

Ils étaient condamnés à vivre avec des fantômes. Michel, Me Allaines, M. Rosenbaum, une constellation de corps évanouis, transfigurés, tournant autour d'un même soleil noir dont les rayons continueraient de les brûler.

« Qu'est-ce que c'est, le Mal ? » demandait Marc. Il regardait son ami devant la porte du collège Saint-Joseph. Son menton tremblait parce qu'il se retenait de pleurer. Comme Malescot, quand Albert lui adressait une remontrance. Malescot et ses deux mèches noires qui encadraient ses joues, sa voix chantante chaque fois qu'il poussait la porte de la librairie : « Salut, c'est moi ! » Pas besoin de parler de Malescot. On l'avait retrouvé, lui. Un maquisard en culottes courtes, le corps troué de balles, sur la route de La Jemaye à Saint-André. Il servait d'agent de liaison au lieutenant Julien. La bicyclette avait disparu. Les soldats sans doute, allemands ou miliciens.

Albert pensait : « Il m'aura tout pris. Lucie, Malescot. » *Il*, c'était Marc. Marc n'avait rien pris. C'est Albert qui avait tout laissé.

Au lieu de regagner sa chambre, après avoir souhaité bonne nuit à ses amis, Albert allait se promener. Le chemin qu'il prenait contournait la maison par-derrière, s'élevait à mi-pente sur une colline qui faisait face à celle de Montségur. On longeait une vigne, ensuite on entrait dans un sous-bois planté de pins et de chênes verts. Le sol était jonché d'aiguilles qui formaient un tapis odorant. Albert y puisait toutes sortes de réminiscences. Il ne songeait plus depuis longtemps à son projet d'écrire un essai sur les odeurs. Cela n'empêchait pas les images d'affluer. Les odeurs lui rappelaient ses premiers émois. Elles étaient aussi diversifiées, insaisissables que l'amour. Par exemple, quand il caressait Lucie dans sa chambre de Périgueux pendant les leçons de français, il se souvenait de la brise qui passait par la fenêtre, soulevait le rideau, se mêlait au parfum de la jeune fille. C'était comme une idée de fraîcheur, de verdure liée à son plaisir et qui le rendait innocent. Il avait eu la même impression, un matin en classe de philo où ils étaient assis côte à côte, Marc et lui. Un air léger qui venait de la cour par les vasistas ouverts, apportait l'odeur des arbres, les bruits du dehors, donnait aux paroles du professeur, qu'ils écoutaient sagement, une saveur poétique, une sorte de fièvre printanière, pareille à celle que les élèves éprouvaient en eux. Albert sentait la jambe de son ami s'appuyer contre la sienne, son bras nu toucher le sien. Etait-ce volontaire ou par inadvertance, à cause de l'étroitesse du banc ? Cela avait duré longtemps, presque une heure, jusqu'à la sonnerie annonçant la fin du cours, sans que l'un ou l'autre change de position. Dans son trouble, Albert avait pensé qu'ils ne faisaient qu'un, Marc et lui, un seul corps, une seule âme et que rien ne pourrait les séparer. Dans la vie comme dans la mort. Il l'avait écrit sur son carnet.

C'est ainsi qu'il les a vus, un soir, au retour de sa promenade, dans la cuisine de la ferme dont la fenêtre donnait sur le chemin. Un rectangle de lumière où se détachaient leurs silhouettes, Lucie de profil, en train de laver du linge dans l'évier, Marc assis à un coin de la table, le coude sur la toile cirée. Un tableau rustique qui respirait la paix, les travaux ménagers. Une lessive pour les enfants, sans doute, qu'on avait oublié de faire. Elle sécherait cette nuit, étendue sous le hangar. Marc tenait compagnie à sa femme, c'était naturel, tous les deux apparemment tranquilles dans l'éclairage de la suspension. Une lampe à abat-jour de porcelaine, qu'on pouvait monter ou descendre à l'aide d'un contrepoids. Antoine ne s'en privait pas, dans la journée. « Le fil est usé, disait Marc. Attention de ne pas prendre un coup de jus dans les pattes. — Attention Tony, répétait Caroline, attention au coup de jus dans les pattes ! »

Pourquoi Albert s'est-il arrêté ? Avait-il envie de les surprendre en venant s'accoter à la fenêtre pour se mêler à la conversation ? « Tiens, tu étais là ? » Au contraire, ça l'amusait de rester à l'écart, comme un témoin invisible. Un rôle qu'il avait souvent tenu dans la vie. Il regardait la scène sans y participer. Elle donnait l'impression du bonheur, c'est-à-dire de l'habitude. Un échange de mots, de gestes, de silences qui font le tissu des jours. Les deux époux devaient parler à bâtons rompus, comme les idées se présentaient à leur esprit. Bientôt ce serait la fin des vacances, le retour à Paris, le travail, l'école. En haut, les enfants dormaient dans leur chambre. Le calme berçait la maison.

Pourquoi Albert s'est-il approché ? Pour mieux entendre, se rendre compte de ce qui se passait ? A cause d'un mouvement de Lucie, un éclat de voix ? Elle s'était redressée, tordait un linge au-dessus d'une bassine en zinc, elle le jetait à côté d'elle et disait avec violence : « Non, ce n'est pas vrai ! Tu te trompes », ou quelque chose de ce genre. Marc avait ri, d'un méchant rire, plutôt triste, qui soulevait ses épaules d'une façon excessive, comme s'il se forçait. On ne distinguait pas les traits de son visage, parce qu'il tenait la tête penchée mais Albert, qui le connaissait bien, imaginait déjà l'air sombre, les narines dilatées, signes précurseurs de la tempête. Dans quelques instants Marc allait se lever, marcher à grands pas dans la pièce, il agiterait les bras, taperait sur la table en gueulant : « Non, non et non ! » C'est exactement ce qu'il faisait, de même que Lucie lui lançait : « Taistoi, tu vas réveiller tout le monde », et lui ricanant de nouveau : « Je m'en fous. Il peut bien se réveiller. Il entendra ce que j'ai à lui dire. » Marc tournait son regard vers la fenêtre. La lumière de la lampe découvrait son front, l'arête du nez, les plis de la bouche, auxquels le teint bronzé de la peau donnait quelque chose de figé. Un masque de terre cuite où ressortait le blanc des yeux. Des yeux d'aveugle. Marc disait : « Tu as couché avec lui ? », ce qui provoquait le rire de Lucie, cette fois. Elle poursuivait son travail, vidait la bassine, la remplissait d'eau. Le bruit empêchait qu'on entende sa réponse. « Tu as couché avec lui ? » répétait Marc. Elle disait : « Ce que tu peux être bête, mon pauvre ami, ce que tu peux être bête. »

Pourquoi Albert n'est-il pas parti à ce moment ? Qu'est-ce qu'il attendait ? Un miracle ? Qu'il se réveille d'un mauvais rêve et retrouve l'image du bonheur, le tableau lumineux, aperçu du chemin, découpé sur la nuit, où Marc et Lucie se recueillaient dans l'amour ? L'amour était un mensonge, le tableau en miettes, Marc et Lucie des inconnus. Voilà ce qu'il avait inventé, Albert, pour se défendre. Ce qu'il voyait n'était pas la réalité. Un simulacre, une illusion. Un homme et une femme dont il ignorait l'identité, ne comprenait ni les paroles ni les sentiments. Pourquoi se déchiraient-ils ? Il ne le savait pas. Par amour ? Par jalousie ? A cause d'un type ? Quel type ? « Un pauvre type, disait l'homme, un lâche, un bon à rien, un raté ! » Et comment s'appelait-il, ce raté ? Albert.

Plus tard, des jours ou des semaines plus tard, Albert prenait un verre, seul, installé à la terrasse vitrée de *L'Univers*. Il regardait les clients autour de lui, sans préoccupation particulière, quand il se rappela soudain une scène à laquelle il avait assisté à l'endroit même où il se trouvait. Cela remontait loin, à vingt ans peut-être, au temps de son adolescence. Il attendait l'arrivée de ses camarades, la « petite bande » comme on disait, Marc, les deux Girard, qui devaient le rejoindre avec Sergot à la sortie du lycée. Il avait remarqué la présence d'un couple devant le bar. La femme portait un manteau de fourrure, son compagnon un costume trois-pièces et une gabardine jetée négligemment sur ses épaules. Albert avait admiré leur grâce, leur élégance, en se demandant ce qu'ils faisaient là, au milieu de l'après-midi, dans cette brasserie déserte. A cause de leur âge, il les avait pris pour de jeunes mariés en voyage de noces, imaginant qu'un empêchement fortuit, une panne de voiture, par exemple, les retenait dans la ville, retardait l'instant où ils confondraient leur bonheur. Bref il avait échafaudé tout un roman à leur propos jusqu'au moment où, par des bribes de phrases, un geste, l'expression de leurs visages, il s'était aperçu de son erreur et que ce n'était pas l'amour mais la haine qui les possédait.

Cette découverte avait provoqué en lui un mouvement de révolte, comme s'il refusait de croire à l'image qu'il avait sous les yeux. Pour lui, cette image était fausse parce qu'elle ne correspondait pas à l'idée qu'il avait dans la tête. Devant la réalité, le collégien qu'il était alors ne doutait pas de lui mais des autres. Plus exactement il doutait du monde dans lequel les autres vivaient. Il préférait le sien.

Albert avait eu la même réaction à Montségur, quand il avait assisté à la dispute entre Marc et Lucie. Il avait entendu son ami le traiter de lâche et de raté. Il avait reconnu sa voix. Les mots qu'elle prononçait s'étaient gravés dans sa mémoire. Il n'y avait pas de doute à ce sujet mais au fond de lui-même Albert n'y avait pas cru. Cela faisait partie d'une histoire qui ne le concernait pas, d'une existence qui n'était pas la sienne.

Albert s'était-il trompé ? Avait-il vécu les yeux fermés, jusqu'à présent, imaginant des choses qui n'avaient pas de sens ni de réalité ? Isolé au milieu de la foule et du bruit, il éprouva une impression curieuse. Un gouffre s'ouvrait à ses pieds où tombaient toutes les années qu'il venait de vivre. Il les voyait disparaître, pareilles à des songes d'où il s'éveillait, les mains vides.

La fin de la nuit

La faute que le voyageur a commise, c'est de s'assoupir ou plutôt de s'être accordé quelques instants de repos. On connaît la chanson. On se dit qu'on a besoin de se détendre, de mettre de l'ordre dans ses idées, on s'allonge sur le lit pour réfléchir et naturellement on s'endort.

Quand il ouvre les yeux, le jour est levé depuis longtemps. Un regard à sa montre, presque huit heures déjà. L'homme court fermer la fenêtre par où montent les bruits de la rue. Des bruits normaux d'une ville apparemment au travail. Où sont passés les soldats ? Et la Révolution ? Il s'interroge sur ce qu'il doit faire : ranger les notes éparses sur le bureau ou commencer par s'habiller ? Car il n'a pas changé de tenue depuis la veille au soir, toujours en slip et en peignoir de bain. Au moment où il se décide et s'approche de la table, le téléphone sonne. Une voix lui demande ce qu'il a choisi pour son petit déjeuner : café noir, café au lait, thé complet, avec ou sans jus de fruits, œufs brouillés... Il répond qu'il s'en fiche. N'a-t-il pas suspendu à la porte de son appartement l'avis *Do not disturb* ? C'est clair mais puisqu'on l'a dérangé, il en profite, il voudrait un renseignement au sujet du courrier... Trop tard, la communication est coupée.

L'homme cherche une enveloppe où il pourra glisser ce qu'il a écrit, cette nuit. Trois ou quatre pages, pas plus, illustrées de dessins : un masque traversé par une plume d'oie, une marionnette posée sur un fil, le fil de la vie (quelle connerie !). S'il le faut il ajoutera des explications. Il prend une nouvelle feuille de papier à en-tête de l'hôtel :

« *Lucie. Ou bien nous sommes fous, ou bien c'est la vie qui est folle. Voici ce qui s'est passé. Exactement. Je le jure sur ta tête qui m'est plus chère que tout, sur celle de tes enfants. Il y a longtemps que je les ai vus, tes enfants. Antoine est peut-être marié ? Un grand jeune homme qui a réussi dans ses études, ça je le sais. La belle petite Caroline se souvient-elle encore de son parrain ? Elle est auprès de toi dans votre maison de Montségur, j'espère. Est-ce que vous allez toujours à la ferme chercher le lait et les œufs ? Tout a eu lieu en dehors de moi, je le jure. L'événement a été si brutal que je n'y ai pas cru. J'ai vu le monde s'écrouler et je suis parti. Ou plutôt non, je suis resté. Une heure peut-être, sans savoir où j'étais, ce que je faisais, ce que je pouvais faire. Un état second, comme on dit. J'étais dans un état second. J'avais quitté le premier, celui où on est normal, où on fait des choses raisonnables. Je n'avais plus de raison, parce que je n'avais plus de vie. Elle était devant moi. Elle ne bougeait pas. Je la regardais* vraiment *comme si c'était la mienne. Et c'était la mienne, je m'en suis rendu compte après. Je n'étais plus moi, j'étais devenu un autre. Lui. Ce qui explique, mais il ne s'agit pas d'expliquer. Il s'agit de dire la vérité. Tout s'est passé très vite...* »

Sauf au début, quand il est arrivé rue de la Faisanderie, devant un immeuble en pierre de taille avec un jardinet le long de la façade. Le portillon à pousser, la haie de fusains, une façon de vous avertir : Attention, silence, rectifiez la tenue, vous n'entrez pas chez n'importe qui. Et lui toujours un peu province avec son imper gris, ses chaussures à grosses semelles, sa valise à la main ; pour un peu la concierge le traitait comme un représentant. « M. Allaines ? Deuxième étage. » L'étage noble, orné d'un balcon à cariatides sur lequel donnent les portes-fenêtres du salon. Trois portes-fenêtres, parce que c'est un grand salon, comme le reste, le hall d'entrée garni de glaces et de plantes vertes, l'escalier, l'ascenseur, tout est grand ici, sauf la bonne qui vient ouvrir et qui dit : « Monsieur n'est pas là. » Une petite femme en robe sombre, un visage plat, des yeux qui ne vous regardent pas, le genre : « Qu'est-ce que vous venez faire ici ? » Plus tard il apprendra les motifs de son embarras. La bonne doit sortir parce que c'est son jour, le jour où elle a une soirée libre. Ça tombe bien, Monsieur part en voyage — « Avec moi », dit Albert —, Madame est en vacances. Seulement voilà, à cinq heures, Monsieur n'est pas encore rentré. Peut-elle laisser l'appartement à... Un étranger ? Qu'elle se rassure, Albert est loin d'être un étranger. C'est un ami d'enfance, quasiment un membre de la famille. N'a-t-elle jamais entendu parler de lui ? Albert Execourt, libraire à Périgueux ? Il connaît Marc comme sa poche. Il sait bien que l'exactitude n'est pas son fort, à ce cher vieux. Il faut dire qu'il a des excuses. Ses occupations nombreuses, les responsabilités dont il est chargé... Albert n'a pas fini son discours qu'elle a déjà filé, la dame en noir, elle et ses scrupules.

Etait-ce une bonne idée d'être venu ? Albert interroge les meubles du salon. Il y en a beaucoup, disséminés dans la pièce. Un canapé, plusieurs fauteuils disposés en demi-cercle devant la cheminée. Une commode Empire, des chaises, des tables où des journaux sont étalés, comme chez le dentiste. Une colonne de marbre près d'une fenêtre avec un vase rempli de glaïeuls. C'est vrai qu'il se sent un étranger ici, Albert. Rien ne lui parle, il n'imagine personne dans ce décor, ne sent aucune présence, aucune odeur si ce n'est celle indéfinissable de la moquette, des tapis de haute laine où les chaussures s'enfoncent sans bruit. On marche sur de la mousse.

Albert a débarqué de Périgueux à midi. Il s'est rendu à l'Alliance française pour recevoir ses dernières instructions. Une secrétaire lui a remis son dossier : le billet d'avion, la liste de ses correspondants au Portugal. Il donnera douze conférences réparties sur deux semaines. Première étape : Lisbonne, où il descendra à l'hôtel *Tivoli-jardim*.

— Vous vous appelez La Salle ou Execourt ? lui demande la fille.

— La Salle est mon pseudonyme, répond Albert. Mon nom de plume, si vous préférez (tu parles !).

— Et sur vos pièces d'identité ?

— Il y a les deux : Albert Execourt dit Hubert La Salle.

— Votre billet est au nom de La Salle. J'espère que vous n'aurez pas d'ennuis.

Etait-ce une bonne idée ? Albert avait tout prévu depuis des mois, choisi les dates de sa tournée en fonction du voyage de son ami. L'avion partait à vingt heures de Roissy. Marc et lui devaient se retrouver à quatre heures, rue de la Faisanderie. En province, on n'aime pas se bousculer. Quand Albert arrive, personne pour l'accueillir. Marc a-t-il oublié le rendez-vous ?

Albert s'est assis dans le salon désert. Il a gardé son imperméable, déposé sa valise près de la porte. De quoi a-t-il l'air ? De ce qu'il a toujours été. Un personnage qui attend.

« ... *Marc est arrivé sans que je l'entende et lui, de son côté, ne savait pas que je me trouvais dans l'appartement. Il a gagné directement la chambre pour préparer ses affaires ou pour se changer. Ce n'est que plus tard qu'il m'a vu. Peut-être venait-il chercher quelque chose ? Il est entré dans le salon, il a aperçu une silhouette assise à contre-jour. Il n'a pas dû me reconnaître. Il a eu peur, il a poussé un cri. Lucie, c'est le destin qui ouvre et ferme les portes. »*

Marc n'avait pas poussé de cri, une simple exclamation : « Tu étais là ? » C'est Albert en réalité qui ne l'a pas reconnu. Marc avait le teint gris, les traits tirés, avec des poches sous les yeux, quelques mèches poivre et sel ramenées sur le front. A cinquante ans, l'air d'un petit vieux. Albert lui a dit : « J'en ai assez. Je m'en vais. » Il est allé prendre sa valise près de la porte. Combien de temps s'était-il écoulé depuis le départ de la bonne ? Un quart d'heure, à peine. Mais le délai est suffisant pour alimenter la rancœur, préparer l'explosion de la colère. Est-il donc coléreux, Albert ? Lui qui fut un jeune homme rangé, insaisissable, soumis aux caprices du hasard, à toutes les volontés. Non pas toutes, à une seule, celle du modèle, du héros, le double ou la moitié de soi-même, sur qui on règle ses pensées, son cœur, ses moindres mouvements. Sa vie en somme. Une vie parasite, une ombre de vie dont les contours se confondent avec celle de l'autre. Albert était l'ombre de Marc. On pouvait marcher dessus, le traiter de lâche, de bon à rien, de raté. L'ombre suivait docile, pas à pas. « Tu étais là ? » Ce qui voulait dire : Tiens, je n'y pensais pas. Que tu sois là ou non, j'oublie ta présence ou ton absence. Est-il coléreux, Albert ? Oui mais de la colère des faibles qui n'a pas de but ni de raison d'être. Un sursaut, une révolte qui se traduit par une violence désordonnée, des gestes irréfléchis. « Que se passe-t-il, demande Marc. Qu'est-ce que tu as ? » Il a reculé dans le couloir, poussé la porte de la salle de bains. Il dit qu'il a besoin de prendre quelque chose, une drogue, des cachets. Il ouvre une petite armoire au-dessus du lavabo, cherche le médicament. Sa main tremble quand il saisit la boîte. L'air d'un petit vieux. Où sont les mèches bouclées, la peau rayonnante, le corps musclé qui plongeait dans la rivière ? On a envie soudain de briser cette enveloppe trompeuse, de marteler de ses poings ce visage, comme on le ferait avec un masque de cire. Qu'est-ce qu'il veut, Albert ? Qu'est-ce qu'il réclame, à la fin ? Il n'en sait rien, il dit n'importe quoi, les mots qui lui passent par la tête. Qu'est-ce qu'il veut ? Il frappe et il crie : « Ma vie ! » comme si elle était là, devant lui, enfouie dans toutes ces années.

Les pilules sont tombées par terre en même temps que Marc. Albert les a vues s'éparpiller sur le sol. Il est resté quelques instants immobile, ensuite il s'est penché sur le corps de son ami. Sous le coup de son emportement, il agissait comme un automate. Il s'y est repris à deux fois pour soulever son fardeau à bout de bras. Il a hésité sur la direction à prendre, l'a porté dans la chambre voisine, l'a étendu sur le lit. Marc avait les yeux fermés, un filet de sang au coin de la bouche. Peu à peu les traits reprenaient leur forme d'autrefois. Du moins c'est l'impression qu'ils donnaient comme si, par l'effet de passes mystérieuses, le temps s'effaçait avec les rides, les chairs retrouvaient leur souplesse et leur couleur.

Albert s'est assis au pied du lit. Il tenait dans sa main la main encore chaude de Marc. Il pensait : Il n'est plus là mais moi, je reste, je le remplace. Albert et Marc pour toujours. On l'a juré. Dans la vie comme dans la mort. Il caressait le visage de son ami, essuyait le sang avec son mouchoir, posait la tête sur sa poitrine. Il disait : « Tu m'entends, Marc ? Je vais prendre ta place. Tu m'apprendras comment on fait. C'est facile d'être fort. Les gens n'y verront que du feu. Execourt n'existe plus. C'est Marc Allaines qui s'en va.

J'ai déjà mon plan, tu verras. Je passerai la douane avec mon passeport, ensuite j'irai chercher mon ticket d'embarquement avec ton billet. Attention, messieurs, bas les pattes, le front dans la poussière. C'est le grand Marc Allaines qui arrive. »

Albert s'est mis à divaguer, des phrases sans suite au milieu de ses larmes. Brusquement il a regardé sa montre, il s'est levé pour inspecter la pièce. La valise est prête, posée sur un fauteuil. A côté, l'attaché-case avec ses dossiers, le passeport diplomatique, le billet d'avion. Tout est bouclé en quelques instants. Un coup de téléphone pour commander un taxi. Avant de partir, Albert est revenu vers le lit. Il a effleuré le front de Marc d'un baiser. Il lui a dit : « Dors, mon bien-aimé, dors pendant que je veille. »

Quelle heure est-il maintenant ? Neuf heures, peut-être davantage. La sonnerie a retenti plusieurs fois dans l'appartement. Le voyageur n'a pas répondu, trop occupé par ses souvenirs, la lettre qu'il vient de terminer (enfin !), qu'il glisse dans l'enveloppe avec les autres feuilles de papier. Il écrit le nom et l'adresse de Lucie. On frappe à la porte. Il va ouvrir. Ils sont plusieurs dans le couloir, le garçon d'étage, le chef de la réception et un inconnu en costume sombre, élégant, chemise blanche, cravate, sûrement un personnage important de l'hôtel, le directeur sans doute. Tout ce monde regarde le voyageur avec une certaine gravité. Il ne s'émeut pas, leur fait signe d'entrer mais seul le directeur pénètre dans la pièce. Il faut quelques minutes pour s'expliquer. La situation est délicate. L'homme important s'éclaircit la gorge. Il a reçu plusieurs appels de l'ambassade, concernant le senhor Allaines, il ne comprend pas ce qu'on lui demande. Il a besoin de savoir ou, plus exactement, qu'on veuille bien l'excuser, il a besoin de vérifier l'identité de... Le voyageur l'arrête d'un geste. Il ne se formalise pas de cette démarche et fournira les éclaircissements nécessaires sur sa conduite. Qu'on lui accorde seulement un répit, le temps de faire sa toilette et de s'habiller. Après quoi, il descendra à la réception pour présenter ses papiers et répondre aux questions qu'on lui posera.

En raccompagnant le directeur jusqu'à la porte, le voyageur aperçoit Hilario dans le couloir. Il l'appelle pour lui remettre la lettre. Il y ajoute un bon pourboire. Que le garçon n'oublie pas de la poster surtout. « *Multo gratos* », dit Hilario. L'homme le regarde en souriant :

— Ecoute-moi, dit-il. Quand j'avais ton âge, je me souviens qu'un jour, je marchais dans la campagne sur une route remplie de brouillard. Le soleil était derrière, je le savais, mais je ne le sentais pas. Le brouillard recouvrait tout, le ciel, la terre, même la route où j'avançais. J'avais du mal à trouver ma direction. Je me demandais où j'étais. Et puis soudain le soleil a percé les nuages. Le brouillard s'est dissipé. J'ai aperçu les arbres, les champs, les maisons, tout ce qui existait autour de moi et que je ne voyais pas. J'avais l'impression de marcher dans la lumière. Tu comprends ce que je veux dire ?

Hilario est parti. Le voyageur referme la porte. Il va dans la salle de bains. Le temps de faire couler l'eau, très chaude, de trouver ce qu'il cherche dans la trousse de toilette, un paquet de lames de rasoir. Albert a toujours été douillet. Il se dit que c'est la mort la plus douce. Perdre une vie qu'il n'a pas gagnée. En se glissant dans la baignoire, il pense au vieux refrain : « Personne ne m'aime. Personne ne me connaît. » Aujourd'hui il ne le chantera pas.

DU MÊME AUTEUR

Aux Éditions Gallimard

Romans et récits

ARBAN, *1954.*

LAURÉNA, *1956.*

BARBEGAL, *1958.*

LA NUIT DE MOUGINS, *1963.* (Folio, *1974.*)

FIN DE JOURNÉE, *1968.*

LA VIE BRÈVE, *1972.* (Folio, *1979.*)

POURQUOI CETTE JOIE ?, *1974.*

UN ANGE PASSE, *1979.* (Folio, *1984.*)

ACCIDENT DE PARCOURS *suivi de* AMOUR *et de* UNE TACHE SUR LA VITRE, *1985.*

LE BONHOMME D'AMPÈRE, *1988.*

LES CŒURS SENSIBLES, *1990.*

Aux Éditions Grasset

SENTIMENTS DISTINGUÉS, *1983. (Livre de Poche, 1984.)*

LE BESOIN D'ÉCRIRE, *1990.*

Composition Bussière à Saint-Amand (Cher),
le 15 janvier 1991.
Dépôt légal : janvier 1991.
Numéro d'imprimeur : 3839.
ISBN 2-07-038329-6./Imprimé en France.